U0013468

珍瓏無雙局

桩桩——作

貳

珍瓏無雙局

目錄

第十六章

靈光寺裡的血光

靠近後山的地方，沿寺牆起了一溜屋舍，這些禪房是供進寺燒香禮佛的人歇息所用。今年會試，各地舉子進京赴考，城中客棧爆滿，窮書生們又無錢賃屋，就尋寺廟借宿。雖然離城遠了一點兒，勝在清靜、便宜。

除了一些長年住在寺內帶髮修行的居士，靈光寺的禪房今年幾乎全部租給了赴考的舉子。

發現凶殺案的便是一名姓蘇的舉子。

無涯反應快，跑進紅牆那道後門，遠遠就看到那名舉子臉色發白地跌坐在一間廂房外，雙手捂著頭臉還在不停地叫著：「殺人了！殺人了！」

穆瀾站在他身邊，望向大開著門的廂房。

那名紫袍公子呢？無涯沒看到林一川，快步朝她走過去。

這間廂房位於整排禪房的末端，房外空地上砌了一座小小的花臺，種著株兩丈來高的老梅。早春二月，山中這株老梅正含苞吐芳，花期正好。點點殷紅的花蕾綴在褐色樹枝上，耀眼奪目，美麗無比。

聽到腳步聲，穆瀾回頭看了眼。一枝紅梅半遮了他的臉，青衫直綴襯得身材修長。無涯焦急的心頓時靜了。

春來追得腳步踉蹌，眼尖地又瞧見穆瀾，頓時咬緊了雪白的小牙，暗罵了「陰魂不散」！

無涯放慢腳步走到穆瀾身邊，目光迅速將他上下打量一遍。見他衣著整齊、神態鎮定，便知此事與他無關，心裡先鬆了口氣。

沒等他開口，穆瀾就露出一副驚喜萬分的神色，「哎呀，好巧啊！無涯公子也來靈光寺踏春？」

明明剛才就看到自己還行禮打招呼呢。沒理他，惹他不高興了。無涯此時才後悔先前的舉動，其實他很想和他說話，裝著糊塗道：「是啊，又遇到小穆了。」

他也叫自己……小穆？穆瀾被無涯這個稱呼驚得瞪大了眼睛，笑容僵在臉上，「呵呵。是挺巧的。」

「小穆，究竟出什麼事了？」他吃驚的模樣落在無涯眼裡，沒來由地就覺得小穆兩個字極其適合他，又順口又親近。他不動聲色地轉開話題。

「裡面……」

穆瀾正開了個頭，從廂房裡走出三個男子。當先一人穿著湖色圓領緞袍，戴著紗帽。兩鬢斑白，四十來歲，氣度優雅，目光清正。身後兩人則穿著國子監監生的常服。

無涯一眼認出來，這個四十來歲的男子是國子監祭酒陳瀚方。

抬眼見著紅梅樹下那張玉雕般的臉，陳瀚方以為自己看花了眼，再仔細一看，他驚得迅速撣了撣衣袍，打算行禮。這時，無涯衝他微笑著搖了搖頭。陳潮方又是一怔，這才看清楚無涯一襲綠衫，打扮如尋常舉子。

陳瀚方似有些明白，在廂房外站定了，故意大聲吩咐身邊的監生，「寄居在寺中的一名婦人被人捅了一刀，已經斷了氣。你二人速去尋了寺中住持暫時封了這裡，報衙門再開請件作前來驗屍。」

無涯朝陳瀚方投去一個讚賞的眼神。

誰與這婦人有仇？是入室搶劫還是見色起意？

二月山中風寒，陳瀚方後背卻滲出了冷汗。皇上既然親眼目睹，就必會將這件案子查個清楚。自己是第一批進場查驗的人，皇上正等著他說案情。陳瀚方鎮定了下，繼續大聲說道：「一刀抹喉，毫無掙扎打鬥痕跡。瞧衣飾穿著貧寒，不知誰會對一個六旬老嫗下此毒手。唉！」

無涯很滿意地又朝他點了點頭。

陳瀚方抬起袖子擦了擦額頭沁出的汗，卻不敢擅自離開。

這時聽到喊叫聲，從羅漢壁奔來的人團團圍住了廂房。

「怎麼回事？」

「誰死了？」

「諸位！諸位安靜！本官乃國子監祭酒。衙門未來人之前，諸位舉子、香客請勿越過花臺，以免破壞案發現場。」陳瀚方站立在花臺前，高聲喊道。

這一聲亮明了他的身分，讓好奇想衝進廂房一瞧究竟的人都停住腳步。

穆瀾的眼睛亮了起來。十年前科舉弊案中，得了好處的人不少。一堆惹不起的人中，她問老頭兒誰最好下手，老頭兒嘴裡說的人就是他：國子監祭酒陳瀚方。

「蘇沐，你別喊了，出什麼事了？」有人突然認出了坐在地上還在喊著「殺人」的蘇姓舉子，上前扶他起來。

然而蘇沐眼睛無神，似看不到眼前這麼多人，仍一聲接一聲地叫著「殺人了、殺人了」。

「蘇沐嚇瘋了！十年寒窗，白讀了。」有舉子同情地嘆道。

蘇沐的朋友就想帶他離開。

陳瀚方皺緊眉頭，阻攔道：「我已囑寺中僧人去請大夫了。他是第一個看到案發的人，不得讓他擅離此地。」

無涯聽見，低聲吩咐跟來的春來，「此人受驚過度，若不趕緊治，必然癲狂。速去將方太醫請來。」

尋常郎中不見得能治好這種失心瘋。光天化日，佛寺之中，竟然有人肆意行凶，他既然遇見，就一定要查個水落石出。

穆瀾突然朝蘇沐走過去，一把將他從友人手中扯了過來。

「你做什麼？」

「我有法子治好他。」穆瀾笑了笑，揚起了手。

「啪！啪！」數聲清脆的耳光聲響起。穆瀾左右開弓，搧得蘇沐兩頰腫了起來，隨之大聲喝道：「蘇沐！你中了一甲十三名！恭喜你高中了！」

呆滯的眼神驀然有了神采，蘇沐「啊」了聲，高聲叫道，「我中了？我真高中一甲十三名了？」

穆瀾鬆開手，認真地說道：「努力努力，有可能哦。」

「噗！」無涯轉過臉，忍俊不禁地笑了。

見蘇沐真恢復了神智，四周的舉子也哈哈大笑起來。

蘇沐呆了呆，氣極開罵，「你這小子！還沒開考呢，拿我開涮啊？」

他的朋友趕緊說道：「剛才你渾渾噩噩被嚇得神智不清了！多虧這位小公子叫醒了你，否則你就甭想進今年的考場了。」

蘇沐這才反應過來，鄭重朝穆瀾長揖到底，「多謝公子救命之恩！」

「當不起、當不起。我也只是試一試。」穆瀾笑著還了禮，站直身時，見到陳瀚方投來讚賞的目光。一面之緣，能給國子監最大的官留個機敏聰慧的好印象，這才是她出手的目的。穆瀾隨口問道：「蘇公子方才見到什麼了？」

「哎喲，剛才我看到殺人了！一個黃衫蒙面的人從屋裡竄出來，我正想來折枝紅梅回房插瓶，覺得這人打扮好生奇怪，似和尚非和尚的。好奇走近，往房中看了一眼，哪知道見到一個白髮老嫗渾身是血躺在地上，就叫喊起來。緊接著，一個紫衫公子就跟著那個黃衫人追過去了。」

聽著穿紫衫的公子追去了，無涯就明白為何穆瀾獨自站在這裡了。

驚嚇過度，蘇沐就只記得這些了。

陳瀚方卻接過了話，「本官與兩名學生正打算去羅漢壁，聽到蘇公子叫喊，就過來了。這位……」

「在下姓穆，單名一個瀾字。」穆瀾抬手行禮，自報家門。

「這位穆公子正陪著蘇公子站在此處，本官就帶著學生進屋查看，確認老嫗身亡，沒有動過屋中任何東西，前後不過數息工夫便出來了。接下來就是各位看到的一切了。」陳瀚方把接下來的事情說得清清楚楚，末了，目光在穆瀾身上打了個轉。

穆瀾坦然地任他打量。她清楚一報姓名，陳瀚方就知道自己是那個奉旨蒙恩蔭入學的人了。陳瀚方的目光很是清正，瞧著儀表堂堂，頗有大儒之風。不過，穆瀾卻覺得很奇怪，以他的身分，用不著說給在場的人聽，要說也該等衙門的人來了再說。陳瀚方為什麼要講得這麼詳細？

「在下與朋友走到這裡聽到蘇公子喊叫，我朋友有些武藝，就跟著追去了。我留在這裡陪著蘇公子，陳大人就過來了。」穆瀾也簡單說了自己的舉動。

只不過，在陳瀚方來之前，她已經進屋去看了眼。

以她的眼力，殺手那一刀抹喉，乾淨俐落，顯然是慣做這種事的人。一個衣著樸素的白髮老嫗，有什麼值得專業殺手前來刺殺呢？

衙門自會調查，她無意捲進去。反正蘇沐當時神智不清，穆瀾便隱去了這節。

「你怎麼知道兩巴掌加那句中舉的話比針灸、湯藥還管用？」無涯的聲音打斷了穆瀾的思路。

他離她很近，略低著頭，聲音很輕。穆瀾嗅到了淡淡的龍涎香，這種名貴的香氣提醒著她和無涯的身分之別。她故意去折枝頭紅梅玩，移開了腳步，離他遠了。

「看他穿著打扮像赴考的舉子。對住在寺中的窮舉子來說，中舉是他的全部希望。」

他就知道，杜之仙的弟子一定聰慧過人。

無涯讚賞的目光讓穆瀾有些不好意思地低下了頭，解釋道：「我也只是試一試。」

這麼多人卻沒有人像你一樣去試著打醒他。無涯下定決心，一定要讓穆瀾成為自己的臂膀。他缺錢，他就賞賜他金銀。他一定要打消他為了銀錢冒險作弊的念頭。

這時，靈光寺的住持帶著僧眾趕來，命人封了廂房，囑人守著，然後請陳瀚方進禪房飲茶等候衙門中人。

看熱鬧的舉子、香客慢慢散了。最先發現案子的蘇沐、穆瀾也一併被請了去，方便衙門中人問話。

陳瀚方望向無涯。無涯很自然地說道：「我也算先到者之一。」

陳瀚方與住持步行在前，偷偷往後瞥了兩眼。見無涯一直陪在穆瀾身邊，想起那道恩旨，心裡更加明瞭。杜之仙的關門弟子穆瀾是皇上的人了。

一行人進了禪房，待茶水送上後，陳瀚方心知自己現在就是皇上的嘴，很是熱心地問道：「那名老嫗瞧著在寺中住了些時日了？」

住持宣了聲佛號道：「她原是山腳下梅村裡的民婦，孤老無依，又漸痴傻，無人照顧。她的族親就施捨了香油錢，將她託付給寺裡照顧。那株紅梅是她來的時候種下的，如今已長了十八個年頭了。」

穆瀾慢悠悠地啜著茶，心裡暗暗思忖，越想越覺得奇怪。一個在廟裡住了十八年的孤寡老婦，為何會惹來殺手行刺？是找錯人了吧？

「最近那老嫗可有什麼異常？」房中清靜，無涯便開口詢問起來。

住持想了想道：「平時送飯給她的人是靜玉。她雖痴傻，也就是記性不好，日常起居都能自己照顧自己。」

靜玉是個十歲的小沙彌，眼裡掛著淚，說話還帶著童音，「靜玉照顧婆婆五年了。婆婆最喜歡那株紅梅了，年年梅花開的時候她就要坐在樹下。婆婆一直這樣。」

他想了想又道：「婆婆今年突然唱歌了。小老鼠搬雞蛋，雞蛋太大怎麼辦？一隻老鼠地上躺，緊緊抱住大雞蛋。一隻老鼠拉尾巴，拉呀拉呀拉回家。」

童聲清脆，他唱完眨著眼睛可憐巴巴地望著禪房裡的人。

一屋人都面帶苦笑，誰都不明白老嫗唱這首童謠是什麼意思。

住持慈愛地問道：「靜玉哪，還聽過婆婆說別的話嗎？」

靜玉平時也就送兩餐飯，幫著打水清掃。他聽了住持的話「哦」了聲，又道：「最近梅開得好，婆婆總是嘟囔著梅紅梅紅。」

陳瀚方輕聲說道：「她是想說梅花紅了吧。人老了，吐字不清。」

眾人都笑了。

這時林一川大步從外面走進來，匆匆朝眾人揖首道：「在下林一川。」

「就是他追那個黃衫蒙面人去了！」蘇沐認出他來。

林一川在穆瀾身邊坐了，滿頭是汗，將小沙彌送來的茶一氣飲了，才懊惱地說道：「沒追上。」

穆瀾正想安慰他兩句，無涯卻開口了，「林公子可是在寺裡追丟了人？」

「你怎麼知道？」林一川吃驚地轉過頭，這才看到穆瀾右側緊挨著一個年輕公子。斯文俊雋，眼神卻是斜斜瞟過來，帶著一股居高臨下的味道。他頓時也昂起了下巴。直覺告訴他，說話的這人對自己帶著一股莫名的敵意。

無涯淡淡說道：「蘇公子曾言看他穿著黃色的衣衫，似和尚又不像和尚，還蒙了面。很明顯，他有頭髮，卻穿著僧衣，這才令蘇公子覺得奇怪。穿著僧衣，回頭戴上僧帽混入僧眾中，林公子沒注意到，很容易就跟丟了。」

蘇沐馬上說道：「對對對對！就是如此！這位仁兄觀察細緻入微，如同親眼所見，在下佩服！」

「沒有蘇公子的話，我也想不到這些。」

兩人謙虛了幾句，一時間言談甚歡。

無涯是誰？皇帝！陳瀚方趁機大拍馬屁，言語中頗為遺憾，「現在再在僧眾中找尋，怕也遲了。這位無涯公子早到一步，也許就抓到凶手了。」

張口就是無涯公子，陳瀚方認識無涯？穆瀾心頭一跳。

敢情本公子熱心追凶手還做錯了？我沒注意到，就你心細？什麼叫很容易跟丟，對方武功相當不錯好不好。你早到一步就能抓住凶手？林一川被陳瀚方和無涯的話氣了個半死。

他起身道：「蘇公子第一個看見凶案發生。在下沒這位無涯公子觀察細緻，凶手也沒追上。這裡沒我們的事了吧？告辭！」

「林公子仗義熱心追凶，雖說沒追到，也能對官府描述一番凶手的身高、背影等特徵。還是等衙門錄了口供再離開吧。」無涯溫和地阻止道。

憑什麼我要聽你的？林一川翹起嘴角笑了，「山下衙門來人還有得等。在下當然要錄口供。在下和小穆去遊覽一番羅漢壁，衙門來了人，到羅漢壁來尋我們就是。」

他說完就看向穆瀾，聲如蚊蚋，「一百兩。」

生怕穆瀾拆臺不陪他去。

穆瀾看出林一川怒了，擔心林一川氣惱之下說話惹惱了陳瀚方，忍著笑起身道：「在下與林公子就在寺中遊覽。」

林一川得意地朝無涯瞥去一眼，也是斜斜一瞥，帶著十足的傲慢。

無涯全當沒看見，一拂衣袍也站了起來，「方才正想仔細欣賞羅漢壁，卻被攪了興致。趁天色尚早，再去觀賞一番也好。小穆，一起去吧。」

小穆？他居然叫穆瀾小穆？他倆很熟？林一川幽黑的眼眸裡頓時飄起了兩團火。

左邊是林一川，右邊是無涯。

紫袍矜貴，綠衫素雅。

在穆瀾眼中，都是富貴人家的公子哥。穆瀾不知不覺就走在兩人中間。這二人有意的一左一右，讓她覺得自己像風箱裡的耗子，兩頭受氣。

林一川繃緊下巴，無論看神情還是看眼神，都是一副富家公子哥的氣派。只差沒說「給你多少銀子，趕緊滾蛋」了。

無涯依然靜謐如月，微微帶著笑。偶爾那長長睫毛下的鳳眼輕飄飄睨向林一川時，穆瀾都會生出一種「你想找死我成全你」的感覺。

穆瀾停住腳步，往後望去，差點噴了。春來被雁行和燕聲勾著肩、搭著背。這哥仨瞧起來卻是相處融洽，臉上的笑那叫一個燦爛。

她停下來，林一川和無涯也站著不走了。

「無涯公子這件綠暈衫做工很精緻啊！」林一川讚著衣裳，下一句卻是譏諷，「尚服局的手藝，御賜的錦料，一般人還真瞧不出來。想扮成普通舉子，穿這麼精緻的衣裳很容易被戳穿身分的。」

這件衣裳叫綠暈衫？很貴，很精緻？該死！明明吩咐春來找一件普通的衣裳……無涯拂了拂衣袖，看到暈染出來的精緻麒麟圖案，決定回去狠揍春來一頓，面上不動聲色地淺笑，「男兒志在天下。穿衣打扮這種事，我不如林公子。」

罵人真不吐髒字啊？說他鑽脂粉堆、娘娘腔？林一川試探了下，馬上確認，眼前這個看似溫和、氣質如蘭的無涯公子就是有心在針對自己。就憑這件綠暈衫，他就惹不起對方！林一川鬱卒莫名。惹不起，他的傲氣也註定了他不會和無涯結交。

他看出來了。無涯的目光就沒離開過穆瀾。小鐵公雞除了是杜之仙弟子外，還有什麼值得無涯結交的？難不成這個無涯好男風？瞧他帶來的小廝就知道了，陰不陰、陽不陽的。林一川馬上就笑了，甚至期待著無涯黏著穆瀾，然後被收拾得極慘。

「我要去摸遍五百羅漢為杜先生祈福。」兩人話裡藏針，穆瀾只當聽不見，扔下兩人率先踏上了窄窄的山道。

報仇無須再等十年哪。林一川樂了，給了無涯一個挑釁的眼神。絕壁上的山道僅尺餘寬，險要之處只能握著釘在岩石上的鐵索走過，膽小的人都不敢走遍所有山道。林一川想起了母親。一個柔弱女人需要怎樣的膽識與勇氣才摸完這絕壁上的五百羅漢？

「小穆，等等我！我也去！」林一川笑著喊了聲，也踏上山道。

兩人一前一後走在窄窄的山道上，挨個摸著羅漢，動作出奇一致。山風吹得衣袂飄飄，人正少年，瞧著賞心悅目。

無涯抬頭，高聳的絕壁直插雲端。他喃喃說道：「摸遍五百羅漢就能心想事成？」

腳步剛動，春來直撲到他腳下，抱著他的腿說什麼也不鬆手，「爺，您等秦剛來了再去行嗎？秦剛不在，奴婢說什麼也不能讓您去。」

「我不登高，就在下面摸幾個玩。」無涯微笑道：「千金之子坐不垂堂。鬆手。」春來從地上爬起來，下定決心要跟著他。

無涯再往上看，林一川和穆瀾已攀到一角凸出的山岩，離地有三丈來高。他縱然上去，也追不上穆瀾。他無意攀到高處，便沿著垂落山泉的幽潭上方那條狹窄山道，漫步欣賞著刻在岩壁上的羅漢。

頭頂上方長著數株松樹，枝幹如蒼龍，蒼綠似華蓋，將天光漏了一半去。俯首一看，腳下清潭能映出自己的身影。清泉滴落，叮咚聲不絕於耳。

穆瀾與林一川腿腳輕盈，轉眼已到了絕壁半空，離潭水足有二、三十丈的高度。穆瀾往下張望，沒看到無涯和春來。這時，一角褐衣在眼皮底下閃了閃，她認出是春來穿的那件衣裳。原來無涯也踏上山道打算摸五百羅漢祈福？穆瀾順著半隱在山岩間的石道找尋無涯身影。

一縷銀白的光從蒼松中閃過，像一根白頭髮夾雜在烏黑的髮髻間，刺目耀眼。

「無涯！你站住！」穆瀾大聲喊著，朝那幾株蒼松飛躍而去。

林一川突然看到她顯露輕功，吃驚地叫了穆瀾一聲，「小穆，你做什麼？」見她叫著無涯的名字如離弦之箭，林一川哼了聲，對無涯越發不滿，「有本事自個爬上來啊！」

然而穆瀾已經跳下去了。林一川看到下面那幾株松樹，知她找好了落腳點，心裡更不舒服。他憤憤不平地繼續摸著身邊那個羅漢光滑溜溜的腦門，忍不住腹誹，「還不想暴露功夫？從這麼高跳下去不用功夫？騙鬼呢！」

二、三十丈的高度，直接一躍而下，足以驚世駭俗。林一川往四周看去，令他感到奇怪的是，後山羅漢壁除了他們這行人，竟然沒有別的遊客。

他轉念一想就明白了。靈光寺出了凶殺案，香客們覺得晦氣，踏春的舉子怕受牽連，能走的自然都下山離去，住在寺中的舉子肯定關門閉戶老實待在房中。還有興致登山崖摸羅漢的也就他們這幾人了。

無涯聽到穆瀾的聲音，露出了笑容。他以手圈口，朝著上空大喊，「小穆，我在這兒！」

這時，穆瀾離松樹很近了。下墜的速度很快，只需眨眼工夫，她就能落在那片墨綠色的松樹上。

松樹枝葉間突然有一片墨綠色動了動，穆瀾看得仔細，竟是件墨綠色的披風。一張臉從松葉間探出來，這張臉被面具遮掩著，面具一側刻著枝丹桂。他伏在蒼松中，若不抬頭，幾乎與松葉融為一體。

面具裡的眼睛冰冷沒有生氣，他看了穆瀾一眼就低下頭，手裡握著一把細長的匕首。

面具師父！穆瀾心頭震撼，腦袋失去了思考的能力。

那柄細長匕首像是藏在松葉裡的一根針，只要輕輕刺下，樹下毫無察覺的無涯就會死在他手中。

穆瀾此時臉朝下、腳朝上，她用力扯斷了頸間拴著白色雲子的線，刻著「珍瓏」二字的白色雲子化為一道流光射向松間的面具師父。蒼松已映入眼簾，穆瀾伸出手在山壁上拍出一掌，身體在空中陡然翻轉。

從穆瀾看到藏在松葉間的刀光，到她出聲躍下，不過是瞬間發生的事情。

無涯還維持著以手圈口呼喊的姿勢。

穆瀾從頭頂松樹枝葉間落下，對著他撲過去。

「你你你你……」春來大驚失色。他聽到頭頂穆瀾喊了聲，自家主子也跟著喊了聲，然後穆瀾就從天而降，將皇帝撲倒在地。

不，不對。山道太窄。穆瀾抱著無涯直接摔進那口幽潭。

撲通一聲，水花高高濺起。

春來抹了把滿臉的水，嚇得尖聲高叫起來，「秦剛！護……」他及時嚥下那個字眼。

後院寬敞，秦剛早得了吩咐守在外面不讓人進來。春來也等不到秦剛過來，毫不猶豫跳進潭中，奮力游向無涯。

雁行和燕聲正在羅漢松下燒水煮茶，意外看到這一幕。水花高高濺起，雁行推了燕聲一把：「救人。」

燕聲反應遲鈍，雁行叫他做什麼，他一向信服，一溜煙跑向水潭。而雁行卻望向峭壁。他並不關心穆瀾和無涯摔落水潭，他只掛念著自家公子。這一瞥卻讓雁行倒吸口涼氣，心咚咚直跳，下意識地閃身躲在羅漢松後。

無涯只覺得身體在瞬間飛了出去，還沒來得及反應，水沁涼的感覺已經沒過了他的身體。他睜著眼睛，眼前的景物在剎那間變成了泛著綠意的水波。

他像是隔著一塊翠綠的琉璃看著對面景物，穆瀾的臉在他眼前晃動，在他身後，幾株蒼松搖曳，一張戴著面具的臉在松葉間出現。

面具中的眼睛怨毒地望著他。水波晃動間，那張面具又消失了。無涯睜大雙眼，將這一幕牢牢記在心裡。

穆瀾的眼神空洞，臉素白如紙。他像是受了極大的驚嚇，神情有些呆滯。他沒有游動，就這樣望著他，靜靜地下沉。

為了救他，他不惜將後背暴露給那個戴面具的刺客。雖然他們因談論考試作弊不歡而散，但他依然毫不猶豫地出手相救。

說不清、道不明的感覺從無涯心裡油然而生，他攬住穆瀾的腰，感覺他輕得像是一根水草。無涯心裡禁不住有些著急。難道他受傷了？他帶著穆瀾游向水面。

看到無涯的臉冒出水面，春來刨著水游了過去，拉扯著他直哭，「主子，您受傷沒有？」

「去準備禪房、熱水、新衣。」無涯甩開他的手喝道。

春來一機靈，趕緊游上岸，溼淋淋地就往寺內跑。

無涯用力拉著穆瀾上岸，著急地詢問道：「小穆，你怎樣了？」

穆瀾一直望著高處的那幾株蒼松，風吹來，溼衣冰涼地貼在身上，她打個了寒顫，眼睛漸漸有了神。

無涯頓時鬆了口氣，他順著穆瀾的目光看過去，下意識上前一步，攔在穆瀾身前，「別怕！」

他說這句話的時候，穆瀾突然想笑。抬頭看見無涯的神情，她怔了怔。他的目光堅定地望向前方，沒有絲毫懼怕。哪怕他沒有武藝，那股沉穩的氣度卻讓穆瀾覺得，他似乎真的在保護自己。

「人已經走了。」穆瀾低聲說道。

蒼松依舊佇立在山崖春風中。窮極目力，無涯再沒有看到樹上的人，那個面具人已經離開了。他「嗯」了聲叮囑道：「別聲張。就說，我們是失足滑落了水潭。」

自己從二、三十丈的絕壁上面跳下來，將無涯撲進水潭……失足？這麼說，誰信？他身邊的春來第一個就不相信。

「照我說的做。」無涯的神色異常堅定，穆瀾下意識地點了點頭。

秦剛得了他的吩咐在外圍守著，不會讓人進來。春來離得那樣近，都沒有發現。林一川的兩個小廝離得更遠。面具人藏得那樣隱蔽，林一川若是發現，早跟著穆瀾跳下來了。所以，林一川應該也沒有看到。

只要穆瀾不說，自己不說，這件事就不會有人知道。

這件事一旦傳揚開去，東廠定會插手。靈光寺內所有的人都會受到詢問盤查，他不見得能護得住穆瀾。同時，無涯想到了寺中另一個人：國子監祭酒陳瀚方。

這位祭酒十年前奉先帝聖旨出任國子監祭酒，是條左右逢源、滑不溜手的泥鰍。

不論東廠、錦衣衛、朝廷百官如何爭權奪利，他只管國子監那一畝三分地，其他事情一概不過問。

有人曾經想動他，硬找不到陳瀚方的錯處。顧忌著八千監生的看法，與供奉在御書樓中的先帝聖旨，不得已罷了手，陳瀚方因而穩穩當當地做了十年的國子監祭酒。

以前無涯曾經想過，換個自己的人做國子監祭酒。他把朝中人想了個遍，還是覺得陳瀚方最適合。換成自己的人，也許當不了幾天祭酒，就被推到菜市口，等別人祭他一碗酒被砍了人頭。

這樣一條老泥鰍，無涯不會給東廠捏住他的機會。

穆瀾的腦袋亂成了一鍋粥。

今天的靈光寺冒的不是靈光，而是血光。

她知道一刀抹喉殺死梅村老嫗的人不是面具師父。面具師父為何會來到這裡？是因為那個老嫗，還是因為那個殺手？或者，是為了殺無涯？

面具師父早有準備，沒有穿原來常穿的黑裳，特意換了一襲墨綠披風，是為了方便將自己隱於蒼松繁茂枝葉間。他為什麼要藏身在羅漢壁？

無涯是臨時起意跟著來羅漢壁，面具師父要殺的人真的是無涯嗎？是她的出現讓面具師父臨時改變了主意？還是那枚珍瓏棋子起了作用？

穆瀾心裡沉甸甸的。

「小穆！」見他臉色煞白，無涯急了，握著他的手送到嘴邊哈著氣，「很冷是吧？」

早春二月的山間潭水寒涼無比，穆瀾望著他還在滴水的頭髮忍不住想笑，「你的手比我還冷。」

話音剛落，無涯就打了個噴嚏。

「怎麼回事？」林一川這時也下到了崖底，二話不說脫了外裳給穆瀾披上，衝著雁行和燕聲罵道：「還佇在這兒做什麼？不知道去安排熱水、乾淨衣裳？」

他說著伸手拉著穆瀾就往寺內走。一拉之下，發現無涯還握著穆瀾的手，忍不住又怒，「你還握啊？沒見小穆凍得直哆嗦？」

穆瀾將外袍脫了，搭在無涯身上，「我有功夫。你別著涼了。」

無涯心裡又是一暖。

這是他的衣裳！林一川氣結。他脫了外袍，被山風一吹，也感覺風吹過來遍體生寒。這時，穆瀾朝他使了個眼神。明著關心無涯，還和自己是一夥的感覺，林一川心裡舒服了點兒，拉住無涯的胳膊，「小穆，跑快點兒，就沒那麼冷了！」

不等無涯掙扎，林一川施展輕功拉著他朝寺裡跑去。

穆瀾回頭看了眼那幾株蒼松，也跟著去了。

進了後門，秦剛帶著七、八個帶刀侍衛守在門口。穆瀾的目光從他們腰間的刀鞘上掠過。繡春刀？無涯受錦衣衛保護？難怪無涯不願意和東廠的人照面。她垂下眼睫，有點明白為何後山羅漢壁變得清靜的原因了。

「主子，趕緊沐浴更衣吧。」春來凍得嘴脣發白，連衣裳都沒來得及換，忠心地等候著無涯。

這陣仗讓林一川也駭了一跳，他有點明白穆瀾為何要將衣裳讓給無涯了，他聰明地選擇了保持沉默。

「林公子，多謝你的衣裳。再見。」無涯深深地看了穆瀾一眼，沒有多說，在秦剛和侍衛們簇擁下離開了。

等到這行人消失在紅牆拐角處，林一川才搓著胳膊道：「這位無涯公子來頭不小啊！我早包下了一間禪房，趕緊泡澡換衣裳去！」

穆瀾也凍得夠嗆，邊走邊訓林一川，「指不定他是哪家王侯的公子呢。一直沒時間和你說，禪房裡的那位陳大人是國子監祭酒，還拍無涯馬屁來著，你還和他對著幹！進了國子監有你好果子吃！」

「他還披著我的衣裳，不至於這麼小氣吧？」聽到禪房裡那個老頭是國子監祭酒，林一川又嚇了一跳，慶幸自己沒有亂說話。

兩人交談時，雁行悄悄看了眼穆瀾，停住腳步，「少爺，燕聲已經去打點了。小人去收拾茶具。」

「早去早回。」林一川目光微閃，應了。

他從上往下看時，視線被岩石遮住了，但他卻看到雁行縮躲在羅漢松後的動作。他相信雁行此時折返一定自有道理。

第十七章　破綻

雁行在紅色的寺牆處站了一會兒。從這道後門出去，是一大片空地，遍植松樹、楠木，地方極為寬闊，左邊豎著那道羅漢壁，下方臨著懸崖。

後院空無一人。

雁行鬆了口氣，快步走過去。

他急步上了山道，順著無涯走過的那條路往前。陽光從頭頂蒼松枝葉間灑下，刻在岩壁上的羅漢石雕憨態可掬。

雁行站了會兒，仔細地回憶著。

他叫燕聲去救人時，抬頭望向絕壁。他看到穆瀾手中射出一件物事，而原本只有茂密枝葉的蒼松間卻有道光一閃而過，將那件物事劈成兩半。緊接著有一大片樹葉動了起來，仔細一看，卻是件墨綠的披風裹著個人朝著懸崖方向跳下去。

誰能想到蒼松間竟藏著一個刺客呢？這一切發生在電光石火間，雁行迅速判斷出這個刺客的目標絕不是身在絕壁上空的自家公子，他沒有聲張。

尋著記憶中被劈成兩半的物事落下的地點，雁行細細地尋找著。功夫不負有心人，他終於看到蒼松的枝條上有一根紅色的線。雁行四處張望了下，騰身躍起，將那根線拽了下來。

線上墜著一枚殘缺的雲子，雁行沒有細看，飛快地收進袖中。他又找了會兒，沒找到另一塊。雲子被削去一小塊，大片都還在。雁行沒有再找下去，到松下將茶具、爐盤收了，沿著山路過來的那道門離開。

這時，他彷彿聽到腳步聲，雁行閃身藏在門後，悄悄伸出了頭，看到無涯身邊那位身材高大的侍衛正走向羅漢壁。他萬分慶幸自己提前折返，沒敢多看，提著東西走了。

秦剛站在春來描述的地方，抬起頭，透過枝葉的縫隙望著上面的絕壁出神。那位穆公子就算輕功了得，也不會無緣無故從二、三十丈的高處跳下來。

秦剛騰身而起，落在蒼松上。他蹲下身，細細打量著身下的枝椏。片刻後，他失望地跳下樹。沒有發現枝葉被踩過的痕跡，難道真的是那位穆公子興之所至？

正要離開時，一點兒白色從秦剛眼裡閃過。他停下腳步再看，卻沒有了。秦剛退了回去，從羅漢與山岩的接縫處摳出一片白色的半月形物件。他拿在手裡，手指從斷面上滑過，半晌才喃喃說道：「好快的刀。」

刀鋒利而快，春來根本沒有注意到，皇上也許也不知情；而知情的，就是那位穆公子了，穆公子卻什麼都沒說。秦剛笑了：「有趣的少年！」

禪房裡隔了一架屏風，屏風後擺著滿滿一大桶熱水。屏風外，林一川正在更衣。穆瀾嘆了口氣坐在旁邊的凳子上，想起了老頭兒曾經說過的話。

男人們相約一起泡澡，她需要找藉口和理由推託，現在這個問題就已經擺在她面前了。

禪房都被舉子們租借了，林一川好不容易才借了一間，說好只用一天。看在銀子的分上，租下這間禪房的舉子才臨時搬去和同鄉擠住一宿。

「幸虧本公子出門習慣多帶衣裳，否則就要架熏籠給你烤乾衣裳了。都是新的，你莫嫌棄。」林一川披了件披風，坐在外面飲茶。他也很想洗個澡，寺裡的澡桶太小，他也沒有習慣和別人擠用一個澡桶，只得催促穆瀾洗快點。收拾乾淨後，他再用。

穆瀾又嘆了口氣。萬一林一川跑進來怎麼辦？

「林公子，你能否去外面用茶？」穆瀾思來想去，還是不想冒險。

林一川有點不敢相信自己的耳朵，「你讓我出去？」

穆瀾從屏風後面探出頭來，為難地說道：「在下其實也有點怪癖。有人在房裡，就不習慣泡澡。如同大公子愛潔一樣。可以出去一會兒嗎？在下洗得很快。」

她的臉凍得發白，黑髮黏了一綹在臉上。林一川騰地就站起來，「你快一點兒！本公子不洗澡不喜歡換乾淨衣裳！」

如果不分給穆瀾，他倒是可以先換上乾淨外袍回頭再換掉。

「謝謝。」穆瀾燦爛地笑了。

瞥了眼他失去血色的嘴脣，林一川帶著燕聲就出去了。

穆瀾這才迅速地脫掉衣裳，將整個人沉進熱水裡，瞬間感覺渾身每個毛孔都張著嘴大喊著舒服。

站在門口，林一川突然想起自己在杜之仙家外泡澡時，穆瀾拎了桶冷水朝自己潑來。此仇此時不報，更待何時？他朝燕聲吩咐了兩句，不多會兒，燕聲就提了桶熱水來。

「你用冷水潑我。我幫你加熱水，對得起你了。本公子愛潔，被你惡整。你怕被人看洗澡啊？嘿嘿。」

泡進熱水裡，不冷了。本公子也不用可憐你了。林一川真想仰天大笑。

他拎著一桶水徑直進了門，大聲說道：「小穆，瞧你凍得夠嗆，我給你加桶熱水！」

禪房並不大，林一川長腿一邁，兩步就走到屏風處。生怕穆瀾出聲阻止，才繞過屏風就提起手裡的木桶，朝澡桶裡的穆瀾澆過去。

他是習武之人，眼準手穩，那一桶熱水嘩啦啦地悉數倒進了桶裡，只零星地濺了一點兒出來。

然而沒有聽到意料之中的臭罵聲，林一川愣了愣。這時，他才看清楚水氣氤氳的澡桶裡沒有人。

「大公子這麼想洗熱水澡，在下成全你。」

聲音從他身後傳來，林一川甚至沒聽到半點動靜。他乾笑著，「小穆，你的輕功真好……」

正想回頭，後頸處就挨了一記掌刀，林一川癱倒在地上。之前穆瀾倉促間扯了溼漉漉的青袍勉強掩了身子，直躍到梁上，這才躲過一劫。她咬牙切齒，赤著腳狠狠地踢了林一川兩下，「你不是愛潔嗎？喝小爺的洗澡水去吧！」

燕聲在門外等了很久，聽到自家公子的聲音與那一桶潑出的水聲，他忍不住噗哧噗哧地偷笑起來。

然後……就聽不到動靜了。

直到雁行回來。

「少爺從不與人共浴。」

何止不與人共浴，穆瀾用過的浴桶，回頭他和燕聲都要細細刷乾淨了，少爺才會再用。雁行用眼神指責著燕聲：別人不知道，你難道還不知道少爺愛潔到什麼地步了嗎？

燕聲急了，轉身一掌推開門。

正對大門的羅漢榻上，穆瀾穿著林一川那件玉帶白錦裳，正將擦乾的頭髮用髮帶束起。

見二人搶進門來，穆瀾俐落地將髮帶打了個結，戴上紗帽，瀟灑地離榻而起，「來得正好，去服侍你家公子洗澡吧。時辰不早了，告訴你家公子，在下先走一步。」

她施施然去了。

脫。

兩人面面相覷，直繞過屏風，只見林一川四腳朝天泡在澡桶裡，衣裳都沒有

「少爺！」燕聲氣極，趕緊上前將林一川撈出來移到榻上，氣得雙眼直冒火，「白眼狼！竟然打暈少爺！還讓少爺喝他的洗澡水！少爺，您醒醒！」

「回頭再收拾他！」雁行也恨得不行，幫著林一川脫了衣裳，擦乾淨身子。他轉過身也傻眼了，「少爺就多帶了一套乾淨衣裳……燕聲！」

已經遲了，林一川被燕聲弄醒了。他摸著頸後的疼痛處搖晃著腦袋，瞬間全想起來了，「小穆，你下手可真狠！這次非得和你打一架了！」

他抬腿就要下榻，剎那間看到自己全身光著，「更衣！」

雁行沉默地將被子搭在他身上，決定說實話，「少爺，穆公子把您扔在澡桶裡，裡外都溼透了。帶來的那身乾淨衣裳被穆公子穿走了。」

讓本公子喝他的洗澡水，穿走他的乾淨衣裳，太狠了！林一川深吸一口氣，狠狠地捶著床榻發氣，「還愣著做什麼？去給爺弄身衣裳來！」

燕聲得了雁行的眼色，趕緊去了。

「少爺，咱們會報仇的。您瞧我找到了什麼？」雁行拿出了紅絲線串著的東西遞給林一川。

只被削去了一小塊，剩下的大部分完全能讓林一川看清楚這是什麼東西。上品白色雲子，上面的字跡清秀雋永。

「珍瓏！」林一川臉色凝重。

「小的親眼看到穆公子用它扔向那名刺客。」雁行將看到的說了出來。

穆瀾美麗的臉、燦爛的笑容在林一川腦中晃動。他有點不敢相信穆瀾真的是出手狠辣殺死東廠七人的刺客珍瓏，但如果不是他，他為什麼會有這樣的一枚刻著「珍瓏」的白色雲子？

只是因為穆胭脂救了杜之仙的命，施恩收他做了關門弟子？杜之仙為何要拜託自己將來護他一命？他和那個出現在杜宅的蒙面女子有什麼關係？他為什麼要救被錦衣衛保護的無涯？謎一樣的穆瀾讓林一川彷彿走進了霧中。

他將雲子緊緊攥進手心。

「少爺。」雁行喊了他一聲，看到自家公子晦暗不明的臉色。他低下了頭，「小的會保守這個祕密，但是秦剛也去了。削斷的另一小片沒有找到，不知道秦剛是否會有所懷疑。」

幸好，刻著「珍瓏」二字的一大半被找回來了。林一川當機立斷，「咱們什麼都不知道，你也什麼都沒看見。這件事連燕聲都不能說。」

「是。」

雁行應了。他心裡暗想穆瀾如此可惡，就這樣放過他嗎？

林一川將他的臉色看得清楚明白，一語雙關道：「這枚雲子要用在緊要處。也許將來，林家會用得上。」

珍瓏牽涉著東廠，東廠又掐著林家的脖子。林家投了東廠的消息，錦衣衛很快就會知道，林一川不得不慎重。

穆瀾剛出禪房，就看到衙門裡的人已經來了，一行人朝案發的禪房方向走去。她看到陳瀚方的背影，想了想也跟過去。

現場很簡單，黃衫蒙面男人闖進屋裡，一刀封喉。仵作填了屍格。衙役從老婦人衣箱中找出兩串散碎銅錢。念她沒有親屬，就將錢給了寺裡辦喪事。僧人們卸了門板將那可憐的老婦人抬到一旁，用葦蓆蓋了面目。

因陳瀚方有官職在身，衙門裡的人也不敢含糊，又細細問了蘇沐一遍經過。穆瀾見狀，又上前講述一遍。聽說是林一川去追的，兩名衙役就趕去禪房問話，以便了解凶手的身高、體形，方便畫影索形，發下海捕文書。

「這老嫗孤苦無依，遭此橫禍倒也可憐。本官再補些銀錢，寺裡給她做幾天道場，買口薄棺發葬。將來她的遠親再來寺裡，也好知曉去何處尋墳祭奠。」陳瀚方拿了錠銀子交給住持。

「陳大人放心。」住持自然滿口應允。

陳瀚方嘆了口氣，帶著兩名學生告辭下山去了。

僧人將老嫗抬走之後，人群便慢慢散了。不多時，這處角落就清冷無人。

穆瀾這才慢慢走過去，裝著欣賞那株高大的老梅，感覺到四周無人窺視，這才悄悄地進了屋。

禪房布置極其簡單，一榻一桌，靠牆擺著一只衣櫃。桌子上擺了個針線籃，裡面還有一雙紮著麻線的千層布鞋底。看大小，正是小沙彌靜玉這年紀穿的。

仵作用白灰畫出老嫗死去時的身形。地上的血已滲進了青磚縫裡，邊緣有些模糊，大概是被人踩著了。

穆瀾在那塊血跡模糊的地方蹲下身，露出了奇怪的表情。她清楚地記得，當時林一川去追凶手，蘇沐癱坐在地上神智不清，自己走到門口往裡看了看。禪房就一間，她站在門口，整間屋子一目了然。那老婦人脖子汩汩冒著血倒在地上，但她顯然臨死之前想起什麼，手指在地上畫了個十字。

當時穆瀾不想多事，就沒有進去細查，緊接著陳瀚方就帶著兩名監生進去了。然而陳瀚方出來後講述現場時，他並沒有提到老嫗手指畫出來的記號。

三人進去時，難道有人無意中踩到了這裡，將那個十字踩得模糊不清？所以陳瀚方才沒有發現？

面具師父的意外出現，讓穆瀾對這個被一刀抹喉的老婦人生出了興趣。她打開衣箱，裡面有三、四套舊衣，質底普通，沒有補丁。衙役們已經翻找過一遍了，穆瀾也沒發現更多的線索。

外面傳來清脆的誦經聲，穆瀾走出去一看，靜玉搬了個蒲團，跪坐著在梅花樹下唸經，小臉一片虔誠。

穆瀾想到桌上沒做完的那雙鞋底，蹲在靜玉面前，柔聲問道：「靜玉，婆婆很喜歡你，你也很喜歡婆婆是不是？」

靜玉眨著眼睛看著她，用力地點了點頭，「婆婆會唱歌哄我睡覺，給我做新衣裳。」

「婆婆姓什麼啊？」穆瀾想起靜玉唱的那首兒歌，不動聲色地引著靜玉往下說。

靜玉低下頭，摳著蒲團邊的蒲草嘟囔，「她記不清楚啦。住持師父說她是山下梅村的人，所以讓我喊她梅婆婆。」

「這棵梅花是誰種的呀？」

「住持師父說是梅婆婆的遠房親戚送她來時種的。」

「梅婆婆從前都不愛說話？最近看到梅花開了，才說話的？」

靜玉不高興了，「婆婆不是啞巴，她就是記性不好。她要唱歌哄我睡覺的，還說要做雙鞋給我呢。」

在寺裡住了十八年，也不是啞巴。為什麼突然會遭到職業殺手刺殺？面具師父是為了無涯而來，還是因為這個老婦人？

穆瀾見問不出更多，摸摸他的小光頭笑道：「給婆婆多唸幾卷經超度，她來世就有好日子過啦。」

靜玉繼續虔誠地唸經。穆瀾站起身想，她應該去山下梅村打聽一番。離開靈光寺時，穆瀾突然想起了林一鳴。一起同來，卻再沒有看到他的身影。他先行進寺，照理說寺裡發生命案，以林一鳴的性格，他應該來看熱鬧才對。他去哪兒了？

穆瀾踟躕了下，又返回林一川借住的禪房。

衙門裡的人已經離開。燕聲找了套乾淨的僧衣給林一川換了。林一川穿著僧衣，越看越不舒服，打死不想這樣穿著回城。他吩咐雁行回去弄身衣裳來，決定在寺裡住一晚。

穆瀾進來時，燕聲惡狠狠地瞪著他。他伸開雙手打量了下身上的衣裳，笑容燦爛，「大公子的衣裳都挺貴的，穿得很舒服。」

他舒服了，林一川就更不舒服了。他盯著穆瀾冷聲說道：「還好意思回來？你下手可真夠狠的！」

洗澡時林一川居然闖進來，穆瀾陣陣後怕，絲毫不後悔把他劈暈扔進澡桶。她沒有把這件事放在心上，覺得林一川沒這麼小氣，笑嘻嘻地說道：「誰教你偷看我洗澡的？活該。」

他活該？原本是想套近乎，將來在國子監日子好過。對他巴結討好，就換來他這般作踐自己。難道他就沒跑來偷看自己洗澡？還澆了他一大桶冷水。回憶起穆瀾種種可惡，林一川怒了，「燕聲，守住門！今天我要關門打狗！」

穆瀾頓時冷了臉，將林一鳴消失不見的事忘了個乾乾淨淨，「我也要打狗……打摔進澡桶裡的落水狗！」

剎那間，兩人的眼神如刀劍直刺對方。

穆瀾拎起已經拖在地上的袍角掖進了腰帶裡。

林一川頓時譏笑道：「矮矬子！」

不僅比他矮半個頭，骨架也比他小，他的衣裳套在穆瀾身上顯得異常寬大。

穆瀾慢條斯理地抽了靴子裡的匕首，將長了一截的袖子割了，「衣裳長了，我改短一點兒就行。反正這衣裳破了也值錢！」

穆瀾不動怒，林一川氣急敗壞，那種挫敗感讓他更想激怒他，「窮光蛋就是窮光蛋，偷本公子的衣裳穿還喜孜孜的，真不要臉！」

「窮人沒臉面，有骨氣，骨頭還硬得很。揍你的時候你就知道痛了。」穆瀾看似臉皮厚，一點兒也不動怒，但林一川的話已經傷到她了。

這陣子與林一川走得近了，她覺得林一川並不壞。她心裡感激著他為老頭兒張羅喪事，也許在她心裡，已經將他當成了朋友。

這個世界上，能帶來傷害的，永遠都是自己親近的人。無關緊要的人，話再惡毒，誰又會放在心上？

老頭兒說得沒錯，她的祕密太多。國子監對她而言是以性命相搏的凶險之地，她是獨自行走在黑夜裡的行者，她不能有朋友。

燕聲相信自家公子一定會狠狠教訓穆瀾這隻白眼狼，他轉身就關了門，提著刀在門口守著。

聽著劈里啪啦的聲響，燕聲默默地算著：桌子碎了，凳子摔牆上了，床榻散架了，茶壺砸了，拳腳見肉的悶響，嘶啦撕破衣裳的聲音……

屋裡突然安靜下來，燕聲把耳朵貼在門上。

穆瀾一把撕裂了林一川的褲子。林一川一掌打掉了穆瀾的紗帽。

他的大腿露了出來，穆瀾惡狠狠地將手裡的衣料扔在地上，朝他一腳踹過去。幾綹頭髮散落在她臉頰旁，分明的五官多了幾分嫵媚。寬大的衣袍沒能遮住她細長的脖子。過往記憶中的碎片從林一川腦中瘋狂地湧出，讓他瞬間懵了。

肚子被穆瀾一腳踹了個正著，他差點閉過氣去。

他趴在地上仰起臉看他。新葉般的眉下，那雙眼睛染滿了怒火，美麗得令他目眩神馳。

「林一川，以後別說認識我！」穆瀾喘著氣，驕傲地說道：「我會還你一套新錦裳！」

果然是隻小鐵公雞！一套？你怎麼不說還我十套？這樣才有拿錢砸人的氣勢啊。林一川看著穆瀾大力拉開門，風也似地走了。

「少爺！」燕聲駭得叫了聲，朝他撲過來。

林一川翻了身躺在地上，氣終於順了。他捶著地哈哈大笑，笑聲爽朗無比。

「少爺！」燕聲都快哭出來了。他長這麼大從來沒見過少爺這麼慘。大腿露在外面，人被揍得爬不起來，少爺這是在慘笑嗎？

穆瀾尋到寺裡僧人買了套合身的青色僧衣換了，感覺走路的步子都輕快起來。望著打包進包袱裡的那套玉帶白錦裳，她哼了聲自語道：「修補下還能當點兒錢。想讓我白扔掉，門兒都沒有。」

馬也是林一川的，穆瀾毫不客氣地騎走了。

梅村在山腳下，離靈光寺有二十幾里路。這裡遍種梅樹，村裡還有一株百年老梅，因而得了梅村的名字。

黃昏時分，穆瀾騎著馬進了村。她尋思著天色已晚，打算在村裡借宿。才進村子，穆瀾就看到一輛寬敞的平頭黑漆馬車停在一座大宅院外面，門口還站著兩名帶刀侍衛。她有些錯愕，無涯居然也到梅村來了。

春來滿臉急色從院子裡出來，抬頭就看到穆瀾。他看像到怪物似的，尖聲叫了起來，「怎麼又是你！十處打落九處在。你黏著我家主子做什麼？」

他不喊這一嗓子，穆瀾還想避開無涯。聽他這麼一喊，她笑嘻嘻地催馬上前，也不搭理春來，衝著院牆裡面提高了聲量，「哎喲，真是巧啊！又遇到無涯公子了！」

「你還笑！」春來怒了，指著她罵道：「不是你把我家主子撲進水裡，他會染上風寒嗎？」

可憐的無涯，身子骨就是比不得習武之人。山中風大，早春的潭水凍得她都直哆嗦，何況是書生般的無涯。穆瀾聞言跳下馬，關切地問道：「請郎中了嗎？」

山村鄉野的郎中也配給主子診脈？春來罵道：「你離我家主子遠一點兒，他就好了！」說著又焦急地朝村口望去。

秦剛見無涯高熱昏迷，馬車顛簸，不敢再趕路，只能暫時尋了梅村借宿，著急地遣了侍衛回城去請太醫，一來一回需要好幾個時辰。春來聽到馬蹄聲，以為太醫到了，這才到院門口張望。

「在下也懂得一點兒醫術。」穆瀾就算識毒辨藥比學治病強，醫術也非普通郎中可比，看春來的模樣就知道肯定沒有請到郎中。當時情急之下將無涯撲進水潭，這才讓他感染風寒，穆瀾有些內疚。

春來嗤之以鼻，對門口的兩名侍衛說道：「不准這個人進院子！」

「穆公子！」門裡傳來秦剛的聲音。他正著急，就聽到了穆瀾的聲音，像是撈到救命草似的，趕緊走出來。

見是秦剛，穆瀾笑著拱了拱手道：「聽說無涯公子染了風寒。不知他現在情況如何？」

「穆公子快裡面請，您瞧瞧就知道了。」秦剛匆匆地拱手還著禮，恨不得拽著她趕緊進去。

「秦剛！」春來氣得跳起來。

靈光寺在西山，騎馬回城最快也要一個多時辰。秦剛掃他一眼，低聲說道：「就算侍衛快馬加鞭回城……這時候城門已經關閉，能在天明前趕到就不錯了。穆公子師承杜先生，醫術自然精湛。公子已經燒得說胡話了。」

皇上藉口去行宮探望太后，結果卻摔進了靈光寺後山的水潭。他感染風寒不是小事，一旦被東廠和朝中大臣知曉，自己小命難保，秦剛肯定會被削職。錦衣衛要避開東廠耳目，請來太醫，還要悄無聲息地出城，肯定耽擱時間。春來咬著小牙不作聲了。

穆瀾聽見，急步往裡走，「在下先去瞧瞧無涯公子。」

秦剛趕緊上前帶路。春來氣歸氣，想想秦剛的話也有道理，垮著臉跟著進了院子。

村長家的偏院被秦剛包了下來，無涯躺在正房的大炕上，蓋著厚厚的棉被。房中升了三個炭盆。穆瀾一進房間，熱浪撲面而來，悶得她險些呼吸不暢。

「炕燒熱了，主子仍然叫著冷，身子又滾燙。村裡郎中正巧又去了鄰村看病。秦某已經派人去靈光寺向住持討藥，人還沒有回來。」秦剛苦笑著解釋道。

「把炭盆先移出去，悶都悶死了。」穆瀾吩咐了聲，坐到炕沿上。她摸了摸炕又嘆了口氣，雖然早春晚上還寒，這炕也燒得太熱了。

無涯臉頰燒得通紅，嘴脣已經乾裂了。穆瀾取下他額頭搭著的溼布巾，手掌按在他前額。觸手如炭火一般，她皺起了眉頭。這場風寒來勢洶洶，被火炕和炭熱一激，發作得更猛了。

「村裡郎中不在家，家中也定會備著一些草藥，我去找一找。取罈烈酒用老薑泡著替他擦擦身子。把柴火也撤了，這炕燒得太熱太燥，內火虛旺，病情只會更加沉重。」穆瀾不敢再耽擱，吩咐完就起身出去了。

春來又想反對，秦剛瞪了他一眼道：「你懂醫術嗎？太醫來之前先照穆公子說的辦。」

等撤掉炭盆，抽了柴火，秦剛也覺得屋裡舒服許多。

春來噙著淚用烈酒替無涯擦拭，見他仍然昏迷不醒，嘴裡喃喃說著聽不清楚的胡話，氣鼓鼓地嘀咕道：「主子若是不好，奴婢定要稟了太后娘娘，砍了穆瀾的人頭！」

約莫隔了大半個時辰，有侍衛來稟告秦剛，「村長的兒媳端了藥來，說是穆公子讓熬的。穆公子說記得去靈光寺時在路邊看到有幾味草藥，採藥去了。」

秦剛大喜，快步去了門口。

他們租的是村長家的院子，給了一錠五十兩的官銀。秦剛認得這個婦人，是村長的兒媳。

村長的兒媳將食盒遞給秦剛，諂媚地說道：「是位姓穆的公子給的藥，妾身親手熬的。穆公子說還差兩味藥，上山去了。」

秦剛揭開食盒，端起熱氣騰騰的藥聞了聞，用勺子舀了一勺給她，「喝下去。」

村長兒媳心裡頓時不喜，暗想她親手熬的，還怕她下毒不成？她貪圖賞銀，心想不能白忙活，接過勺子痛快地喝了。

秦剛盯著她足足片刻，見她面不改色，這才吩咐道：「賞她五兩銀子。」

村長兒媳眉開眼笑地接了銀子去了。

秦剛提著食盒回了正房，又用銀針探過，見沒有變化，讓春來端了藥碗，自己扶起了無涯。

藥正要餵進無涯嘴裡時，外面侍衛又來稟了，「穆公子回來了！」

回來得真快！秦剛愣了愣。

門簾被穆瀾一把掀起，她大步走了進來，拎了一大包草藥，「先別餵他喝那碗藥。我找齊草藥了，裡面有味藥相沖。」

她極自然地從春來手裡拿過藥碗放在旁邊櫃子上，「去弄個藥鍋，升個爐子。」

春來白了她一眼，又不敢不聽，趕緊去了。

秦剛不動聲色地看了看櫃子上的藥道：「村長白熬這碗藥了。」

村長是男人，熬藥的事怎麼也輪不到他。秦剛定是起了疑心。穆瀾極自然地笑道：「辛苦他家女眷了。」

難道這藥真的是穆瀾吩咐熬的？秦剛沒有試探出來。

穆瀾端起那碗藥，當著秦剛的面喝了一大口，似在嘗味，「的確少了兩味藥，藥效不夠。」

她和村長兒媳都嘗過藥，這碗藥湯應該無毒，可是秦剛還是覺得有什麼地方不對。他直接問穆瀾道：「穆公子從絕壁上跳下來將我家主子撲進了水潭，總得給秦某一個理由吧？」

「哎，當時就想和無涯公子開個玩笑。沒想到山道太窄，沒站穩。」穆瀾記起了無涯的話，露出了懊惱的神情。

她拉起無涯的胳膊，閉目把脈，秦剛就不好再說下去了。那塊被刀削下來的白色小東西，難道是錯撿的？沒有刺客，沒有刀光？

「無涯公子沒有大礙。看似凶險，天明前肯定退熱。」

穆瀾的話讓秦剛鬆了口氣。

春來借了藥鍋升起了爐子。穆瀾出去熬藥時，順手把那碗藥拿出去，一滴不剩全部潑在院子裡。

她望著暮色沉沉的天際，慶幸自己回來得及時。

舌根隱隱傳來絲絲回甘。這碗藥絕對沒有毒，但它裡面加了支人參，還是二十年份以上的老參。風寒最忌大補，無涯若飲下這碗濃參藥湯，病情會加重。風寒好了，他的身體會變得虛弱，需要長時間才養得回來。

這麼短時間，就弄到了老參，穆瀾只能嘆服面具師父神通廣大。不，也許是珍瓏局中的人不容小覷。

如果自己不來梅村，村裡的郎中就一定在家，這碗藥照樣能進無涯的嘴。她來了，就變成她吩咐村長家的女眷熬製這碗藥。面具師父一定藏在暗處盯著這裡。

穆瀾想著心事，將藥熬好端進正房。不等春來和秦剛開口，她就著碗喝了一口嚥下，若無其事地說道，「再涼一涼，太燙了。」

等一會兒，是讓他們看看，自己是否有事。

這位穆公子是個明白人。秦剛對他的興趣越發濃厚。早在揚州，他就起了愛才之心。

在京城遇見，又知道他是杜之仙的關門弟子，被皇上看重，如果能招攬他做錦衣衛的暗探，倒是極不錯的主意。秦剛看穆瀾的的眼神變得親切。

半盞茶後，穆瀾又嘗了一口，這才示意春來餵無涯喝下。

穆瀾一直沒有離開，和秦剛、春來一起守在炕邊。子時過後，無涯身體的熱度漸漸退了下去，秦剛和春來長長地舒了口氣。

等到丑時，院外傳來了馬嘶聲。侍衛帶來了太醫。

太醫一伸手，穆瀾就知對方醫術定在自己之上，她識趣地告辭。

走到門口，穆瀾回看了眼無涯。他睡得很沉，像是一朵睡蓮。這樣美好的人，為何面具師父要對他下手？

棉簾落下，阻斷了穆瀾的視線。

她站在院子裡，夜晚的風帶著陣陣寒意。天上無月，星子分外明亮。穆瀾累了一天卻了無睡意。

太醫已經到了，無涯醒過來之前，穆瀾也不能離開梅村。

她伸了個懶腰，告訴門口的侍衛，自己再去郎中家一趟，看能否再找點兒草藥，方便太醫開方。

第十八章　相思易多疑

出了村長家，夜裡安靜無人，穆瀾快步拐進了旁邊的小樹林。

她早就注意到這片林子。如果站在樹上，正好能看見村長家的院落。

很多村落的人家都會在家附近種下樹木，等到成材後伐來建房打造家具。林中的樹木稀落，卻很高大。穆瀾倚著一棵大楊樹的樹幹，靜靜地等待著。

凌晨的樹林異常安靜。等待的時間裡，穆瀾想起了從前跟著面具師父學武的時候。身為女子，力量難免不足。她跟著母親自幼學走索，面具師父擇其所長，對她的輕功要求更為嚴苛，那時候是在杜家的竹林裡練功。

面具師父說，葉隨風動，心隨意起。這手功夫練到極致，如同小梅初綻。看著梅瓣鼓漲著破開花萼，只有心才能聽到那種聲音。

當心靜下來，夜風吹過時，穆瀾聽到了面具師父到來的聲音。她望向兩丈開外的地方，面具師父高大的身影從樹後顯露出來。

星子再亮，星光依然黯淡。朦朧夜色裡，面具師父沉默佇立，像旁邊大樹投下的一道陰影，帶給穆瀾無形的壓力。

一文一武教她的師父與師父是這樣不同。杜之仙在瓜棚架下拈針穿線，就著秋日陽光縫衣裳給她的情景浮現在穆瀾腦中，她嚮往並熱愛著那樣的明媚。她一點兒也不喜歡面具師父的沉默嚴肅。面具師父像是一座冷漠的冰山，總讓穆瀾難以親近。

她感念著面具師父的教導之恩，然而，當面具師父有負老頭兒的時候，她毫不猶豫地生出恨意。

穆瀾想，為面具師父殺了七個東廠的人，他教她習武的恩情便還清了。

杜之仙去世的日子裡，穆瀾不止一次想像著，再見到面具師父時，自己會有怎樣的情緒？激動、憤怒、傷心、痛苦……真見到時，她依然覺得人的想像力太過貧乏。她想遍了自己能預想的心情，唯獨沒想過自己會如此平靜。

「核桃好嗎？」穆瀾懶洋洋地靠著樹站著。今天她很累，她不想浪費一點兒休息的時間。細長的匕首反握在手中，她不確定自己和面具師父是否會白刃相見。

「為什麼要救他？和他是朋友了？」

喑啞的聲音，一如既往地不受穆瀾的話影響。

羅漢壁旁，渾身滴水、毫無武功的無涯踏出那一步，擋在她身前時，穆瀾就記住那一刻。她承認自己太容易被感動，太容易心軟。無涯那一步，讓她對他生出了保護的慾望，她不願意那樣美好的無涯被面具師父弄死。

「師父今天去靈光寺，是為了那個被殺手割喉的老嫗，還是想害無涯？或者是來見我的？」穆瀾回話的方式是跟著面具師父學的，誰也甭想牽著誰的鼻子走。

面具師父微微側過了身，面具上刻著的丹桂在夜色中變得清晰。

穆瀾不由自主地想起了老頭兒望著丹桂死不瞑目的討厭模樣。

「妳會後悔救他。」

無涯和她有仇？他爹是當年科舉弊案的幕後主使者之一？穆瀾不置可否。冤有頭，債有主，就算無涯他爹是害了父親的人，她自會找他爹算帳。

「為什麼要帶走核桃？」穆瀾固執地再一次問道。

也許是她的固執讓面具師父覺得難纏，他終於開口告訴她，「過不了多久，妳就能見到她。她願意為妳做任何事，我沒有勉強她。」

帶走核桃，是為了讓她幫自己？穆瀾心裡暗暗冷笑，「看來師父對徒兒甚是了解。你這是拿核桃來威脅我嗎？」

「如果妳這樣想，就算是吧。」

是啊，老頭兒死了，這世上除了母親和穆家班，只有核桃才能讓自己如此牽掛。穆家班人多，不好掌控。穆瀾有點頭痛，她畢竟不是冷血冷性的人，一尋思，自己的弱點還真多。如今面具師父只控制了一個核桃，當核桃失去價值，就該輪到母親和穆家班的人了，然而她現在卻沒有能力將二十來號人妥善安置。

自己能被利用的，不外是練就了一身好武藝，能為珍瓏局繼續做刺客罷了。穆瀾乾脆挑明了，「我應該叫師父一聲瓏主嗎？主持珍瓏局的瓏主大人！」

就算看不清楚，穆瀾也能感覺面具師父的眼神變了。她自嘲道：「師父在信裡的字跡與那枚雲子上刻的『珍瓏』二字一模一樣。徒兒還不算太蠢。」

她在山崖下擲來的東西是那枚雲子？杜之仙還留著？

「我以為是暗器，削成了兩半。」

穆瀾一下子站直身體，繃緊了聲音，「你沒接著它？」

面具師父沒有回答。

穆瀾回憶了下。林一川的角度看不見，春來和無涯走在被蒼松遮擋的山道上，也不會發現。林一川的兩名小廝正在不遠處的羅漢松下燒水煮茶，他們應該也沒看見，否則林一川就會知道當時面具師父藏在蒼松之間。

「應該還在羅漢壁處。回頭我去找。」穆瀾有些懊惱。她一心想著面具師父會接住這枚雲子，就明白自己識破了他的身分。

「傻了吧？」面具師父不無譏諷地說道。

穆瀾毫不示弱，「被人撿到又有什麼關係，又不是我的字跡。我拿著它，也就是想知道布下珍瓏局的人是誰而已。我說師父，你想殺東廠的人，直接告訴徒兒就是了，何必讓老頭兒勞神費力？拐彎抹角有什麼意思？」

「我讓妳殺，妳會去嗎？」

穆瀾愣了愣。如果是面具師父讓自己去殺東廠的人，她還真有可能不去。她滿不在乎地說道：「無所謂了。老頭兒死了，我不再替你做事。你有什麼圖謀，我不關心。」

似早就料到穆瀾的態度，面具師父淡淡說道：「上次我便說過，我沒什麼可以教妳的了，以後妳不必叫我師父。妳再壞我的事，我不會對妳留情。」

解。

兩清？那他控制核桃做什麼？不是要脅自己繼續為他做珍瓏殺手？穆瀾有些不

「將來，等妳想起一切，妳就知道了。」面具師父似看出穆瀾所想，幽幽地嘆息了聲。

想起一切？她記憶力好得很。她忘記了什麼？穆瀾百思不得其解。

然而面具師父從來不會為穆瀾解惑。他轉過身，朝著來時的方向離開。

那些憋在穆瀾心裡的問題一股腦兒全冒了出來，她漫聲吟道：「如今香雪已成海。小梅初綻，盈盈何時歸。」

面具師父停下腳步。

他背對著穆瀾，墨綠色的披風在夜風中輕輕漾動。

「你我師徒情分已斷，老頭兒的恩情我卻斷不了。瓏主何以對他如此冷酷，讓他死不瞑目？」穆瀾的聲音變得尖銳生硬，「你不說，總有一天我會查出來。總有一天，我會揭下你的面具，看看你的模樣，是如何無情！」

面具師父一言一發，高大的身影漸漸消失在夜色裡。

他留下的謎像是眼前的黑夜，在穆瀾心裡瀰漫開去。

晨曦像是一片輕紗浮在梅村的村舍田野間，裊裊升起的炊煙與溫暖的春日陽光讓整個村落充滿了生機。

無涯在恍惚間聽到了無數的人聲，起初隔得那樣遠，漸漸地清晰入耳，他睜開了眼睛。

春來發出一聲尖叫，「主子醒了！」

好吵！他皺了皺眉。

「皇上，下官再為您把一次脈。」方太醫滿臉喜色，花白的鬍鬚激動地直顫。

空空的房梁、落漆的炕櫃……

「這是何地？」

聽到自己的聲音虛弱無力，無涯立即反應過來。這場病來得急，秦剛必是臨時尋了個地方落腳。憂慮與焦急湧上了他的心頭，「可曾驚動宮裡？」

秦剛趕緊答道：「這裡是靈光寺山腳下的梅村。方太醫出京沒有驚動任何人，家中已安排妥當了。」

無涯聽到自己是在梅村，想起了靈光寺那件凶殺案，吩咐道：「查查那老婦人的情況。」

「屬下已經查過了。幾十年前從山西嫁過來，村中老人尚記得她叫梅于氏。沒有子女，丈夫死後就獨自住在村東頭，種些瓜果菜蔬替人縫補度日。後來變得有些痴呆，更不與村裡人往來。十八年前有個遠房姪兒過來，見她可憐，就給靈光寺捐了兩千兩香油錢，寺裡就一直照顧她到現在。後來村裡人也不知道她的消息了。」

秦剛查這個老嫗，不是對凶殺案感興趣。身為親衛軍統領，他必須懷疑一切巧合，查明是否與皇帝有關。

「倒是件蹊蹺事。」無涯聽得百思不得其解。

「屬下會盯著衙門辦理此案。」

無涯搖了搖頭，「當地衙門查不出來。你遣人去趟山西，再查一查最近靈光寺可來過特別的香客。」

竟然對這件案子這般重視。秦剛警覺起來，「難道皇上懷疑落水一事……」

「不。那是腳踩滑了。」無涯仍然沒有把羅漢壁險些遇刺的事情說出來，「既然那老嫗的姪兒出得起兩千兩銀，顯然對他姑姑頗有感情，還是個有錢人。這十八年他卻再沒露面，朕心存疑惑。既教朕遇上，就去查一查。」

「是。」

無涯這才伸出胳膊讓方太醫把著脈。

探完脈，方太醫心裡一塊石頭落了地，「皇上年輕，恢復得快。先前穆公子為皇上熬製的藥湯極為有效，昨兒夜裡皇上就退了熱。下官這就再為皇上針灸，過兩、三天就無恙了。」

無涯聽到穆公子三字，不覺詫異，「小穆替朕熬藥？」

在他的目光注視下，春來低下腦袋，不甘願地回了話，「方太醫來之前，穆公子去尋了草藥，熬了碗湯藥。」

方太醫拿出艾條與銀針。無涯由春來侍候著解衣，他想了想吩咐道：「朕就在梅村養病。遣人去行宮給太后報個信，就說朕在靈光寺盤桓幾天。穆公子既通醫理，讓他先留下來。」

聽皇上話裡的意思，要瞞下這場病，將養好了再回宮。皇上怎麼能在這麼簡陋的山村養病呢？春來急了，「皇上，直接去行宮吧！這地方……」
無涯淡淡地看了他一眼。春來嚥下話，垂著頭出去了。
「穆公子師承杜之仙，醫術還行。朕記得當年是方愛卿去揚州為杜之仙瞧的病？」無涯看似隨意地問道。
方太醫捏著艾條的手顫了顫，差點灼到無涯的肌膚。他深吸口氣，手再次變得穩定，「皇上幼時，臣曾奉太后懿旨去揚州替杜大人看病。杜大人咳血的舊症難以治癒，辜負皇上與太后娘娘的厚愛了。」
無涯沒有說話，方太醫專心致志地下針艾炙。安靜的環境中，方太醫以為閉著眼的無涯已經睡著了，收拾好艾條、銀針，他輕輕為無涯搭上被子，拎著醫箱躡手躡腳往外走。
「朕信得過方愛卿。」
突如其來的話讓方太醫差點沒拎住手裡的醫箱。無涯的話令他又激動又惶恐，瞬間軟了膝，朝無涯跪地行了大禮，「皇上厚愛，老臣惶恐。」
「去吧。」無涯這才安心地睡了。
出了房間，方太醫情不自禁抬袖擦了把冷汗。
秦剛辦完皇帝交代的事，見他出來趕緊迎上去。
方太醫低聲說道：「皇上睡著了。老夫再開個方子，照方撿藥。不出三天，必大好。」
秦剛鬆了口氣，請他去廂房開方，同時瞟了眼穆瀾睡的廂房低聲說道：「穆公子不知道皇上的身分。你只是個與無涯公子家裡相熟的御醫，莫要說漏了嘴。」

「下官省得。」

方太醫飛速寫了方子，等秦剛拿走，房中只他一人時，這才癱坐在椅子上。他和杜之仙是故友，當年許太后欲為小皇帝召杜之仙回朝為帝師，他暗中用了點兒手段，爭來了那趟差事。杜之仙是有舊疾，卻還沒到咳血不止、難以回朝的地步。幫著杜之仙隱瞞病情，他已經犯了欺君之罪。

是他多想了吧？杜之仙在揚州隱居，幾乎足不出戶，年輕的皇帝怎麼可能知道他真實的病情？因為杜之仙的關門弟子穆瀾，所以皇帝才會提起當年自己奉旨去揚州為杜之仙診治的事。一定是他多想了。

杜之仙精通醫術，當著眾人的面咳血不止。他得了杜之仙的眼神，不過是裝著沒有看出來罷了。杜之仙去年又因病過世，此事再無遺漏之處。方太醫仔細把當年隱瞞病情的事又想了一遍，一顆心方才落到實處。

昨天到得太晚，著急為皇帝診治，沒顧得上仔細看穆瀾。杜之仙曾來信託他照拂這個關門弟子。他開的藥方倒是對症，不知道他的醫術是否得了杜之仙的真傳。

有侍衛請方太醫用早飯，他剛出廂房，就看到院子裡擺開了兩張桌子。一桌坐著帶刀侍衛，另一張桌子旁站著一個身穿青色僧衣的少年。

新葉似的眉、挺拔秀氣的鼻梁。方太醫恍惚起來。他就是穆瀾？

穆瀾迎著朝陽而立，看到方太醫的時候，淺淺的笑容浮上臉頰，拱手行禮，「晚生穆瀾見過方太醫。」

她的聲音迴盪在方太醫耳中，他激動地朝前走去，忘記了廂房與院子間的石階，腳下一步踩空。

一隻手及時地扶住他的胳膊。方太醫看到穆瀾關切的眼神，喃喃說道：「老了，熬一宵，眼睛都花了。」

穆瀾攙著他到桌旁坐了，拿過碗舀了熱粥放在他面前，笑道：「辛苦老大人了。用過早飯，老大人先去歇著，熬藥這種雜事就交給晚生吧。」

「好好。」方太醫心頭熨貼，目不轉睛地看著她道：「杜大人教了個好弟子。昨晚的藥用得極好。」

「老大人謬讚，晚生於醫術只學了點兒皮毛。」穆瀾規矩地回了，也不動筷。方太醫瞧了他半晌，驀然反應過來，拿起筷子夾了個饅頭，「用飯吧。」

穆瀾這才開動。她吃得慢而斯文，裝著沒看見方太醫時不時投來的目光，心裡犯起了嘀咕。老頭兒曾告訴過她幾個人名，值得她信賴的朝中官員裡，就有這位在太醫院混得不如意的方太醫。

老頭兒說方太醫醫術高明，因性情耿介，不善奉迎，在太醫院待了近三十年，連正六品的院判都沒混上，一直是八品的御醫。當年和他同進太醫院的廖太醫醫術不如他，如今已是執掌太醫院的正五品院使了。

用過飯，方太醫仔細看過侍衛找來的草藥，守著穆瀾熬製。

「穆公子跟著杜大人學醫，將來是否有進太醫院的打算？」

穆瀾坐在小凳上，搧著爐火笑道：「師父並未教過晚生醫術。只是一些尋常病症，瞧師父用過藥，知道方子罷了。」
方太醫頗有些吃驚，「就算知道方子，你怎麼能辨識出那麼多種藥草？」
因是老頭兒提過的人，穆瀾也不隱瞞，「晚生大概是記性好吧，看一遍藥草、嗅過味道就能記住了。」
這樣的天賦……方太醫不免唏噓。他輕聲問道：「你何時拜杜大人為師？」
「十年前。當時家母意外救了師父，他感恩就收了晚生這不成材的弟子為徒。」
十年前！方太醫驀然想起十年前的往事，臉色漸漸變了，「老夫去歇一會兒。藥熬好了，無涯公子也該醒了，你服侍他用藥吧。」
穆瀾聞言有點急，「既然方太醫在，這裡用不著晚生了吧？」
方太醫板起了臉，「第一帖藥是你開的方子，診治病人焉能半途而廢？」見穆瀾不情不願的神情，他左右看了眼，壓低聲音說道：「無涯公子身分尊貴，你這孩子……」
身分尊貴又如何？她才不想因為這個就去巴結討好。她只要進國子監，查出父親留下來的線索就行。說不定無涯的父親還真是當年科舉弊案的主謀，和無涯走得近，將來還麻煩。
這時春來終於賭完氣過來了，頤指氣使地說道：「穆公子，我家主子要在梅村養病，方太醫年紀大了，你留下熬藥吧。」
穆瀾頓時來了氣，正想將手裡的蒲扇扔了，方太醫已連聲應了，「正該如此，正該如此。老夫熬了一宵，精神不濟。先回房了。勞煩穆公子熬藥。」

他焦急的目光讓穆瀾想起了杜之仙，都是盼著她好；轉念又想到無涯留在梅村養病，說不定面具師父還會繼續對他下手，她現在真不能離開。穆瀾嘆了口氣，悶聲不響地繼續搧著爐火。

諒你也不敢走！春來哼了聲，拂袖進房侍候去了。

穆瀾煎好藥，拿了個托盤端著去正房。

棉布簾子被挑開，春來堵在房門口，小眼睛裡閃著討揍的光，擺足了威風，「試藥。」

試你個頭啊！穆瀾差點把托盤摔他身上。她就不明白了，無涯好好的一個人，身邊怎麼養了這麼個討厭的小廝。她皮笑肉不笑地說道：「怕有毒啊？你對無涯這麼忠心他知道嗎？不如你替他嘗毒擋死吧！」

說著將托盤往春來手上一擱，拂袖而去。正好趁這時間進村打聽打聽那個老嫗，也不知道面具師父是否離開。

春來可不敢把藥碗摔了，捧得牢牢的。主子是誰？九五至尊！天底下最最尊貴的爺！能為主子試藥是多大的榮寵？還敢甩袖子、使臉色？他朝穆瀾的背影啐了口，不屑地說道：「什麼阿貓阿狗都想往主子身邊湊！讓你試藥是給你臉了！」

幸虧穆瀾沒聽到他的嘀咕，否則肯定不顧方太醫的囑咐，上前奪了藥碗摔了。

她出了院子，在村子裡溜達了半天，將梅于氏的事打聽到了。隔了十八年，村裡人對梅于氏這個人已經淡忘得差不多了。穆瀾打聽到的情況並不比秦剛打聽到的多。是她多疑了吧，面具師父只是衝著無涯來的，和那位老媪被害遇巧了。只要與面具師父無關，穆瀾也就抛到了腦後。她不是六扇門的人，也管不完天底下所有的凶案。

等她回轉，又看到春來站在院門口。穆瀾停住腳步。這麼早回去做什麼？聽說村裡長了株百年老梅，去看小廝的臉色，不如去欣賞一番。她毫不猶豫地轉身。

「穆公子！穆公子您總算回來了！」春來見她轉身，急得直朝她跑過去。

穆瀾回頭看他。喲，這小臉的笑容瞧著極眼熟啊？

「正等著您用午飯呢。可把您盼回來了。」

穆瀾終於想起來了，母親巴結討好林一川時，臉上的笑容可不就是這樣諂媚嗎？她裝作恍然的模樣，萬分抱歉，「我在村裡已經用過飯了，煩請大家不用等我了。」

她俐落地轉身就走。春來急得跑到她身前，他一著急就顧不得臉上的諂媚笑臉了，霸道地說道：「吃過飯你也要回去。」

看春來的年紀不比自己大，個子還矮上半頭，小鼻子、小眼睛，面白秀氣。平時見他裝出一副高高在上的大人模樣，生怕自己占了無涯便宜似的，穆瀾就想按著他狠揍一頓屁股。現在看出他奉了無涯的令來找自己，就打算逗逗他，「憑什麼我要聽你的？」

憑我家主子是皇帝！春來卻不敢說出來，咬著小牙就是不肯服輸，「我家主子醒了，他要見你。」

「哦。」穆瀾就一個字，繞過春來繼續走。

「你給我站住！」春來見她不搭理自己，氣得直跳腳，「你敢不回去見我家主子？你吃熊心豹膽了？」

穆瀾腳步一轉，往回走了。

春來暗鬆了口氣，又得意地翹了尾巴，「哼！」

穆瀾瞥著他也得意地笑，「我改主意了。我去見無涯公子……當面告訴他，你對我使威風呼來喝去，還威脅我。」

春來傻眼了。這不是要他的小命嗎？眼淚瞬間就湧了上來，惡狠狠地瞪著穆瀾。

居然嚇哭了？穆瀾嘆了口氣，欺負小孩真要不得。她彈指給了春來一個爆栗，「不是所有人都貪圖你家公子的權勢富貴，記住了。」

她悠悠然進了院子。秦剛很是熱情地招呼她，「穆公子回來了。」

「去村裡看看梅花。」穆瀾也是瞧著午時趕回的，院子裡正在擺飯。方太醫已單獨坐了一桌，她便朝方太醫走過去。

「穆公子，我家主子請你與他一起用飯。」秦剛說著引她進了正房。

房中原本裸露著磚縫的牆被垂地的黃色絹綃擋了個嚴實。簡陋的火炕上鋪著緞面的新褥子。炕邊上那座剝落了油漆的炕櫃搭著一幅月下梅花繡品。炕桌是黑漆面的，擦得乾乾淨淨。牆角擺了只圓肚百子嬉戲青花瓷甕，插著一大束蠟梅，梅香隱隱。

穆瀾知道無涯出身富貴，卻沒想到自己出去溜達半天，屋子就大換樣了。

無涯顯然剛洗過澡，散著頭髮倚在一只錦繡長引枕上看書。他穿著件湖綠鑲白狐皮的錦袍，臉色蒼白了點兒，眼裡已經有了精神。見到穆瀾，那雙深嵌在眉窩裡的眼睛泛起了笑意，「愣著做什麼？上炕吃飯。」

這份親暱勁讓秦剛和跟進來侍候的春來都為之一愣，望著穆瀾的眼神複雜不已。秦剛想，這位穆公子前途無量啊。春來忐忑不安，生怕穆瀾告狀。

穆瀾見無涯親切，也隨意起來。她沒有脫鞋，歪著身子在炕邊上坐了，笑著問他，「方太醫瞧過了？怎麼說？」

「我好很多了，過兩天會更好，還得謝你的高明醫術。方太醫說若沒有你及時熬的藥，我好不了這麼快。」無涯笑著說道。

穆瀾被他誇得有點不好意思，「說起來還是我把你推進水潭才讓你染上風寒。我對醫術也就會點兒皮毛。」

落水後的那一幕浮現在無涯腦中。他永遠都不會忘記，穆瀾用背替他擋著那個面具人時心裡的震動。

論交情，兩人還沒到那一步，甚至上一次見面還負氣離開。可是他仍然忍不住想靠近他，覺得和他在一起如沐春風。聽到林一川叫他小穆，見他和林一川笑鬧就覺得受到了冷落，渾身不舒服。

無涯臉色突然就變了。他對女色一直不上心，難不成他喜歡男人？不不，不會是這樣的，無涯努力說服自己，他只是想和杜之仙的關門弟子做朋友而已。

「無涯，你是不是不太舒服了？」穆瀾發現不對，跳下炕走到他身邊，伸手搭上他的額。

熱度已經退了，掌心傳來涼涼的感覺。

無涯愣愣地望著他。眉微蹙，在他眉心形成的褶子真好看。他的臉精緻無比，他從來沒見過比他眉目更精緻的少年。

「到底哪不舒服？」

穆瀾關心的問話讓無涯心煩意亂，他垂下了眼睫，遮住眼裡的紛雜慌亂，「感覺有點倦。」

「畢竟是在生病。」穆瀾說著移開炕桌，扶了他躺下，「還是叫方太醫再來瞧瞧穩妥一點兒。你歇著，我先出去了。」

見他要走，無涯又捨不得。腦子的思維遲過了身體的速度，他拉住他的手腕。

穆瀾吃驚，「還有什麼事嗎？」

他的手腕竟如此纖細！他心裡像是住著一窩小兔子，蹦躂個不停。無涯鬆開手，「你別忘了吃飯。」

笑容從穆瀾臉上綻開，「放心吧。」

令人目眩的笑容令無涯又怔住，他狠狠地閉了閉眼睛，不甘心地抬起胳膊。他非習武之人，也精通君子六藝，他的胳膊不細。

「主子，您怎樣了？方太醫馬上就過來。」穆瀾才出去，春來就緊張地竄進來。

「把手伸出來。」

穆瀾真的告狀了？春來撲通跪在地上，哭喪著臉搧自己嘴巴，「主子，奴婢錯了！」

「做什麼你？起來，把你的手伸過來！」無涯惱怒地喝道。

不是掌嘴是要打手板心？春來聽到吩咐趕緊起身，把手伸過去，「請主子責罰。」

無涯握住他的手腕。

十五歲的春來個子矮瘦，手腕好像和穆瀾一樣纖細。無涯沮喪地將他的手扔開，「請方太醫進來。」

沒有責罰自己？春來眨著眼睛，差點喜極而泣，腿腳輕快地去了。

無涯平放在身體兩側的手攥成了拳頭，狠狠捶了兩下炕。如母后所說，他是不是真該立皇后了？

無涯到底是年輕，底子好。方太醫把過脈，給他針灸後欣慰地說道：「再服兩劑藥，明天就能下地了。」

一場風寒在短短兩天內壓下去，不會因此引發事端，無涯的心安穩下來。他望著正在收拾醫箱的方太醫，心中微動，吩咐道：「這兩天累著穆公子了。朕見他年幼，身體單薄，方愛卿也為他把把脈，開張養身的方子。朕信得過愛卿。」

這是第二次聽到皇帝說這句話，方太醫差點腿軟。

他看了眼年輕的皇帝。一雙靜如深潭的眼眸嵌在白玉般的臉上，脣角若有似無的笑容提醒著他，並非為穆瀾把脈開個平安方如此簡單。冷汗從方太醫鬢旁沁出。帝王的威嚴無聲無息地壓在他心頭，他不敢再與無涯對視，恭聲應了，背著醫箱出了房門。

牆角種著一株老梅，半樹怒放著黃玉般的花朵，樹下支著泥爐、藥鍋。穆瀾坐在矮凳上，一手支著下頷，一手拿著蒲扇搧著火。青色的僧衣甚是合身，勾勒出單薄的身影。

方太醫回頭看了眼正房，一陣陣頭暈目眩。熬了一宿沒那麼快緩過來，再耗費精力針灸，他感覺到胸口壓著塊石頭似的，沉重不堪。他背著醫箱進了廂房，上炕休息。

閉上眼睛，世嘉帝的話就在耳旁響起，揮之不散。十年前的那些往事攪得他難以入眠，他真的老了。方太醫嘆了口氣，翻過了身。

朦朧間，有人拉過被子搭在他身上。方太醫一驚，睜開了眼睛。

「老大人當心著涼。」穆瀾細心替他搭好被子道：「無涯公子晚間才會吃藥。我先替老大人熬了一副養生湯。老大人既醒著，先喝一碗再睡吧。」

一股暖流自心中湧出，望著穆瀾清爽精緻的眉眼，方太醫剎那間想起了早春那一層剛破土的嫩芽。他是老了，可是他還年輕著。他欣慰地笑道：「養生湯的方子如何開的？」

「師父身體不好，常為他熬製，記了些方子。」穆瀾解釋了句，看出方太醫嗜醫如命，就將方子背出來，「鄉間找不到太多好藥材，只用了陳皮、枸杞燉綠豆……」

她說完抿了嘴笑，從房中爐子上提了陶罐，舀了一碗遞給方太醫。

方太醫坐起身，一口湯下去，他的眼睛睜大了。

他出城時怕鄉間無藥，帶了些珍貴的藥材，如人參、雪蛤、川貝，備著給皇帝用，可這碗湯裡卻讓他嘗出了那些藥材。皇帝病還沒有痊癒，動那些藥材，砍了他的人頭都是輕的。這孩子膽子也太大了！他惶恐不安，心裡卻是熨貼不已。

穆瀾朝他調皮地眨了眨眼睛。方太醫守了無涯一宵，上午也沒睡踏實，替無涯行針灸。不補一補剩下那點黑髮用不了多久就白完了。她可是很護短的。

見只熬了兩碗的量，方太醫又反應過來，這孩子定聰明地一樣動了一點兒，教別人看不出來。他趕緊說道：「莫要總仗著年輕身體好，你把剩下的這碗吃了。」

想毀屍滅跡？穆瀾樂了，覺得方太醫和老頭兒頗有些相似，一點就透。她將陶罐放在爐旁熱著，「老大人睡醒再吃一碗。且放寬心吧，晚輩做事有分寸。」

一聲晚輩讓方太醫的眼睛微微溼潤。他瞅了瞅外面，輕聲說道：「你師父……」

「我知道。」穆瀾突兀地打斷了他的話，朝他使了個眼色，「您歇著，少費精神。我去給無涯公子熬藥。」

方太醫情不自禁地看向門口。陽光照過來，棉簾下有靴影閃過。他心頭微緊，難道皇上不相信自己？他叫住了穆瀾，「無涯公子令老夫替你看看脈，開個平安方。」

一老一小眼神對視著。

她究竟什麼地方露出了破綻，引起了無涯的懷疑？

老頭兒曾經說過，把脈辨識男女主要是從脈息強弱，根據經驗而得。她是武者，脈息比普通女子強盛，只要不是癸水前後那段異常時間，尋常醫者幾乎不能從脈息上辨識性別。方太醫的眼神溫和親切，他真的如老頭兒所說，值得性命相託？

穆瀾緩緩在炕沿坐了下來，微笑著將手腕遞到方太醫面前。

比普通男人顯得纖細的手腕讓方太醫蹙了下眉，又釋然了。南方男子的骨架纖細者多，有些甚至不如北方女子，細了一點兒，也很正常。他伸出的手微微顫抖著，手指輕輕落在穆瀾腕間。

屋裡的安靜讓方太醫聽到了自己急促的心跳聲，他沉下心摸著脈，目光忍不住瞄向棉簾外。那雙靴影已經消失了，皇上應該不會懷疑自己。是他杯弓蛇影，心亂了。

方太醫收回手，「穆公子脈象有力，身體不錯。如今年少單薄也正常，再過幾年必會健壯如牛。老夫回頭開張強身健體的方子給妳。」

一本正經的語氣，讓穆瀾浮想聯翩。再過幾年自己也壯不成牛，方太醫是看出來了還是沒有看出來呢？她沒能從方太醫的臉上看出絲毫端倪。她扶了方太醫躺下，細心替他搭好被子，「辛苦老大人了。」

望著穆瀾離開的背影，一滴淚悄然從方太醫眼角滑落。他攥緊了被子，無聲笑了起來。

穆瀾熬好藥。春來再沒有趾高氣揚，殷勤地跑到梅下，幫著濾藥湯，還對穆瀾道了聲辛苦。穆瀾沒有為難他，任他端著藥去了。

針灸後，無涯睡了會兒，這時已醒了，倚著引枕看書。嗅到了藥香，他有些高興地抬頭，見端藥來的人是春來，眼神就淡了，「召方太醫。」

春來將藥放在炕桌上道：「奴婢先侍候您服藥吧。」

一股無名火就升了起來，無涯重重地合上書，「現在就去。」

這又怎麼了？春來不敢多嘴，貓著腰就竄出去了。

院子裡傳來穆瀾和侍衛們說笑的聲音。午後的陽光透過窗戶照進來，無涯有些不耐煩地想下炕。正趕上方太醫進來，他穩住了神，慢條斯理地翻著書頁，「朕覺得好了大半，想出去走走。」

「不可。」方太醫耐心地勸導他，「皇上這場風寒雖說來得急，去得也快，畢竟沒有痊癒。等到明天，臣再瞧瞧。若是可以，皇上再出門不遲。不然病情反覆，就麻煩了。」

「依愛卿所言。」無涯也不想病情反覆。能在梅村安穩養好病回宮，抹去痕跡，才是最穩妥的。

他輕輕翻動著書頁，沒叫方太醫退下，也沒再開口。

站在他面前，方太醫覺得身上像是長滿了刺，不動難受，動也難受。他揣摩著皇帝的心思，壯著膽子開口道：「臣已為穆公子把過脈了。」

「哦？」

漫不經心地盯著書頁，無涯的耳朵已豎了起來。

方太醫的目光盯著腳下的石板地面，一字一句地說道：「穆公子脈象強健有力，身體康健，臣遵旨開了副滋補壯陽的方子給她。」

滋補壯陽？聽到這四個字，無涯沉默了。窗外的說笑聲並不大，無涯卻能清楚分辨出穆瀾的聲音，一股苦澀的味道從舌根泛起，「下去吧。」

他怎麼可以如此在意一個少年？

「在下自幼走索賣藝，練了一點兒輕身功夫保住飯碗嘛。哪敢和秦統領過招呢？呵呵呵……」

秦剛想招攬穆瀾的心思在揚州時就表露無遺，他這是想試探穆瀾的功夫。

無涯想起了第一次遇到穆瀾，他活潑開朗，驕傲地請他看好了，頭彩是他的。那張神采飛揚又精緻如畫的臉怎麼也無法從他腦中抹去，無涯心裡頓時生出一股煩躁，恨恨地端起藥碗一飲而盡。他絕對不會喜歡這個少年！他只是欣賞對方，想和杜之仙的關門弟子結交。他不信自己真會對穆瀾動那種心思。

「春來！」

立在門口的春來應聲進了屋。

「服侍朕歇著。晚上和穆公子一起用飯。」

瞥見無涯望向院子微皺起的眉，春來心領神會，服侍他解了外裳躺下，躡手躡腳出了正房。

秦剛正衝著穆瀾一抱拳，就打算出招。

春來趕緊朝他比劃了一個噤聲的手勢。

「以後有機會再向秦統領討教。」穆瀾暗暗鬆了口氣，藉口睡午覺溜回自己的廂房。

明天，無涯能下地走動，她就告辭離開。再留下去，不被無涯猜疑就要被秦剛試出功夫深淺了。

無涯的晚餐很簡單，一碗清粥、兩碟小菜。穆瀾面前則放著一海碗炸醬手擀麵。

春來放下麵碗，近乎討好地說道：「麵裡臥了兩個荷包蛋。」

哎喲，變化真快啊！穆瀾笑嘻嘻地謝過了他。

悄悄瞥了眼無涯，春來發現主子眉目舒展，小心肝不再亂跳了，喜孜孜地拿著托盤退到一旁。這時，無涯投來一個眼神，春來呆了呆，又往後退，站到了門口。無涯大怒，眉梢揚了起來。春來頓時想再給自己一個嘴巴，乖乖地退到門外。

「你別顧及我，我只是想有人陪著吃飯熱鬧一點兒。」無涯端起粥碗，斯斯文文地舀起一勺清粥。

穆瀾攪和著麵條看得一愣一愣的，無涯喝粥就像是在作畫一樣優美，人和人真不一樣。她也想優雅斯文一點兒，可惜老頭兒告訴她，女子吃飯是數，男子吃飯是舞。數著米粒吃飯是女人做派，她要像男人，吃飯就要甩開膀子。她很是豪放地往嘴裡塞著麵條，趁著沉默吃飯的時間，尋思著無涯究竟從哪兒看到了自己的破綻，生出了疑心。

見她吃得虎虎生風，無涯感覺嘴有點淡，嗅著麵香，悄悄嚥了口唾沫。

正巧穆瀾抬起頭，看到他滑動的喉結。男子的喉結！

在船上穿短襦衣，她習慣在脖子上搭條圍巾；換成直綴長衫，她的中衣領子比常人的要高出兩分，且款式做的是對襟釦，而非普遍的斜領敞衫，能掩住她脖子。她換僧衣時特意瞧過了，領口雖然矮，但並不明顯。

無涯是看到自己的脖子，又覺得她骨骼比男子纖細才起的疑心吧？

十六歲可以說身子還沒長成，喉結不明顯。南方男子骨骼纖細，甚至有些人連北方女子都不及，也說得過去。方太醫沒看出來，無涯應該打消了疑心。

穆瀾這樣一想，突然就想到了林一川那身寬大的錦袍。林一川觀察入微，他會不會也因此懷疑自己呢？

穆瀾一時間陷入了沉思。

她的兩腮塞著麵條，鼓鼓的，炸醬沾在嘴脣上。怎麼越看越覺得可愛呢？無涯沒了胃口。

「在想什麼？」

他的話驚醒了穆瀾，她努力地嚥下嘴裡的麵條，沒料到一下子被噎著了，當著無涯的面，很沒風度地打了個嗝。

無涯「噗」的笑起來，倒了杯茶遞給她，「喝口水就好了。」

真是丟人！穆瀾一口就將杯裡的茶喝了，突然又是一抽。

當著穆家班的人打嗝，她完全沒有壓力；當著靜月般美好的無涯打嗝，穆瀾臉開始發燙，「失禮了！我先出去一會兒。」

「我有辦法！」無涯想起了幼時噎著打嗝的經歷，二話不說身體往前傾著，扶住了穆瀾的下巴。

穆瀾下意識地扭開臉，又抽搐了下。

「叫你別動！」無涯說著扳過他的肩，伸手就捏住了他的鼻子，「你閉著氣，一會兒包好！」

我可以自己閉住呼吸……可以不捏我的鼻子嗎？穆瀾瞪著他，想把他的手拍開。

「小時候我也噎到過，母親就這樣捏著我的鼻子，輕聲幫我數著數。數到四十就好了。我幫你數數。一、二……」

無涯的話讓穆瀾忘記拍開他的手。她從小習武、練習走索，消耗力氣後都會很餓，經常和雜耍班的丫頭、小子們一起搶飯菜，吃來噎著是常事。穆胭脂可沒這樣的耐性數著數哄著她，見有人吃來噎著，總會扠著腰大罵，「餓死鬼投胎呀？飯量這麼大，老娘養活你們容易嗎？」

她真羨慕無涯有那樣溫柔的娘親。

不知不覺間，她那口氣就順下去了。無涯還在認真地數著數，「……二十一、二十二。別急，等我數到四十。」

她的鼻頭又挺又尖，小小的，還沒有他的拇指大。無涯無意識地數著，心亂如麻。望著那雙瞪圓了的眼睛，他竟然有種想親她的衝動，他數不下去了。

他的眼窩有點深，睫毛很長，眉色不是很濃，長長地飛入鬢角。瞪著瞪著，穆瀾的臉突然就燙了起來。她擺頭掙脫，揉著鼻子道：「已經好了，謝謝。我去煎晚上喝的藥。」

「等等。」回宮之後，他就再也不見她了，他絕不能縱容自己去喜歡一個少年。無涯平靜地望著穆瀾，輕聲說道：「上次說好下棋，陪我下盤棋再去吧。」

「好啊。讓我幾枚子？」

「不讓。我還沒和你下過，怎知你棋力需要我相讓？」

穆瀾笑了笑，叫了春來擺棋。

她當仁不讓地拿了黑子，占據了主動。

行棋當善弈，落子謀全局。

穆瀾看似費勁地思考，卻是隨手落子。她不想讓善弈的無涯透過下棋了解自己，而她卻從棋中看到了無涯的另一面。

「我輸了。」棋才到中盤，穆瀾就扔了棋子認輸。她懊惱地說道：「我跟著杜先生就讀了幾年書，先生的才華沒學到萬分之一，實在愧對先生！」

「杜先生號江南鬼才，天底下又有多少人能如他一樣百般技藝皆嫻熟於心？人有所長，尺有寸短。你年紀尚小，進國子監多讀幾年書，必成大器。」把穆瀾殺得落花流水，無涯胸口憋著的氣也就散了，反而捨不得見他懊惱難過，柔聲勸導起來。

「說得也對。我就是只臭棋簍子。熬藥去了，誤了時辰不好。」穆瀾順利地脫了身。

她坐在梅樹下熬藥，腦子裡慢慢復盤著那局棋。無涯的棋銳氣畢露，且謀劃深遠，然而他又有著良善之心。老頭兒說過，但凡有梟雄之心者，殺伐果斷，少見柔善。無涯靜美如蓮花，志向似鷹隼，他究竟是什麼人呢？穆瀾猜不到。

她摸了摸鼻子，沒來由地又想起無涯看著自己輕聲數數的模樣。穆瀾用力扭了把大腿，瞬間疼得差點叫出來。她咬牙切齒地罵著自己，「沒見過男人啊？」

她見過男人，自己還扮了十幾年男人，可是她從來沒見過像無涯這樣喝口粥都能把她看呆的優雅男人啊。她深深地嘆了口氣，無精打采地搧著爐子。她明天一定要告辭離開，再留下去……穆瀾臉上浮現出一絲苦澀。有些花就該留在枝頭，起了妄念去攀折，容易摔斷腿。

房中的無涯也盯著那局棋。他十八歲親政前，課業繁重，幾乎沒有玩樂的時間，獨自下棋已成了他的樂趣，宮裡的棋博士也曾敗給了他。當他靜下心再來看這局棋，無涯看出了不對勁的地方。

棋一枚枚被他撿走，重新復盤。

穆瀾所下的每一枚子，毫無章法，從一開始就跟著無涯走。他走一步，他想了半天，其實也就隨便挨著落下一子，怪不得輸得這麼慘！這樣的棋力何止讓他七子，讓他十七枚棋子，他都能贏！

「敷衍我！」無涯氣結。

也許，一直是自己刻意結交，存心走近她，她只是不想得罪自己罷了。可是她為什麼要從面具人手裡救他？為什麼要替自己找藥治病？無涯腦中一片迷茫。

既知自己對穆瀾生出了好感，何必再去深究這些問題？他嘆了口氣。明天就打發她離開吧，眼不見，心不煩。也許時間長了，他就不會再對這個少年有所牽掛。

晚間最後一次針灸過後，穆瀾跟著進了方太醫的房間，嬉皮笑臉地套話，「老大人，那位究竟是什麼來頭，您給指點一下？免得晚生無意中得罪了。」

年輕的皇帝看似羸弱斯文，心思縝密。穆瀾進京不久，就懷疑起她的性別……如果是個男子，他鼓勵穆瀾靠近皇帝，那是條捷徑。然而現在的穆瀾走上了一條布滿陷阱與殺機的路，九死一生。

方太醫對杜之仙起了怨懟之心。叫穆瀾來找自己，難道他就不能替她做穩妥的安排？不對，杜之仙老謀深算，國子監裡定有什麼重要的東西，穆瀾不得不去。

如今只能讓她離皇帝遠一點兒。知道無涯是皇帝，穆瀾還願意離開嗎？她連國子監都敢去，還有什麼她不敢做的事呢？一念至此，方太醫推開窗戶，撫鬚觀月，「今晚月色不錯啊。穆賢姪，不如與老夫手談一局？」

方太醫很明顯是偏著自己的，卻不肯透露無涯的身分。穆瀾仍不肯死心。她的腦袋擺得像是波浪鼓，一聽下棋就頭痛，「晚輩是只臭棋簍子，還是睡覺去吧，免得壞了老大人的興致。明天無涯公子的病也好得差不多了，晚輩也該告辭了。」

「也好。」

先前方太醫很是積極地勸她接近無涯，此時穆瀾試探了一句，他居然改主意了。她想起了把脈一事。方太醫意味深長的目光從她胸口掃過。這也是隻老狐狸啊。老頭兒看人的確準，方太醫果然肯替自己隱瞞。這算不算進京城後的一大收穫？找到一個同盟，穆瀾很是開心。

瞧見她驚喜的笑容，方太醫怎麼也忍不住了，「賢姪切不可得意忘形。」前面都不是重點，重點是「忘形」二字。

穆瀾聽著有些警醒。進京沒多久，和無涯接觸也不多，他就能起疑心。將來進了國子監，豈不是步步踩著刀尖過日子？她乾笑道：「晚輩歸心似箭，不如現在就去告辭。明兒早起就走。」

聽得進勸告就好。方太醫撫著頷下鬍鬚老懷大慰，「甚好。」

一個許玉堂，一個譚弈能將京城小娘子們迷得當街掐架；換作無涯拋頭露面，京城的世家千金、豪門閨秀還不知道會如何痴迷。穆瀾覺得，無涯連公主也娶得。而她，不僅要繼續裝臭男人，還是個走江湖、玩雜耍的出身。難怪方太醫瞧出性別後，就盼著自己離無涯遠一點兒。

還好現在做男人打扮。換成女子，春來那小子還不從門縫裡將她瞧扁了？穆瀾臉上掛著笑，心裡越發不是滋味。

她打定主意，走到正房外就不再進去了，和在門口守衛的秦剛打了聲招呼，衝裡面拱手道：「在下離家甚久，家中母親尚望門守候。無涯公子日漸康復，在下這就告辭。明天一早就不來辭行打擾公子休息了。」

聲音從門外傳來。他為什麼不進來呢？無涯有種想掀起門簾再瞧瞧穆瀾的衝動，那絲不捨纏繞在心間。以後，那個穿著獅子戲服、神采飛揚去奪頭彩的少年只存在記憶中了。拉著他跳牆跳窗不客氣用豌豆黃堵他嘴的少年，再不會在他面前放肆。他和林一川打鬧嬉戲，那種肆意的快活永遠都不會屬於自己，想著讓人心生嫉妒。

然而不捨也要捨。他是皇帝，他絕不能對這個少年再起半點綺思。人生如若初相見，如果重新與穆瀾認識，無涯想，他絕不會刻意接近穆瀾。他的笑容太勾魂。

無涯盯著那枰棋，語氣淡然，「既如此，我便不送了。春來，贈穆公子診金千兩。」

「這……太多了。」穆瀾嚇了一跳。御醫出診，能收五十兩診金是行價。無涯居然給一千兩，銀子多得沒地方花了？

無涯就等著這句話呢，冷而高傲地說道：「那碗藥湯來得及時。我的健康豈值區區千兩。」

只差沒明說他身分高貴，傷根毫毛都是了不得的大事。

穆瀾心如明鏡。

她突然很想笑。一個出身富貴，一個出身高貴。林一川指著鼻子罵她窮光蛋，無涯罵不來這種話，拐彎抹角表達的意思也一樣。林一川是賭氣，靜月般美好的無涯說這樣的話，是想趕她走了吧？

她主動辭行，是一回事。

被人趕走是另一回事。

前者是她懂事，後者……

滾你大爺的！想不想攀高枝是我的事，你拿銀子噁心我，就是你不對了。穆瀾敢揍林一川。對無涯只有言語如刀。

「如果無涯公子多生幾場病，在下豈不是發財了？」穆瀾嘀咕著，聲音卻不小。

春來正拿著銀票遞給她，聽到這句話氣得小臉都扭曲了。

不等春來反應過來，穆瀾已經從他手裡將銀票抽出來，對著燈籠看上面的官府印鑑，「嘖嘖，一千兩啊。」

秦剛頗有興趣地看著穆瀾。他的動作、神情、表現極其自然，眼神貪婪喜悅，十足一個眼界淺薄的貪財之輩。這個少年越看越有趣啊。

沒把人氣著，穆瀾的話卻讓無涯氣不打一處來，「收了診金，穆公子當知有些話該說，有些話不能說。」

他一定會氣得再不肯和自己結交了吧？

哦，還包括封口費？穆瀾將銀票捲成一團小心收好，一本正經說道：「無涯公子放心，在下的嘴緊得很。這兩天在下就沒見過您。將來見著，也權當不認識。」

那句「權當不認識」一入耳，無涯心間就起了薄薄的一絲酸楚。可惡！可恨！無涯冷冷說道：「你且記住，你敢在考試中作弊，我定抓你。」

我都是眾目睽睽盯著的靶子了，犯不著冒險。穆瀾大笑，一副小人得志的快活，「有這一千兩，夠在下花一陣子了，犯不著去當槍手。告辭了。」

敢情他是衝著這一千兩才不想幫人作弊賺錢的？無涯氣結，一掌拍在棋枰上。棋子嘩啦啦落了一地。

穆瀾當沒聽到房中稀里嘩啦的聲響，揣著銀票，哼著快活的小調回廂房睡大覺去了。

門口的秦剛和春來聽到聲響面面相覷。

「白天不還好好的？」春來貼著秦剛的耳邊嘀咕。

秦剛也納悶。皇上對穆瀾的態度怎麼就變了呢？

春來的八卦之心高漲，「難不成他下棋贏了皇上？」

「別說了，趕緊進屋服侍去。」

春來嘆了口氣，硬著頭皮進了房，卻見無涯已經拉過被子蓋著，面對著窗戶睡了。他鬆了口氣，躡手躡腳收拾好落在地上的棋子，端了棋枰出來，當著秦剛的面長長地透了口氣。

見到春來手裡端著的棋，秦剛腦中靈光一現，上前揭開棋盒的蓋子，各拿出一枚雲子來。

春來莫名其妙看著他。秦剛沒有理睬，另叫了一名侍衛守在正房門口，轉身進了自己的廂房。

炕桌上擺著兩枚從棋盒中拿出來的雲子，秦剛將羅漢壁處撿到的那一小片拿出來擺在一起。他就著燈光細看，同樣圓潤的邊、燈光下泛著淡淡的寶藍色光，秦剛感覺頸後像是有人呵了口涼氣，冷汗倏地淌了出來。

「珍瓏。」

他緩緩吐出這兩個字。東廠連續被刺客所殺，每死一人，身邊皆會發現一枚刻著「珍瓏」二字的黑色棋子。

而這枚殘缺的雲子，卻是白色的。失去的另外一大半，上面是否也刻有「珍瓏」二字呢？

皇上說是失足；穆瀾說從二、三十丈的高處躍下是和皇上開玩笑，不小心摔進了水潭。皇上也許什麼都沒看到，穆瀾真的沒有瞧見嗎？秦剛大步出了房間，盯著穆瀾住的廂房陷入了沉思。

天還沒亮，村裡的公雞打了鳴。穆瀾收拾妥當，進馬棚牽了馬。

「穆公子。」秦剛從牆角陰影裡走出來，攔在了馬前。

穆瀾無意再和無涯的人過多交往，抱拳笑道：「秦統領，後會有期。」

一枚錦衣衛的腰牌遞到她面前，秦剛輕描淡寫說道：「收下這個，你就是錦衣衛的暗探了。」

「在下要進國子監，將來要參加春闈，入仕為官。抱歉。」這燙手的東西，穆瀾可不敢收。

秦剛沒有讓道，輕聲說道：「不收也可以。你告訴我羅漢壁究竟發生了什麼事？」

不等穆瀾開口，他攤開手掌，掌心放著一枚白色雲子，還有半片切下來的雲子。

穆瀾沒來由地鬆了口氣。面具師父斬得太巧，這小半片雲子上沒有「珍瓏」的刻痕。秦剛能從這半片雲子上猜到素來出現在黑子上的珍瓏很正常，卻給了穆瀾極好的機會。

她望向漆黑的正房，悠悠然說道：「發生了什麼事，我說了不算，你家主子說了算。」

讓她隱瞞看到面具師父的人是無涯。秦剛生出疑心，自然由無涯去回答最為合適。

意思是皇上也瞧見了。皇上為何不告訴自己？瞬間秦剛就明白過來。皇上遇刺，茲事體大，自己也兜不住。一旦要追查，自己和隨行的錦衣衛都會被停職審訊。皇上這是為了保護他們。秦剛感動不已。

穆瀾笑了笑，「在下收了無涯公子一千兩封口費，很講誠信的。相識一場，替無涯公子擋下這玩意，算不得什麼。」

秦剛倒吸一口涼氣。珍瓏刺客竟然潛進了被自己封鎖的羅漢壁，還差點用這枚棋子殺了皇上。他肅然抱拳，「多謝穆公子。」

謝她救了皇帝，也謝她救了自己和隨行的錦衣衛。

反正將來都要和面具師父過不去，穆瀾順溜地栽贓到面具師父身上。她也沒說謊啊，布下珍瓏局的瓏主大人就是面具師父。

「告辭。」穆瀾牽著馬朝院門走去。

秦剛很是捨不得這個人才，他想了想，追了過去。

「如有需要，可憑這腰牌到宮門找禁軍給秦某帶個口信。」

不加入錦衣衛，多了面防身腰牌，穆瀾這次接得極為爽快。

正房的窗戶被悄悄推開一道縫。月亮還沒有落下，清輝灑落在地上。院門口燈籠的光暈下，穆瀾俐落地上了馬，笑著朝秦剛和侍衛們抱拳行禮。

「再見。」

凌晨的蹄聲清脆遠去，踩在無涯心間，他不捨地站在窗前。

「皇上，奴婢去叫穆公子回來？」皇上捨不得穆公子，不如把人叫回來好了。春來年紀小，想得簡單。

黑暗中，無涯看過來的目光令春來軟了雙膝，一巴掌抽在自己嘴上，「奴婢多嘴！」

他對穆瀾的心思有這麼明顯嗎？無涯輕輕一嘆，「我信任的人不多。管好你的嘴，你的命才能長一點兒。」

無涯上炕睡了，留下春來獨自跪在黑暗中。他有些茫然，也有些委屈。他都是為著皇上好啊。捨不得，就叫穆公子隨行侍候，有什麼不對嗎？

電光石火間，春來驚出了一身冷汗。那是穆、公、子，不是穆娘子。他嫌命長了，敢攛掇主子找男人？

穆瀾在靈光寺外下了馬，天邊剛起一層魚肚白。

那枚雲子被面具師父削成兩半，秦剛找到一小片，她決定來碰碰運氣，看是否能找到串在紅繩上的另一半。

穆瀾本來穿的就是僧衣，有心掩人耳目，去禪房偷了頂和尚的帽子戴上，拿了柄掃帚裝成了掃地僧。

天色尚早，後山羅漢壁處空無一人。穆瀾掃著地上的松葉，回憶著當時的情形。一刀削飛，另一半會落在什麼地方？

她慢慢靠近羅漢壁。紅繩繫著的另一半比那一小塊更醒目，秦剛卻沒有找到。難道是落進了水潭中，沒被秦剛發現？

穆瀾藉著漸漸亮起來的天光，朝水潭裡望去。

潭水清亮，只有丈餘深。她順著水潭邊打掃，目光一點點搜尋著。直搜到靠近懸崖的地方，一點兒暗紅色從視線中閃過。穆瀾大喜，左右瞧著無人，跳了進去。

她從鵝卵石下扯出了那根紅繩，看到了那枚夾在石縫中的白色雲子。穆瀾鬆了口氣，爬上了岸。冰冷的水凍得她打了個噴嚏，她不敢再停留，施展起輕功，沿著來時的山道一溜煙去得遠了。

絕壁頂上，一塊瞧上去像山岩的東西動了動。林一川掀開灰鼠裡褐色面的斗篷，露出了臉。

他翻了個身，躺在毛氈上，雙眼熬得通紅，鬍茬都冒了出來，「小祖宗，妳再遲來一天，我真待不下去了。」

這麼要緊的東西，她居然遲了兩天才來找，真是笨啊！不過，那左顧右盼、賊兮兮的模樣怎麼看怎麼可愛。他以前怎麼就沒覺得穆瀾很可愛呢？

如果有一天穆瀾還換上那身嫩如春色的裙子，再蒙著面紗對自己高傲冷漠著，突然被他叫出名字，她會是什麼模樣？會不會嚇得腿軟抱頭鼠竄？

「哈哈哈哈！」

林一川想著就笑了起來，忘記了守候兩天兩夜的勞累疲倦。

旁邊蓋著同色斗篷的雁行被他的笑聲驚醒，掀起斗篷，也是一臉憔悴，笑容哭也似地難看，「少爺，大清早的，您別笑得這麼瘆人行不？」

林一川踢了他一腳，「起來，回家了！」

聽到這句話，雁行一骨碌爬了起來，「穆公子真的來了？」

「來了。賊眉鼠眼地扮成了掃地僧。嘁！還是沒能逃過爺的法眼！」林一川不無得意地說道：「完璧歸趙。總算把這燙手山芋悄無聲息還給她了。」

從此，他就成了在暗中窺視她的人。

林一川越想越開心，把對方的底牌捏在自己手裡的感覺真好。

小穆，這一次無論妳賭什麼，妳都會輸給我！

林一川沒有告訴雁行，穆瀾是出現在杜家的那個女子。這一次，雁行完全理解不到自家公子的用心，「少爺幹麼非要悄悄還給他？咱們拿著這麼一個把柄，想怎麼用他就怎麼用他。珍瓏不是與東廠為敵嗎？咱們不好做的事讓他去辦。」

「她會先殺了你家少爺滅口！你兩天沒睡就和燕聲換過腦子了？」林一川沒好氣地說道。

朝陽終於染紅了天邊那一線魚肚白，橙色的光灑落在絕壁之巔。林一川俊朗的臉上染著蓬勃朝氣。

當初想進國子監是想握權，讓林家也成為官宦人家，有一天不再受東廠、錦衣衛、官員們勒索威脅。如今，穆瀾的祕密、穆瀾的目標、穆瀾的一切都吸引著林一川，他覺得和穆瀾進了國子監的生活一定會很開心、很好玩、很刺激。

「螳螂捕蟬，黃雀在後。爺要做的就是那隻雀……阿嚏！凍死我了！快走！」

雁行捲好毛氈負在身上，仔細檢查了一遍，沒有遺漏。

跟在林一川身後下羅漢壁，雁行想起了燕聲曾經的揣測。他狐疑地望著林一川的背影想，難道公子真喜歡穆瀾那樣的少年？

老天爺啊，少爺可是林家大房的獨苗！進了國子監，不能帶人服侍，那裡面還有上千個像穆瀾一樣的少年！雁行感覺到肩上壓下了一副重擔。

第二十章　捉妖驅邪

雜院裡亂糟糟的，穆瀾回來的時候看到好幾個陌生人抬著箱子離開。她急步進了門，正看到李教頭將他的那柄飛叉交給一個人。

穆瀾想到荷包裡還有一千兩銀子，沉住氣上前問道：「出什麼事了？」

「少班主回來了？」李教頭從中人（註1）手裡接了錢袋，滿面笑容地說道：「班主決定留在京城不走了。穆家班以後不賣藝了。」

「什麼？」

她離開幾天，母親竟然決定解散穆家班？不賣藝，二十來口人的嚼用從哪兒來？穆瀾驚奇地想，母親該不會有千里眼、順風耳吧？知道無涯給了自己一千兩銀子。

穆胭脂正談妥了價錢，笑容滿面地送了買家出來，「您慢走！」她眼尖地見著了穆瀾，高興地衝她招手，「進屋，娘有話對妳說。」

註1　買賣仲介或居中調停的人。

進了正房，穆胭脂往炕上坐了。穆瀾向炕桌旁的周先生打了個招呼，迫不及待地問道：「娘，您這是唱哪一齣？」

穆胭脂指拉了她在身邊坐了，笑著說道：「娘想過了，妳要進國子監讀書，讀出來就能當官……」

哄鬼去吧！穆瀾直接打斷了她的話，「說重點。」

氣得穆胭脂狠狠瞪了她一眼道：「這些年沿著大運河賣藝，賺的銀錢也就夠嚼用。娘打算賣了船和家當，在城裡開個鋪子做點兒營生。這些年走南闖北的，也累了。」

「在京城開鋪子做營生？您會做生意嗎？隔行如隔山。船和家當都賣了，鋪子虧了錢，班裡二十幾口人怎麼辦？」

這時周先生撥完最後一顆算珠，在帳本上記了數，抬起頭說道：「一共賣了八百四十三兩銀，加上咱們的老底子，一共有一千三百五十六兩現銀。」

賣藝這麼多年，把家當全賣了，就攢了這麼多？還不如無涯和林一川隨手扔出的散碎銀子。穆瀾有點心酸，「娘，京城的房子不便宜，多少京官都買不起房，只能賃公房住。這一千多兩銀子在京城能買房租鋪子嗎？」

「夠！」穆胭脂拍著大腿笑道：「也是趕巧了，這座大雜院的房東要回江南，不租了，找中人賣房子呢。娘一聽吧，把這間院子買了，臨街的牆拆掉，將倒座改成鋪面。前店後院的，正合適。和李教頭、周先生一合計，都說好。」

周先生笑道：「這院子看著雜亂破舊，地方還挺大，夠咱們住了。重新修葺一下，就是個方正的二進院子。後面有個小花園，有口甜水井。價錢也合適，一千兩就立契。自家的丫頭小子跑個堂、打個雜也伶俐。」

「有自己的房子，就能在京城站穩腳跟了。」穆胭脂熱情高漲，已經打算好做什麼營生了，「修整好房子，餘下百來兩銀子開鋪子用。就賣饅頭、麵條。大夥都有把子力氣，和麵也筋道。」

周先生呵呵笑著收了帳本，把地方騰給了母子倆。

穆瀾送了周先生出去，回來時將門關了，脫了鞋上炕，「娘，您這是不放心，想在京城盯著我行事是吧？」

周先生不在，穆胭脂也不瞞她了，「好不容易盼到妳進國子監，讓我再離開帶著穆家班賣藝，我這心裡總牽掛著。瀾兒，娘留在京裡，妳也有個落腳處不是？」

穆瀾能夠理解母親的心情，她想的卻是別的事，「娘，我進國子監如果身分暴露，你們全留在京城，想陪著我砍頭啊？」

這句話讓穆胭脂愣住了。她沒想過這個問題，半晌才道：「如果真有那一天，娘陪妳去菜市口就是。李教頭和周先生又不是咱們家親戚，那些丫頭、小子都是買來的，想必也連累不到他們。」

女扮男裝進國子監，肯定是砍頭的罪。會不會將穆家班所有人都砍了頭，這得看朝廷如何判了。

「要不，您一個人留下，把穆家班交給李教頭和周先生吧？」

穆瀾想過有一天身分暴露，就遁逃出京。母親這個決定，卻斷了她的念想。

她總不能一個人逃了，讓穆家班二十幾口人被官府捉去頂罪吧，能少連累一個是一個。

穆胭脂為難地說道：「船和家當都賣了。李教頭和周先生也想過安穩日子，不想走江湖賣藝了。」

穆瀾又不是沒看到李教頭和周先生高興的模樣。母親打定主意，死也要留在京城，穆瀾知道再無轉圜的餘地了。

她從荷包裡拿出無涯給的那一千兩銀票放在炕桌上，「娘，您拿著這筆錢去京郊買點兒田，建幾間房子，讓李教頭帶些人去經營。狡兔三窟，做個準備。如果萬一我出事，你們就趕緊出城，也有個落腳藏身的地方。」

穆胭脂見她不反對自己留下來，喜得直點頭。猛然又想起她說的一千兩，拿了銀票細看，「妳哪來這麼多錢？」

「這趟出門救了個有錢人，贈的謝儀。」穆瀾輕描淡寫說道。

有了這張銀票，穆胭脂底氣十足，穿了鞋下炕道：「娘這就讓周先生找中人去。回頭娘下廚給妳做兩個菜。」

看到母親這樣高興，穆瀾長長嘆了口氣。她躺在炕上，捏著那枚殘缺的雲子，又拿起秦剛送的錦衣衛腰牌，只覺得累。

秦剛說，若有事可執腰牌去皇城禁軍處尋他。無涯難道住在宮裡？沒有分封出京的藩王？還是……穆瀾不敢想下去。

「瀾兒！林家大公子遣人來了！」門外傳來穆胭脂帶笑的聲音。

林一川？穆瀾這才想起，帶回來的包袱裡還有林一川那件玉帶白的錦裳。這是找人登門討衣裳來了？她坐起身從炕櫃裡找到自己的包袱。從杜家帶了三百兩銀子出來，穆瀾心疼地拿了張百兩的銀票。

來的是燕聲，他帶了一扇豬肉、一腿羊肉、一袋麵、一袋米、一桶油，裝了半車。

豐厚又實用的禮讓穆胭脂歡喜得不行，請了他在堂屋坐了，親手端了大葉子茶奉上，「大公子太客氣了。聽說國子監不讓帶人侍候，叫我兒子侍候大公子去。」

燕聲不會說話，對穆瀾的怒火怎麼也不好發作到殷勤的穆胭脂身上，只在肚子裡暗罵，叫誰侍候自家公子都成。穆瀾都把少爺揍得衣冠不整躺地上了，這種侍候還是免了吧？然而他現在心急如焚，有求穆瀾，咬著牙把怒氣憋了回去，「我家少爺有急事找穆公子。」

「瀾兒！林大公子找妳有急事，妳趕緊去一趟吧。」穆胭脂見穆瀾半天不出房間，高聲叫了起來。

穆瀾挑簾子走出來，「娘，您忙去吧。」

支走了母親，穆瀾就沉下臉，拿了那張百兩銀票遞過去，「說好賠你家公子一件錦裳，我看也就值這麼多。別獅子大開口啊，當心我一兩都不賠。」

「穆公子。」燕聲現在顧不了那麼多了，急聲說道：「您是杜先生的弟子，您趕緊去瞧瞧我家少爺吧，他快死了！」

啊？穆瀾嚇了一跳，「怎麼回事？」

燕聲眼睛就紅了，「少爺和雁行從靈光寺回來染了風寒。家中管事去請了郎中，哪知道一副藥下去，少爺就不省人事了。二公子在家裡頤指氣使的，雁行懷疑他動了手腳。雁行守著公子，叫我趕緊來尋您。」

穆瀾瞥了眼外頭，李教頭正帶著丫頭、小子們將燕聲帶來的禮從車上卸下來。

「小的自作主張……買的。」燕聲漲紅了臉囁嚅道。

再著急，也趕著去買了半車禮送來，生怕自己不去是吧？氣歸氣，穆瀾還沒恨林一川到讓他去死的地步。燕聲的忠心讓她氣消了一大半，順手將銀票又揣回了荷包裡。

靈光寺裡，林一鳴突然消失不見，原來早回了城。林家二房覬覦家產，都到了有機會就對林一川下手的地步了？

穆瀾也不多話，「走吧。」

燕聲趕車走得慢，穆瀾騎馬先他一步到了雙榆胡同。一蓬青磚院子裡，林家院落裡的兩株對稱而立的高大銀杏樹格外醒目。

穆瀾想起這胡同名，再看到這兩株百年老銀杏，突然想起林家嫡支兩房爭產。獨木不成林，林大老爺多年容忍著胞弟小動作不斷，是否也有這樣的原因呢？

林家門口的拴馬石上已拴著一匹馬，穆瀾也沒在意，以為是來瞧林一川的人。

她在門前下了馬，就有個機靈小廝迎上來將馬繫在拴馬石上。穆瀾正感嘆林家下人沒有狗眼看人低的臭毛病，那小廝已低聲說道：「是穆公子吧？雁總管吩咐小人在這兒等候公子。」

雁總管？穆瀾腦中跳出了臉頰上隨時都露著笑渦的雁行。她「嗯」了聲，隨小廝進了門。

腳剛邁過門檻，一只茶盅就飛了過來，穆瀾眼疾手快，隨手就抄住了。

門房裡走出一個留著三綹老鼠鬚的中年男人，上前對著小廝就是一腳踹過去，「大公子病著，二公子忙得焦頭爛額，吩咐不見客人。你耳朵聾啦？」

那小廝機靈得很，往穆瀾身後躲了，大聲嚷了起來，「閻管家冤枉小子了！這位穆公子是二公子的客人！」

閻總管愣了愣，好像才看到穆瀾。他厚著臉皮上前拿她手裡的茶盅，嘴裡說了聲「驚著公子了」，說話卻不怎麼客氣，「您請在門房吃盞茶，小人這就去回稟二公子。」

臨去前，他那雙綠豆眼上上下下打量了穆瀾一番。

穆瀾從寺裡出來全身溼透，在山腳尋著一家農戶，買了身粗布衣裳換了。她特意在領間圍了塊布，看上去像個做苦力的農家小子。一路趕回城，還沒顧得上換衣裳，她的穿著此時還不如林家的小廝。

二公子會有這種窮酸朋友？還尊稱這小子一聲公子？閻總管不屑至極，隨手將那只扔過來的茶盅給了小廝，吩咐道：「拿去沏茶，不可怠慢了這位穆公子。」

穆瀾呵呵笑著，「有勞閻管事了。」

你大爺的！拿砸過人的茶盅沏茶，有這樣待客的嗎？分明是想把我氣走。

家裡的總管站在門口攔客，林一川看來的確病得不輕。林一鳴這混不吝做事都不想遮掩了，趕著趁人病要人命呢。

「帶路。」穆瀾冷笑。爭家產爭到這分上，她不說和林一川交情有多深，保他一命還是能做到的。

小廝臉上泛起一絲喜色，帶著穆瀾繞過照壁，順著抄手遊廊往前，沒到穿堂，拐進了旁邊的跨院，順著夾牆小道去了後堂。

林宅是三進帶跨院的大宅子。林一川住在第三進的正房，門口和林家老宅的銀杏院一樣，種著兩株參天大銀杏。

穆瀾才到垂花門，一股濃烈的煙氣就飄了出來。只聽一聲鈸響，又哭又叫的聲音尖銳地響了起來，穆瀾驚愕不已。

小廝低聲說道：「二公子請了跳神招魂的大仙。」

這個林一鳴，還真做得出來。穆瀾哈哈大笑。

進門一瞧，院裡一個穿得花裡胡哨的神婆坐在蒲團上，嘴裡唸唸有詞，時不時就抽抽筋擺出一副與地府神靈勾通的架勢。

發出哭叫聲的是個男大仙，圍著兩株銀杏又摸又拍的，嘴裡正喊著，「樹仙助我！」

正中設了個法壇，穿著青衫的道士手執桃木劍，留了幾綹長長的白鬍子，長得倒是頗有些仙氣。他完全不受那二位大仙的影響，嘴裡唸唸有詞。法壇四周灑滿了星星點點的黑狗血。

八仙過海，各顯神通。

林家的下人擠了滿院，指指點點，評點議論著好不熱鬧。穆瀾乍一看，還以為是穆家班在玩雜耍的場子。只要捧著鑼，就能上前討賞錢了。

身邊的小廝又低聲告訴穆瀾，「大公子的臥房就在東廂，雁總管正守著大公子。」

大敞著雕花木門的正堂裡坐著林一鳴和譚弈，看兩人表情，談得甚是愉快。

穆瀾心裡充滿疑問。離春闈只有十來天時間，這位直隸解元到林家來做什麼？照林一川那天為沈月姑娘贖身的打算看，譚弈應該是來拜訪林一川致謝的。怎麼和林一鳴聊得這樣高興？一府解元難道也相信這些亂七八糟的招魂驅鬼跳大神？

一道目光從正堂投了過來。穆瀾心裡一驚，這個譚弈眼神也不錯嘛。她滿面春風地穿過院子站在正堂門口，抬手行禮，「一鳴兄，貿然前來，不知你家中有事，失禮失禮。」

她嘴裡說著失禮，腳已邁進了門檻，目光極自然地在譚弈身上打了個轉。女要俏，一身孝。男要俏，一身皂。這位解元郎今天一身皂黑印團花緞面箭袖長袍，腰束黑底金絲繡花鑲白玉腰帶，猿臂蜂腰，三分英氣襯成了十分，比上次那身衣裳還英武俊俏。

不過，上次在綠音閣初見，穆瀾就對譚弈評價不高。這次面對面看得更加清楚仔細，她依然不喜歡他。這種直覺說不清、道不明。她想，也許人是講面緣的，譚弈再英武俊朗都不是她的菜。

譚弈卻是頭一次見穆瀾，也是一愣。他先是被穆瀾的淺淺笑容吸引，瞬間就覺得外面的春光照進了屋子，滿室生輝。緊接著才發現他穿著一身褐色的粗布短襟，褲子膝蓋上還細緻地打著兩枚補丁。

他記得義父說過，如果一個人能讓人忽略他的穿著打扮，這人必有過人之處。譚弈沒來由地升出了警覺。

「穆公子！」林一鳴看到穆瀾很是驚喜，他巴不得和穆瀾關係近一點兒，熱情地為她介紹，「這位是直隸解元譚弈譚公子。這位是江南鬼才杜之仙杜先生的關門弟子穆瀾。」

杜之仙的名字讓譚弈想起了那一晚與義父的對話。在義父眼中，杜之仙是知趣的人，所以容他多活了十年。這句話在譚弈看來，意思是杜之仙不是自己人。穆瀾師從杜之仙，文才應該不會弱，要麼投靠自己，要麼一定會是自己在國子監裡的勁敵。

譚弈笑了起來，「久仰大名。穆公子怕是不知道吧？您人未進京，京城已無人不知杜門穆郎了。參與會試的舉子們都極想與穆公子一見哪。」

一絲酸意被穆瀾敏感地嗅到。

堂堂直隸解元，此次春闈最有能力奪狀元的人，和我這個蒙恩蔭進國子監的小子計較名氣……這位解元郎不僅好勝且胸襟不寬。

穆瀾笑得越發和氣，言語中帶上了些許巴結討好，「在下剛進京城就聽到一句話，羞殺衛玠解元郎。譚公子才貌雙全，人中龍鳳，聞名不如見面。」

穆瀾的示弱讓譚弈聽著很舒服。在他印象中，杜之仙的關門弟子怎麼都應該有幾分許玉堂的氣度，這個少年嘴太甜了，少了讀書人的風骨耿介。他不由得有些輕視穆瀾。

與譚弈見過禮後，穆瀾擇了林一鳴下首的椅子坐了，好奇地問道：「一鳴兄，府上這是在做什麼？」

林一鳴大剌剌地說道：「哎，我堂兄染了風寒，結果一副藥下去人事不省。我想著該不會是在山裡待了幾天沾上了什麼不乾淨的東西，請人來散散！也不知道一個大仙本事夠不夠，本公子乾脆請了仨！」

有病不找郎中，藥喝出問題不找人檢查藥，請了大仙、神棍，林一鳴擺明要折騰林一川。穆瀾現在不知道那碗喝下去令林一川昏迷的藥是誰動的手腳，重要的是搞清楚林一川昏迷不醒的原因。

她問譚弈，「譚兄覺得可信嗎？」

譚弈笑道：「子不語怪力亂神。譚某以為世間萬物總有其存在道理。大公子莫名其妙不省人事，一鳴賢弟護兄心切，請來幾位高人做做法，說不得還真有用。」

「譚兄簡直是在下知己！」林一鳴瞧著天色道：「難得我們三人相聚，我這就讓人擺桌席面，不醉不歸！」

真是混帳得可以！跳著大神驅邪折騰堂兄，馬上就想著飲酒作樂。如果不是譚弈在，穆瀾早就跳起來罵人了。然而譚弈一邊叫著林一鳴「賢弟」，稱呼林一川卻成了「大公子」，親疏立見。穆瀾弄不清楚譚弈的來頭，也不爭辯，站起身道：

「既然知道大公子病了，在下先去看看他。」

「哎哎，穆兄，你去不得。」林一鳴攔住了她，「大師說了，得緊閉房門七天七夜，做法才有效。門窗都被符籙封死啦！」

真狠啊！還七天七夜，封死門窗。林一鳴打定主意要林一川的命了？

譚弈也勸道：「穆兄若是壞了法事，萬一大公子……」

這位譚解元究竟來林家何事？和林一川有仇？不念著林一川贖走沈月解決他和許玉堂爭端的好？

穆瀾心裡的疑問越來越多，她一改溫和，張狂地大笑起來，「譚兄有所不知，在下這趟本來是找一鳴兄的，沒想到撞上大公子生了怪病。實在是巧啊！我師父號稱江南鬼才，於驅鬼畫符頗有研究。在下跟著師父曾在鄉間捉到過三隻狐狸精，將五個遊魂送歸了黃泉。在下寫文章不行，畫符驅邪卻得了師父真傳。速速拿硃砂、符紙來，在下替大公子畫幾道符貼在身上，包管讓百鬼速避！也讓你倆開開眼界！」

「狐狸精長什麼樣？」林一鳴瞬間被這句話吸引住了。

真的假的？譚弈狐疑地看著穆瀾。

穆瀾神情頗為遺憾，「問世間情為何物，直教人生死相許！唉！」她悠悠一嘆，拍了拍林一鳴的肩，拂袖出了正堂。

兩人快步跟過去時，那位在香案前燒黃裱紙、灑狗血的道士雙手抄在袖中，滿臉仰慕地望著穆瀾。

林一鳴扯了他的袖子，指著正在揮筆畫符的穆瀾，低聲問他，「他真會畫符？」
那中年道士捏緊了袖中穆瀾塞過來的一百兩銀票，老神在在地說道：「道行深不可測！」
連譚弈都愣了。
趕回府中的燕聲正看到這一幕，牙齒咬得咯咯作響，心裡一片冰涼。他花了私房錢買禮物送到穆家，就盼著穆瀾能像杜之仙診治老爺一般，治好少爺。沒想到穆瀾居然和二公子一起胡鬧折騰。
燕聲快步走到東廂房門口，看到門窗上貼滿了符紙，氣得臉紅脖子粗，就想砸門。
「燕聲，別莽撞。」窗戶紙被雁行捅了一個洞，他透過洞看著院子裡的鬧劇，也看到了穆瀾。
「你看他！」燕聲聽見，氣得回身一指。
穆瀾已提了桃木劍，手指往上一抹，串在劍上的黃裱紙呼啦啦就燒了起來。都是走江湖賣藝的，這點兒把戲，她懂。
她的劍舞得比那道士不知好了多少倍。天色漸晚，暮色之中，她手裡的劍撩起一條條火線，在空中飛快形成了一個「鎮」字。
哭叫著喊「銀杏樹精助我」的男大仙看得呆了。
那位早抖得腰瘦背疼的神婆還算聰明，高叫一聲，「仙師顯靈鎮妖了！」趴伏在蒲團上趁機休息。

林府下人被她糊弄得倏地跪了一地。

林一鳴哇了聲，「神了！」

譚弈手指捏了個劍訣暗暗比劃了下，卻發現自己不可能讓燃著的符紙在空中寫成這樣的字。他狐疑地想，難道穆瀾真會驅邪之術？

穆瀾收了劍，幾步就邁到東廂房門外。

燕聲嚇了一跳，張開雙臂攔她，「不准進我家少爺的房間！」

「房中妖邪害怕了！」穆瀾心裡暗罵他一聲蠢，放聲大笑著，提劍朝燕聲眼睛刺去。

燕聲偏頭開躲，穆瀾輕巧越過他，一腳踹開房門，腳一勾，把門關了，「果然有妖邪在內！看本公子結果了它！」

林家的人好奇地聚到門外。

林一鳴探頭探腦，恨不得進去親眼看看。

譚弈低聲問他，「你怎麼知道你堂兄昏迷不醒是妖邪入體？」

林一鳴興高采烈地說道：「猜的！不過，我猜對了！不知道房裡會不會是隻漂亮的狐狸精。」

這個草包！難怪義父讓自己護著他，打壓林一川。林家產業落在林一鳴手中，金山銀海都會被他敗光。

東廠的人早盯死了林宅。梁信鷗遣人在郎中開的藥裡加了料，譚弈這才拿著解藥登門造訪，誰知道一來就被林一鳴纏住了。他本著要和林一鳴交好的心思，暫時將替林一川解毒的事放下，耐著性子看院子裡僧道唸經、神棍神婆折騰。而穆瀾就在這時來到了林家。

譚弈捏了捏腰間的荷包，解藥瓶子好好地在身邊。他倒要看看，杜之仙的關門弟子穆瀾如何把林一川體內的「妖邪」收了。

正房寬敞，東廂隔成了裡外兩間。看到穆瀾進屋關門，雁行露出了兩頰的笑渦。

「叫燕聲守著，別讓人進來。」穆瀾吩咐了句，掀簾進了內面的臥房。

林家是南方人，寧肯修地龍、建夾壁火牆取暖，也睡不習慣北方的火炕。銀製牡丹簾勾起了薑黃色的床帳，林一川躺在一張四面圍了雕花床板的拔步床上。

同樣是風寒，無涯燒得渾身滾燙、昏迷不醒，如果不是林一川嘴唇乾燥，穆瀾還真沒看出來他受了風寒。

「咳咳！」林一川咳嗽了兩聲，眉心微微蹙起一道褶子，閉著眼睛昏睡著。

穆瀾按著他的脈。

林一川是浮脈。浮脈為陽，其病在表。寸脈虛浮……也就是普通的感染風寒，還是極輕的風寒。穆瀾心裡思忖著，關鍵就是那碗藥了。

雁行將床前櫃子上的半碗藥遞給了穆瀾。

嗅了嗅藥味，穆瀾淺嘗一口，轉頭吐了，「有毒。」

「這毒厲害不？能解嗎？」雁行小聲問道。

穆瀾笑了笑，「下毒的人不想立時要他的命。先給大公子放點兒血，回頭我再配藥。」

雁行嚇了一跳，「放血？」

穆瀾抬起林一川的手指，指給雁行看，「放十個手指頭的指尖血，能緩解。等服了解藥就沒事了。」

刺破十根手指頭放血……雁行用手捂了眼，心裡默默為自家公子祈福，「小人暈血，去外頭瞧瞧動靜。」

那畫面太美，不敢看。

穆瀾捏著林一川的手指頭，從靴子裡抽出匕首，嘀咕道：「這麼輕易就被人下毒，揚州首富家的公子很好殺嘛。」

突然之間，眼前天翻地覆，穆瀾還沒回過神來，已經躺在了床上。林一川壓在她身上，一隻手擒了她的手腕，一隻手掩住了她的嘴。

你大爺的，耍我！這一刻，穆瀾在心裡真誠地問候了林家列位祖宗。

「噓！」

新葉似的眉、黑白分明的清亮眼眸，身下這張被他手掌掩去一半的臉如此熟悉。就是她！林一川腦中再次浮現出穆瀾穿著裙子的那一幕。修長如柳的身姿，從高處飄落、一刀擊殺黑衣人時的瀟灑。如果她沒有蒙著面紗，該有多麼美麗。四肢被他摁得死死的，穆瀾覺得自己像是一條被摁在砧板上的魚。她深吸了口氣，不再掙扎。

林一川試探性地鬆了捂著她嘴的手。

穆瀾張嘴就咬住他的手掌，較勁似地往死裡咬。

牙齒深陷進肉裡的瞬間，林一川「嘶」的倒抽一口涼氣，英俊的臉疼得扭曲變了形。他加大摁著她的力氣，磨著後槽牙擠出一句話，「咬到妳消氣為止！」

「啊呸！」穆瀾鬆了口，吐出一口帶血的沫子，「老子又不是狗！」

手掌邊緣被她咬破了皮，滲出了紅色的血珠。他恨恨地看著她。她不是說話來噁心他，就是對他下手賊狠。也不想想是誰幫她守住祕密。要不是她，他會在羅漢壁吹兩天冷風感染上風寒？

「狼崽子！」林一川甩著手掌罵道。

「上次沒揍夠，皮又癢了？」穆瀾威脅地瞪著他，心想這一次不把他揍得鼻青臉腫，實在對不起自己。

揍他？就現在這樣還想揍他？可是他現在不想和她打架。

他又把她惹怒了，怎樣才能和好呢？

穆瀾覺得這姿勢真是令她窩火，林一川還沒有鬆手的意思。她惡狠狠地瞪著他，心裡想著百十種折騰他的法子。

她緊抿的唇呈淡淡的粉色。他突然想起在凝花樓裡，穆瀾嘟起嘴賭他不敢親下去。一團火倏地在他嘴唇上燃燒，他甚至能感覺到熱血從嘴唇上奔流而過。那時候，他怎麼就沒親下去呢？

「你鬧夠了沒？」穆瀾低吼起來。

林一川眨了眨眼改了主意，瞬間綻開笑容，鬆了手。穆瀾才坐起身，林一川張開雙臂給了她一個熱情的擁抱，「小穆，上次是我說話不對，我道歉。咱們和好吧！」

和好？穆瀾瞬間愣了。

他緊緊抱著她，穆瀾的臉被擠壓在他胸口，悶得差點喘不過氣來，「你先鬆手！」

「妳看，聽到我昏迷不醒，妳就趕來了！小穆，妳沒那麼討厭我是吧？」林一川當沒聽見似的，近乎委屈地說道：「我這不是聽妳說要下刀子放我的血才慌了手腳。扎手指頭好疼的，我又不是故意騙妳，萬一妳叫出聲被外面聽見就前功盡棄了……」

林家大房的獨苗，並非一點兒保護措施也沒有。雁行武藝不如燕聲，但對這些雜事甚是精通。林一川染了風寒，也找了郎中。那碗藥煎好送過來時，雁行習慣性地嘗了一口，感覺不對。林一川乾脆將計就計，想看看誰是幕後主謀。

「林一鳴沒那膽子，可是他折騰得太煩人了，我想了半天，就想請妳來幫幫我。杜之仙的弟子會什麼都不奇怪，妳說是吧？」

「你抱夠了沒？放手！好好說話！」穆瀾真是要鬱悶死了。

「我鬆了手，妳又像在揚州那晚揍我一拳咋辦？」林一川的臉埋在她頸窩旁，無聲地笑。這樣的機會不多，他要放了手，什麼時候才能再抱著她？

沒聽到動靜啊？雁行悄悄將門簾掀起一條縫，看到床上緊緊抱著穆瀾的林一川，他臉上彷彿抱著個寶貝似的笑意讓雁行如被雷劈。他哆嗦著手放下門簾。怎麼辦？

誰都沒有發現雁行的偷窺。

呼出的熱氣撲在穆瀾耳邊，她欲哭無淚。她怎麼沒發現林一川這麼賴皮不要臉呢？她從牙縫裡擠出一句話來，「我不揍你。我保證。」

林一川戀戀不捨地鬆開雙臂。

穆瀾翻身就將他壓在身下，揚起了拳。

「一千兩！」林一川及時地說道。

他雙手枕在腦後，貪戀地望著穆瀾。他以前怎麼那麼蠢？她的手明明比他的小一圈，攬個肩膀她就氣呼呼地發脾氣。天底下沒有比穆瀾更有趣的姑娘了。只有他才知道她的祕密，這個騙死人不償命的小妖精。

眼前驀然一黑，林一川嗷地捂住了眼睛，疼得什麼心情都沒了，「妳保證過的！」

「騙你怎麼了？你還騙我呢！」穆瀾左右開弓，一陣狂揍。

「再加一千兩！還不停手，交易作罷！」林一川護著臉叫道。

穆瀾馬上就想到要留在京城的穆家班，她哼了聲，撿起匕首跳下床。她俐落地將匕首插進靴子裡，道：「說吧，你想讓我幫你做什麼？」

「我真染上風寒了。幫我開副方子，撿好藥悄悄送來。雁行會熬藥。我信不過外頭的郎中。」林一川氣息不穩，嗓子癢起來，又咳了兩聲。

他用手捂著眼睛，不用看，這隻眼圈肯定又被揍青了。不知為何，他心裡卻喜悅一片。他睜著一隻眼睛看穆瀾，見她穿著帶補丁的褲子，忍不住又多了句嘴，「妳能穿好一點兒嗎？叫化子似的！拿著那麼多銀子，還跟個鐵公雞似的。」

她窮，他就想辦法塞銀子給她。穿得這麼破爛，真教他看不過眼。

穆瀾揚起下巴，「我只收一千九百兩，扣一百兩還你的衣裳錢。」

他真是嘴臭！林一川乾笑起來，「其實我家小穆穿什麼都好看！」

「你家？」穆瀾斜斜瞥去一眼。

林一川臉不紅、心不跳，「對呀，咱們倆不是一條船上的兄弟嘛！」

呵呵呵呵。

兩人笑得各懷鬼胎。

「雁行，拿銀票給穆公子。我繼續裝暈。」林一川不敢再說下去，心滿意足地閉上眼睛裝睡了。

穆瀾居高臨下看著他，突然出手，滿意地看著林一川歪了腦袋被自己打昏過去。

雁行正拿著銀票掀起簾子，親眼目睹穆瀾那一拳，心裡一片冰涼。少爺對穆公子欲行不軌之事被人家發現了？

穆瀾從他手裡抽走銀票，冷笑道：「那位譚解元一看就是會武之人，我怕你家公子裝得不像。」

她提了桃木劍，大搖大擺從屋裡出來。

「狐狸精呢？」林一鳴興奮地朝她手裡看去。

「是山裡邪風，還沒成精呢，被我一劍劈散了。」穆瀾隨口胡謅，又嘆了口氣道：「只是大公子傷了元氣，暫時還醒不了。」

林一鳴聽到這句「暫時醒不了」高興壞了，「會不會一直醒不來啊？」

草包！穆瀾搖頭嘆息，「我醫術不精，幫不了他。聽天由命吧！」

夜色籠罩著整座宅院，她無意再停留，只說耗費了精力，需要回家休息，向林一鳴和譚弈行過禮就告辭了。

譚弈心裡嗤笑不已，手按在了荷包處。今天去替林一川解毒不太合適了，讓他多昏迷兩天也無妨。

「一鳴賢弟，為兄今年不會參加會試，直接進國子監多唸幾年書。將來咱們就是同窗了。」

林一鳴幸福得幾乎要暈死過去。穆瀾是杜之仙的弟子，眼前這位已經是解元了，考試嘛，當然得做兩手準備了。到時候他的成績高高在上，報個喜訊回揚州，林一川就丟盡了臉。

「樹仙保佑……讓林一川病得起不了床，考試墊底，進國子監受欺負。」他的話太過含糊，譚弈沒聽清楚，只覺得林一鳴衝著兩株銀杏樹團團行禮莫名其妙，「你在說什麼？」

林一鳴神祕地說道：「這銀杏是我林家的護宅神樹，我求樹仙保佑我堂兄快點好起來。譚兄，咱們一見如故，今晚定不醉不歡。」

我要相信你就是個棒槌！譚弈笑道：「好！」

「黃蜂尾後針，最毒婦人心。」林一川腦子裡反覆就是這兩句話。他兩眼發黑，連怨恨都沒有了力氣。

他拉完肚子，雙腿都軟了。他扶著牆出來，見穆瀾正啃著一隻燒雞腿，有點艱難地嚥了口唾沫。

短短兩天，林一川的兩頰就陷了下去，面帶菜色、嘴脣乾裂，憔悴得都不肯相信鏡子裡的人是自己了。

穆瀾抹了把油嘴，很是滿意自己下的藥，「成啦。你閉上眼睛裝死都會有人相信。明天不拉肚子，就有力氣了。武功又沒廢，保命沒問題。」

「本公子錦繡前程、金山銀海花不完，捨不得死！」林一川倒頭躺在床上，氣憤不已，「至於嗎？我花兩千兩就請妳來折騰我的？」

「一千九百兩。」穆瀾更正他的說法，仔細擦著手諷道：「不用速成法，人家會相信你中了毒？你該謝我才對！兩副藥管用，省得我天天晚上翻牆。不看在銀子的分上，我也不想冒險。晚上跟賊似地東躲西藏，被五城兵馬司的人逮著，我還有坐牢的危險。祝大公子早點找出幕後下毒之人。告辭。」

得意個什麼勁？將來娶回家，還不是乖乖給本公子端茶遞水、鋪床疊被……這麼一想，林一川的心氣就平了，意味深長地說道：「等我大好了，我會好好感謝妳的。」

「還是不用謝了。收人錢財，與人消災。我們兩不相欠。」穆瀾將桌上剩下的燒雞包好，塞進了懷裡，「下次還想請我辦事，準備好銀子就行。再敢騙我，我把你另一眼睛也揍成烏雞眼。」

她的身影像風中的柳絮，輕飄飄越過了窗戶。

「翻窗的姿勢都這麼好看。」林一川戀戀不捨地收回目光，摸了摸消瘦下去的臉頰，從枕頭下面拿出了小靶鏡。眼圈的青腫還沒消褪，他哼了聲道：「本公子瞧妳可憐，不和妳計較！陰差陽錯接了聖旨進國子監，只有靠本公子護著妳才行。雁行！」

聽到召喚，雁行馬上進了臥房，速度快得讓林一川覺得他是從外間衝進來似的。

「明天就貼告示。懸賞一千兩求醫。」

雁行應了，目光往桌子上掃了眼。那麼肥的燒雞，穆公子吃得只剩下一根雞腿骨，「少爺，小的覺得穆公子是在報復您呢。明知道您一天一夜水米未進，還當您面啃燒雞。」

「我知道。」

知道還被她整成這副模樣，還開心得很。雁行在心裡重重嘆了口氣。

林一川躺在床上，回想著穆瀾的嗔怒淺笑，不在意地說道：「放長線釣大魚，少爺我有的是耐心。」

當心大魚把您拖走了。雁行收拾著桌子，心裡嘀咕著。這事他還不敢讓燕聲知道。燕聲對老爺太忠誠，他擔心老爺知道了，會氣死去，「少爺，這種貪財之人，少接觸的好。」

「小穆不貪財。」林一川很肯定。

還替人說好話呢。雁行氣結，恨不得把穆瀾貶得一無是處，「您不給銀子，他會幫忙？」

林一川搖了搖頭道：「當初她在賭坊贏了十一萬兩，全捐給淮河災民了。」雁行啞口無言。這事是他經辦的。除了林家出的三十萬兩，杜之仙又拿了二十萬兩銀票來，其中就有穆瀾贏的十一萬兩。

「少爺。他和珍瓏有關，說不定就是那個冷血殺手。」

「我覺得小穆不像殺手。殺手得多冷血啊？小穆心腸軟得很，一聽說我昏迷不醒，都不和我置氣了。我覺得那枚棋子倒像是杜之仙留給她的。」林一川思忖著。

還心腸軟得很呢，好了傷疤忘了疼！您醒醒吧！雁行恨鐵不成鋼地看著林一川道：「總之他與珍瓏有關，就是東廠的死敵。咱們和他走得近，沒好處！」

林一川沉下臉冷冷斥道：「梁信鷗逼我宰了那兩尾鎮宅龍魚時，東廠就是你家少爺的死敵了！」

敵人的敵人不是朋友，也是幫手。想清楚這層關係，雁行誠懇地認錯，「小的知錯。」

全京城的郎中都奔著林家的一千兩診金去了，誰也沒能將林一川救醒。

三天後，診金加到了三千兩。

望著揭下來的告示，譚弈笑了，「是時候向林一川示恩了。」

恩威並施，他相信林一川會死心塌地投靠東廠。

當譚弈趕到雙榆胡同的林家時，他和另一撥人遇了個正著。

譚弈想起義父的叮囑，對許玉堂和藹地打了聲招呼，「許三郎，很巧啊。」

剛從轎子裡出來的許玉堂看到譚弈也是一怔。父親告訴他，譚弈是大太監譚誠的義子。因上次的事，譚弈放棄會試，會進國子監，算是給許家的交代。原本許玉堂對譚弈並沒有太大反感，知道他是東廠督主的義子之後，心思就變了。

他和皇帝表哥自幼一起長大，感情極好。無涯十八歲親政，朝中實權卻捏在譚誠手中。許玉堂進國子監要幫無涯招攬人才。他心裡清楚，譚弈放棄會試根本不是為了給許家一個交代，這是要在國子監當絆腳石。

「是挺巧的。不過在下沒空陪譚解元鬥詩，在下是來拜訪林家大公子的。」許玉堂的臉上掛著微笑，眼神卻有些不屑。

譚弈壓根沒放在心上，也笑道：「巧了，在下也是來探望林大公子的。在下怎麼不知道許三郎和林大公子很熟？」

話語間彷彿他和林家極熟似的。許玉堂微笑道：「上次被我表弟拉著與譚公子鬥詩，事後被家父痛斥一頓。這種意氣之爭太過輕率，在下特意來向林大公子道謝。譚公子不會也是為這件事來的？」

無涯在羅漢壁落水穿走了林一川的衣裳，賜了十匹上等錦緞，讓許玉堂用自己的名義送給林一川。

說話間，林一鳴已迎了出來。他與譚弈相熟，熱情地招呼寒暄後，聽說許玉堂是來謝林一川的，心裡已有幾分不高興。他人也機靈，知曉譚弈是東廠督主的義子之後，存心巴結。此時譚弈神色間微微露出和許玉堂的不對付，林一鳴就主動跳了出來。

「我堂兄不會見你。他病著怕吵，親口吩咐過了，只見郎中不見客。你請回吧。」再尊貴的世家公子也比不上東廠督主的義子，林一鳴打定主意要抱緊譚弈的大腿，連許玉堂是誰都懶得打聽，親熱地拉了譚弈進門，直接給了許玉堂一個閉門羹吃。

這樣的態度譚弈非常滿意。他給了許玉堂一個譏諷的笑容，施施然和林一鳴進了宅子。

許玉堂是太后親外甥、皇帝親表兄、承恩公禮部尚書之子，京城流傳萬人空巷看玉郎並非虛言。從小到大他就沒受過這種待遇，當場就氣得臉色大變，冷著臉轉身回了轎，「把禮物扔在林家門口就是。」

原來林家抱上了東廠的大腿！一介商賈之子，都有膽公然羞辱他。難怪皇上提起林一川時，神色也淡淡的不喜。許玉堂坐在轎子裡氣呼呼地想，等進了國子監，看本公子怎麼收拾林家這兩個不知天高地厚的草包！

小巧的瓷瓶擺在黑漆木桌上，譚弈漫不經心地飲著茶。

林一鳴盯著這只瓷瓶看了又看，轉頭問譚弈，「譚兄，你覺得我很傻對吧？我林一鳴真的是個傻子是吧？」

他巴不得林一川長病不醒，最好一命嗚呼。嫡支長房沒有了男丁，家產不就全是自己的了，憑什麼要治好林一川來給自己添堵？如果不是譚弈向他透露了身分，林一鳴敢大巴掌將他搧出門去。

譚弈放下茶盞，起身走到林一鳴身邊，「你要不救醒林一川，你才真是個傻蛋！」

「憑什麼？」林一鳴憤憤不平地叫道：「又不是我讓他病倒的。他昏迷不醒，我求之不得！」

「誰信呢？」譚弈眼神淡漠至極，拍了拍他的肩道：「這宅子的管事是你爹的人對吧？郎中是他請來的是吧？喝了郎中開的藥，林一川就昏迷不醒了對吧？不是你做的，是誰？林一川有個三長兩短，你大伯父能放過你？他只需要指控你，開口說要在林氏宗族中過繼一個兒子，林氏宗親還會站在你爹和你這一邊？」

「我我我……」林一鳴指著自己的鼻子「我」了半天，譚弈的話讓他無言以對。他洩氣地坐下了，「這麼好的機會，林一川咋就這麼命大呢？」

「其實想把家產爭到手裡，最好的辦法是你比林一川優秀。如果林一川身敗名裂，你是嫡支二房的長子，你大伯父想過繼一個兒子，也爭不過你。」

林一鳴眼睛驟然放光，「譚兄的意思是？」

「進了國子監有的是機會。相信我。」

「還要讓他進國子監？」林一鳴急了，「只要讓他考試過不了，他回揚州必然沒臉！」

「你家是經商的，他讀書不好，會做買賣呀。林家南北十六行的大掌櫃照樣聽他的。哦，你進國子監讀書，他回揚州趁機把家業捏實在了，你覺得這樣很好？他進了國子監，沒那麼多時間打理家中產業。你大伯父大病初癒，你爹不正好插手？」

林一鳴一巴掌拍在自己腦門上罵了句，「豬腦子！譚兄說得對，咱們在國子監整死他。」

「這就對了。這藥，你拿去給他服下。他還得念你人情不是？」譚弈滿意地達到了目的。

晚上穆瀾得了信，又悄悄來了雙榆胡同。

她用指甲刮了一點兒藥丸的粉末嘗了，很肯定地告訴林一川，「確實是解藥。」

林一川開心地說道：「躺了好幾天，終於可以不用裝了。雁行，拿酒菜來！小穆，我們喝點兒酒慶賀慶賀。」

「免了。趁著還沒宵禁，我得趕緊走了。家裡事多。」穆瀾白了他一眼，心想這一千九百兩掙得看似容易，卻也不容易。她趕緊又補了句話，「交易完了，沒事別來煩我。」

好不容易見著，哪能輕易放她走，林一川伸手就去拉她。穆瀾的手腕轉動了下，手背「啪」的拍在了他手上。偷襲不成，林一川馬上投降，「有事和妳商量嘛。」

「林大公子，我對你的事不感興趣。」

微揚的下巴、斜睨的眼神，都清楚表明了她的態度：少來煩我。

還是隻驕傲的小鐵公雞！林一川看著就心癢癢。什麼時候她能對自己和顏悅色、溫柔賢慧……他噗地笑了。溫柔賢慧這詞安在穆瀾身上太可樂了。

那雙比常人更黑的眼眸裡閃動的情緒讓穆瀾分辨不清。莫名其妙的眼神、莫名其妙的笑，有病吧？穆瀾懶得理他，又打算從窗戶翻出去。

「藥是林一鳴送來的。事實上是那位羞殺衛玠解元郎指使的。他施了招欲擒故縱，讓林一鳴送藥來，卻很輕易地讓我查到是他送的。小穆，我們和譚弈沒過節吧？妳說他為什麼要這樣做？一邊給我下藥，一邊又送解藥來？」趕在穆瀾跳窗之前，林一川快言快語地說完，「還有，他突然和我堂弟打得火熱。林一鳴那草包有什麼值得他結交的？」

「關我屁事！」穆瀾只說了這四個字，輕盈地越窗走了。

林一川氣得直奔到窗口。夜色中，一道人影在牆頭閃了閃就消失不見。

雁行和燕聲正端了酒菜進來，見林一川一拳頭砸在自己胸口，燕聲脫口而出，「少爺，您胸口不舒服？」

林一川揉了揉胸口答了句，「餓得本公子心口疼！」

餓了？燕聲下意識地揉著胸口，卻盯著自己的肚子瞧，似乎沒明白怎麼會餓得心口疼。

被氣得唄。雁行無聲地冷笑。他默默地誇了聲穆瀾好樣的！幸災樂禍地想，讓公子多碰幾回軟釘子，估計他就知難而返了。

離開林家，穆瀾從林家後院一條死巷子裡牽出了馬。從大雜院過來要經過好幾個坊市，她實在不想宵禁後躲來躲去，爬房頂也很累的。

剛騎上馬，她驀然轉過了身。

月光將一個人的身影投射在地上，面具師父高大的身影出現在牆角拐角處。她居高臨下地凝視著他。面具掩住他的神色，眼睛冷漠沒有感情。

「瓏主不會是在跟蹤我吧？」

林一川應該和珍瓏局無關，面具師父的出現就只能是因為自己了。

「雙榆胡同後面有四條巷子，妳為何選擇在這裡？」面具師父的聲音一如既往的喑啞。

穆瀾笑著彎下腰親暱地拍著馬脖子，「我怕我的馬被人牽走，我捨不得花銀子買。」

面具師父素來沒有和穆瀾耍嘴皮子的習慣，冷冷說道：「海鷗輕盈盤旋於海上，盯著魚時迅急扎入水中捕食。梁信鷗輕功好、目力好，下手穩準狠。」

她早就察覺到雙榆胡同四周有人盯梢，沒想到竟然是東廠梁信鷗的人，所以才會感嘆林一川的一千九百兩銀子並不好賺。穆瀾笑嘻嘻地問道：「您這是在關心我？」

「離林一川遠點兒，如果妳不想被東廠的人盯上。這是我對妳最後的忠告。」

面具師父腳步往後一退，身影消失在圍牆背後。

穆瀾可以想像林一川的失望與氣憤，他真當自己是朋友，而她卻拒絕再幫他了。她望著林家宅子的方向，低聲說道：「林一川，每個人都有自己的無奈，也有自己要面對的事情。祝你好運。」

馬穿行於坊市的燈火間，夜風吹過來，那些隱約的笑聲從穆瀾耳邊一閃而過。街頭返家的行人從她視線中漸漸後退，她感覺到一種孤單。她驅馬經過的人家也許正在圍桌用飯，也許正在打架，也許……她只是一個過客。

她討厭面具師父那副幽靈般的樣子，他卻沒有說錯。穆瀾仰起臉嘆了口氣，當嘆息聲隨風消逝後，笑容重新回到她臉上。沒有朋友不要緊，她還有母親和穆家班。

不到一個月，她要通過入學考試，進國子監做她應該去做的事情。

第二十一章　考試前再賺一筆

進了三月，漫天的楊絮、柳絮隨風飄著，如同舉子們的心情，那種忐忑不安與煎熬只有等著放榜那一刻才會塵埃落定。

不過，畢竟春闈已經過去。考得好與不好，能否榜上有名，只能聽天由命。

譚弈這段時間太忙。會試錄三百二十人，尚未張榜，譚誠已給了他三分之二的名單。他急於「雪中送炭」，挑選著落第卻能用的舉子，力邀和他一起進國子監。

他忙碌著，可急壞了林一鳴。直到國子監入學考試的前一晚，林一鳴才在譚弈家門口堵著了人。

林一鳴拉著譚弈埋怨開了，「譚兄，明天就要考試了，你答應兄弟的事，可不能黃了。」

譚弈心裡清楚，林一鳴就算交張白卷，也得把他錄進去。這一刻他突然想逗逗林一鳴，故意嘆氣道：「一鳴賢弟，對不住啊。我這些天四處尋那些春闈沒把握的舉子，會試不中，考個國子監的入學考試輕而易舉。結果聽到風聲，今年國子監的入學考試特意定在會試沒放榜的時間，朝廷這次對國子監的入學試動真格的了。舉子們都愛惜羽毛，一旦被抓，科舉無望。聽說有些答應去當槍手代考的，都退了銀子回拒了。」

「原來如此。辛苦譚兄這些天為小弟奔波勞累。」譚弈答應找個窮舉子替考，現在說找不著人，林一鳴心裡不高興也沒辦法，他還得抱緊譚弈這條大腿。

見林一鳴沒有急得跳起來，譚弈倒是奇了，「瞧你神色，對入學考試有把握？」

林一鳴是個大嘴巴，嘿嘿樂了，「實不瞞譚兄，有人替考那是再好不過。在譚兄答應幫小弟找槍手之前，小弟已經做了安排。」

於是將交銀子買通國子監率性堂換座位一事告訴了譚弈。

四千兩買杜之仙關門弟子穆瀾多寫一份試卷？譚弈敏感地抓住了這句話。這件事該如何利用才能得到最大價值的回報？

送走林一鳴，譚弈趕緊去了義父譚誠的私宅。

進了宅子，看到義父，譚弈的急躁一點點散去。

幽靜的花園，靜立的燈光，譚誠在夜色中欣賞散發著隱隱花香的蘭。

「知道為何每次你來，義父總要讓你等候片刻才會開口？」譚誠細心擦拭完最後一莖綠葉，將帕子遞給旁邊侍候的小太監，示意譚弈隨他在園子裡散步。

「義父在打磨孩兒的性子。」譚弈並不笨。迅速理解了譚誠的用心。

譚誠不緊不慢地走著。他在家喜歡換了寬袍，穿千層底布鞋。鞋子悄無聲息踏在花園石徑上，每一步的間距與速度都差不多。不管惱怒還是喜悅，從他的步伐中都看不出他的心情。

「說吧。」

依然是慢悠悠的聲調。譚弈努力想讓自己也變成義父這樣，波濤不興。然而他終歸才二十歲，說得再緩，語氣中也能聽出明顯的興奮。

「杜之仙的關門弟子穆瀾？」譚誠微微上揚的語氣，顯示出他對這件事上心了。

他停了下來，正站在一蓬迎春花前。小太監手裡提著的燈籠映著正開得嬌豔的黃色花朵，他伸手摘了一朵，拈在指間慢慢揉搓著，「你如何看？」

譚弈早有準備，小心答道：「別的不說，他是皇上下旨恩賜入學的監生。這次除了落榜的舉子外，蔭監生、貢監生與例監生都要考入學試。如果穆瀾考不中，皇上沒臉。」

「杜之仙的關門弟子，成績不說能進前十，也不會太差。考試過不了，總要有個理由，也許皇上會親閱穆瀾的卷子。」譚誠淡淡說道：「阿弈，換成別的考生，不取也就罷了。穆瀾既是杜之仙的關門弟子，朝中關注的目光太多，不是想不取就不取的。東廠做事，特立獨行，也不會在明面上授人以柄。」

以為義父教訓自己別仗著東廠督主義子的身分就無所禁忌，譚弈白著臉低下了頭。

譚誠微微笑了起來，「你是我的義子，張揚跋扈點兒也不算什麼事。只需記得，做事要思慮周全。」

看著譚弈驚訝的神色，譚誠倨傲地說道：「知曉你的身分，就算是那一位，也會對你和顏悅色。」

他的目光望向夜色深處的宮城。

譚弈精神一振，目光中湧出無盡的狂熱。他狠狠地攥緊了拳頭。權勢！唯有手中有權，方才能像義父這樣傲視天下。

「穆瀾這次入學試就算考得再好，義父也會令國子監不予錄取。」

這話怎麼聽著和剛才的話不一樣？譚弈疑惑道：「義父不是說皇上也許會親閱他的卷子，朝中臣子衝著杜之仙的名氣也會關注他。如果他考得好，豈不是讓咱們……」

「指鹿為馬。」譚誠打斷了他的話。

昔日趙高權傾朝野，指著一頭鹿硬說是馬，朝臣礙於其權勢紛紛附和。

譚弈懂了。義父這是要借穆瀾試探皇上與朝臣的態度。萬一皇上藉機掀起朝臣們彈劾東廠，又該如何收場？

譚誠那雙平時斂盡鋒芒的眼裡露出鷹隼一樣銳利的光，手中的迎春花不知何時被他揉搓得碎了，「咱家也想看看，咱們那位花一樣的皇上會是什麼態度。呵呵呵呵……」

靜謐的花園裡，譚誠的笑聲讓譚弈情不自禁哆嗦了下。

●　○　●

今年的例監生有一千七百人左右，蔭監生和貢監生一共才三百餘人。進了國子監包吃住，每月還有五兩廩銀。國子監裡已經有六千多名監生，戶部吃緊，朝廷養得難受。皇帝因此下旨要進行入學考試，擇優錄取。

例監生中大都是富家子弟，也有清貧之家想謀個出身，賣房賣地籌得銀子。考不過入學試，捐的銀兩概不退還。例監生的銀錢其實就是拿到一個入學考試資格，那些胸無二兩墨的例監生氣得跳腳無奈，又不敢罵朝廷無恥，只得另想辦法。

天不亮，國子監外面幾條大街小巷擠滿了人。

穆瀾來得也早，坊門才開，就騎了馬趕來。街上已經人滿為患了。她下了馬，早有做這種生意的車馬行夥計上來，收了一百文錢將馬牽去了馬棚照料。

她背著包袱瞅著一個攤位旁邊還能擠一擠，笑嘻嘻地走過去，「兄臺，在下賣符，在你旁邊鋪個攤與你搭個夥如何？」

擺攤的年輕人穿著一件紫色繫藍腰帶的監生服，瞧著二十出頭，眼角微微上翹，有一雙靈活的桃花眼。他的攤位上用兩根竹竿扯了一塊橫幅，寫著「試題範圍答案，國子監率性堂出品。一兩銀一冊。概不講價」。

國子監分六堂，進率性堂的是成績最好的監生。他穿的大概就是率性堂的監生服了。

應明瞥了穆瀾一眼，伸出手掌，「三兩。這位置是我給別人占的，他沒來，便宜你了。」

生意還沒開張，就要收三兩銀子？穆瀾聽著他的聲音耳熟，卻想不起來在哪兒聽過，笑著說道：「先賒欠著，賺了銀子給你如何？」

「行！」應明將自己的地攤收回來一點兒。

穆瀾打開包袱，拿塊布往地上鋪了，擺上數個紙盒，裡面裝著幾種畫出的符籙。

應明有些不屑，一張符能賣幾十文錢就不錯了。賣完這幾疊符，她能賺多少？他從旁邊的粥攤上買了份粥，正吃著，就聽到穆瀾已高聲吆喝了起來。

「一符在手，考試不愁。考試包過符二兩銀子一張！買符送率性堂優等生預測試題範圍加答案一冊！」

粥瞬間吸進了應明的氣管，嗆得他咳得臉紅筋漲。

應明緩過勁，衝穆瀾發作起來，「你憑什麼占我便宜？」

穆瀾很是無辜地裝著糊塗，「在下問過兄臺，是否能與你搭夥。你同意了呀。」

搭夥？應明這才明白先前穆瀾話裡的意思。瞧她年紀小，眉清目秀的，沒想到一肚子壞水。他寫這些冊子容易嗎？熬更守夜，四處打聽消息，還費了一筆銀子才印製出冊。這麼一句話就想竊走他的成果？沒這麼容易！應明冷笑著撣了撣身上的衣袍道：「知道國子監率性堂的監生是什麼身分？」

國子監裡有率性、修道、誠心、正義、崇志和廣業六堂，分管監生們的學業紀律和生活，都是從舉子中考試錄取，按名次候補。六堂監生相當於幫助國子監官員承擔起一部分管理職責，將來畢業之後，實習與就任都能選最好的差事。上得師長們的青眼，下得監生們敬仰甚至巴結。能進率性堂的監生是成績最好的，手裡的權力也最大，應明當然有這樣的傲氣。

早在進京之前，杜之仙就將國子監揉碎掰細了說給穆瀾聽。穆瀾一看應明穿著率性堂監生服，有意與他結交。此時她堆了滿臉笑道：「我賣二兩，買一贈一。兄臺的冊子叫賣一兩，我這麼賣力吆喝幫著兄臺賣冊子，您沒吃虧吧？同為求財，你好我好大家好嘛！」

這幾條街巷中像應明這樣，趕著賣試題預測賺銀子的監生不少。應明矜持身分，又不肯吆喝，他的生意並不算太好。此時，聽到穆瀾的吆喝聲，街對面有幾個人停住了腳步，遲疑了下朝這邊走過來。

「生意來了！」穆瀾說著就用肘尖輕輕撞了下應明。

你還不是在占我的便宜！應明看到有生意上門，勉強嚥下了話，堆著笑臉上前推銷，「在下應明，國子監率性堂監生。這些冊子都是在下向出題的教授百般打聽後……」

人群中一個著錦衫的胖子「刷」的抖開了摺扇，傲慢地打斷了應明的話，睥睨著穆瀾道：「喂，小子。我聽你剛才在吼考試包過符？騙人的吧？」

應明先是氣得臉色鐵青，繼而又冷笑著抄著手看熱鬧。

穆瀾笑咪咪地往應明身邊靠近一步，「買符贈冊子，不靈包賠。兄臺難道就不想試一試？捨不得二兩銀子，失了進國子監的機會，那就可惜了！」

胖子瞥了眼應明，那身紫色系藍腰帶的監生服將應明襯得風度翩翩。他心中一動，這監生自報身分，不靈找他賠就是了。大方地扔了二兩碎銀，拿了一張符，「怎麼用？」

「考前一個時辰，燒成灰用溫水服下。」穆瀾收了銀子，傳授了辦法，笑著送走了胖子。

有人動手買，旁邊的人也瞅了應明一眼，心思與胖子相同。不靈就找這個率性堂監生退錢。

眨眼工夫，就賣了十六兩銀子。應明還傻愣著，穆瀾已遞了十一兩銀子在他手中，「應兄賣了八冊，加上攤位費，一共十一兩。」

他在這兒擺了半個時辰，才賣三冊。應明收了銀子，覺得這樣搭夥也不錯。他自恃身分，不會高聲叫賣，乾脆站在旁邊擺出一副名士高人的姿態，任由穆瀾大聲招攬生意。

天色漸明，穆瀾的符已經賣了大半。她將剩下的收了，只留了五張符擺在盒子裡，買了兩碗紫菜蝦米大骨湯餛飩，請應明一起吃。

袖袋裡的銀子沉甸甸的，應明也有些感謝穆瀾，端著餛飩邊吃邊問她，「小兄弟如何稱呼？」

「在下姓穆，單名一個瀾字。尚無表字。來自揚州府。」

應明「噗」的就將餛飩噴了出來，大驚失色地問道：「你就是那個奉旨入學的穆瀾？杜先生的關門弟子？」

「正是在下。進了國子監，煩請應兄多多照顧小弟！」穆瀾達到了結交的目的，笑得很是開心。

杜之仙的弟子竟然賣符騙人？應明簡直不敢相信自己的眼睛。他左右瞅了眼，擔憂地說道：「穆公子，你還沒進國子監，名聲就傳開了，不知多少監生想與你切磋交流。你就不怕被人罵你行騙毀了名聲？」

「考得過，我的符就是靈驗的。考不過嘛……連國子監都進不了，敢來惹事？再說，我不叫他們燒成香灰兌水喝了，有證據嗎？沒喝符灰水的，符當然就不靈了。」穆瀾端著碗將蝦米紫菜湯大口嚥了。肚裡有了食物，渾身舒坦。

應明呆呆地望著穆瀾，緩緩翹起了大拇指，「果然不愧是江南鬼才的關門弟子。」

「沒有應兄這活生生的招牌……嘿嘿，小弟這招也不靈啊。」穆瀾誠心想結交個率性堂的監生，吐露了實話。

清亮的眼神在應明身上打了個轉。應明順著她的目光看著自己的監生服，突然反應過來。自己傻兮兮地還自報家門，符籙不靈，別人不找穆瀾可以找自己。他頓時哭笑不得，又覺得穆瀾機靈坦誠。奉旨入學，將來前途不可限量。他苦笑著捏著鼻子認了，「穆賢弟倒是會算計。」

「一起發財！」穆瀾見應明一點就透，胸襟也不小，笑呵呵放了碗，繼續吆喝，「這一次卻將臺詞改了，「考試包過符，五十兩一張，贈率性堂監生試題預測答案一冊！只有五張了，手快有、手慢無啊！」

「五十兩！」應明吃驚地叫了起來。

穆瀾賊賊地朝他擠了擠眼睛，低聲說道：「天快亮了，趕緊賣！宰一個算一個。」

應明只知道呆愣地點頭。

秦剛帶著四名喬裝改扮的錦衣衛，護衛著無涯順著這幾條街一路走下來。春來手裡已多了只大包袱，裡面裝著國子監監生們賣的各種試題答案、衣袖裡寫滿字的外袍、細密抄錄著四書五經的帕子汗巾、塞著小紙條的香囊荷包。

無涯緊繃著臉，他作夢都沒想到隨便就能買上一包袱作弊的玩意。

一個穿著青色監生服的人瞥了眼無涯披著的錦緞鶴氅和身邊穿著武士服的隨從，心道好一隻肥羊，急走兩步湊了過去。

收到無涯的眼神，錦衣衛們沒有阻擋，放了那監生靠近無涯，腳步微移，隱隱將那監生圍了起來。秦剛微瞇著眼睛，盯緊了他的手。只要稍有異動，他就能將這名監生當街撲殺。

「兄臺，這次國子監五名博士聯手出題，在下打聽了點兒實在貨，有興趣聽嗎？可以聽完再付銀子。」

題明明是自己出的，難道試題送到國子監後真有博士洩漏題目發財？無涯下巴揚起，「說。」

「此處不方便，隨在下來。」那名監生滿臉喜色，將無涯帶進了旁邊酒肆的包間裡。

片刻之後，無涯面無表情地走出來。門後傳來拳腳見肉的噗噗悶響。春來朝裡面啐了口，小聲罵道：「想誆我家主子爺，獅子大張口！一千兩？揍一頓算輕的！」

無涯恨恨地想，這次他不把這些作弊的人全抓了，真對不起自己半夜早起！

這時候他聽到了穆瀾清脆的吆喝聲，靜月般的臉頓時卡嚓龜裂，怒容滿面。他一言不發大步朝著穆瀾的聲音方向走去。

考試是巳時，等到卯時，禁衛軍就會淨街，迎禮部官員和都察院監考官進國子監，這攤就擺不成了。正是黎明前最黑暗的時候，在國子監外擺攤的，都趕著做最後的買賣。

攤位上大都只掛著一盞燈籠，燈光並不明亮，沿著長街伸向黑暗的星點燈火卻望不到盡頭似的。

「真熱鬧啊！」這樣的熱鬧卻是為了作弊，無涯的怒火更盛。

他停下腳步，不遠處應明攤子的燈光照亮了穆瀾活力四射的臉。那張臉撞入視線，像天上最亮的星辰，讓無涯眼中再難看到旁人。

「穆賢弟，我賣了八十幾冊，剩下的還能賣給剛入學的新生。這個人情，為兄記下了。」應明清點冊子。這條街上類似攤點太多了，應明擺攤之後，能賣五十冊就心滿意足。他印了一百冊，靠著穆瀾的花言巧語賣了這麼多，袖袋沉甸甸的銀子讓他興奮不已。

「率性堂的監生還缺銀子使？應兄難道另有苦衷？」

率性堂握著監管學生的權力，衝著這個，前來巴結討好的學生就不會少，銀子自然也是不缺的。穆瀾目力所及，除了應明，還真沒有見著第二個率性堂的監生。

應明嘆了口氣道：「我也不瞞你。我老家十澇九旱。去年遭洪水，家裡房子沖沒了。上有高堂，下有八個弟妹，搭窩棚住著。今年開春來信，滴雨未下。朝廷的救濟糧到了地方，也就能每天領碗薄粥。全家都指望著我每月寄銀子過活。」

「應兄寬心，日子會好起來的。」穆瀾當然知道去年那場洪水，要不然老頭兒也不會出手去救林大老爺，討要三十萬兩銀子買米糧賑災。

穆瀾的安慰讓應明心裡一暖，他抹開了面子，站在穆瀾身邊一起吆喝起來。五十兩一張符轉眼間被賣了一張，穆瀾和應明相視而笑。

無涯忘了是自己不想再和穆瀾見面，只覺得這樣的笑容刺目不已。

「最後四張了！考試包……」穆瀾的話卡在喉嚨裡，看著無涯大步朝自己走來。賣個符而已，殺氣騰騰地做什麼？

穆瀾站在朦朧的燈光下，無涯清清楚楚地看見她翻了個白眼，臉轉到一旁，就當沒看見自己，心頭一股火就燃了起來。

「賣的是考試包什麼符？」無涯在攤子前站定，慢悠悠地問道。

不用秦剛使眼色，四名錦衣衛已經呈半弧形散開，剛好將兩人的攤子圍了起來。

應明吼了兩嗓子，膽子壯了，笑著朝無涯拱了拱手道：「賣的是考試……」

「考試平安符！保平安的。」穆瀾怕他闖禍，肘尖往後一送，撞斷了應明的話，「買一冊考試複習資料贈一張平安符。一百兩銀絕對超值划算，這位公子有興趣？」

一百兩！又翻倍漲價了？應明忘記了穆瀾的話顛倒了主次，摸摸鼻子不作聲了，桃花眼變成了星星眼。

穆瀾的小動作落在無涯眼中。和這個監生如此親密，自己在她嘴裡就成了「這位公子」？無涯繃著臉道：「剛才我分明聽你在喊，這是考試包過符，怎麼就變成平安符了？」

「您聽錯了！」

聽錯了？無涯眼神往身後掃了眼。春來、秦剛和幾名錦衣衛哪敢不搭話，異口同聲，「我們都聽得清楚，賣的是考試包過符！」

無涯彎腰，親自拿起一張符來，「證人證據一個人不少。還想抵賴？」

「這位公子，一百兩！不給就把我的符放下。」穆瀾從應明攤上拿了本冊子遞過去。

你是杜之仙的弟子，你有點風骨好不好？話都說到這分上了，居然還想賺銀子！無涯氣得抿緊了嘴，「四百兩，我全買了。」

春來趕緊從荷包裡拿出銀票，小心地遞給穆瀾。趁背對著無涯，春來討好地衝穆瀾使了個眼色。

穆瀾拿了銀票，將四張符和四本冊拿起，遞給了春來。

「應兄，收攤吧。」穆瀾悄悄將銀票全塞在應明手中，催著他收攤離開。

應明正想推辭，手被穆瀾捏了捏。他陡然反應過來，現在不是自己和穆瀾分贓的好時機。他遲疑了下，慚愧地拱了拱手道：「再會。」

「等等。你姓應？」無涯聽著他的聲音，心頭一道亮光閃過。

那天在會熙樓和穆瀾翻窗開跑，來到巷子裡，屋中不正是一個姓應的監生答應替一個姓侯的學子做槍手？難道就是眼前這個人？

「這位公子，有何貴幹？」應明警惕起來。率性堂的監生身分讓他挺直了腰背。

無涯藉著燈光將他的面容仔細記在心裡，淡淡說道：「聽你的聲音頗為耳熟，以為是遇到了熟人。」

聽見這句話，穆瀾剎那間也想起來了，難怪自己覺得應明聲音耳熟。應明作弊是想賺銀子寄回老家蓋新房，穆瀾這時有點擔心，萬一被無涯舉發抓包，他的監生資格弄不好都會被革了。怎麼辦？她彎腰將攤子四角一收，攏成一個包袱塞進應明，有點不好意地笑道：「應兄，無涯公子是為了我好，怕我有辱家師名聲。他生性耿介，最看不來弄虛作假。還直言若我當槍手作弊，定會抓我呢。」

槍手，作弊……應明心神一顫，接了包袱，壯著膽子替穆瀾說好話，「穆公子並非作弊，也就賣幾張平安符。這位公子莫要太過計較。」

「無涯，我就賣幾張符而已。」穆瀾對著無涯擠出了璀璨的笑容。

若他有根尾巴，肯定衝著自己開搖。不就是怕自己對付姓應的？無涯腹誹著，心情越發鬱悶。他突然伸手握住穆瀾的手腕，理也不理應明，拉著他就走。

穆瀾當然可以使個巧勁甩開他，卻又不想連累應明。她笑著朝應明揮了揮手，乖乖被無涯拉著走了。

春來和秦剛對看一眼，心照不宣地跟上去。

「你就不怕買你符的人回頭找你算帳？你是杜之仙的弟子！」無涯見穆瀾沒有甩開自己，心情漸漸好了，嘴裡忍不住訓她。

他是關心她嗎？穆瀾睃了眼被他握著的手腕，走了幾步停下來，「無涯，咱們不是說好再見面權當不認識嗎？」

清亮眼眸被星點燈火映得流光溢彩，無涯呆愣地望著他，心頭泛起一絲無力的感覺。他做不到真的與穆瀾形同陌路，而他更做不到放任自己喜歡一個少年。

他鬆了手，輕聲說道：「穆瀾，不管你信不信，我是為了你好。答應我，不要作弊。全力赴考，莫要辜負……杜先生對你的拳拳愛護之心。」

還有朕對你的呵護喜愛。

無涯對她溫柔而笑，拍了拍她的肩，帶著滿心的悵然獨自往前走了。

春來獨自落在後面，經過穆瀾身邊時突然低聲說道：「我家主子喜歡辛夷花。」

什麼？穆瀾不明白。她目送著無涯一行人離開。

鶴氅被清晨的風吹起，無涯的身影在人群中如此獨特，穆瀾一時間瞧得痴了。

第二十二章 錦衣衛捉弊

隨著禁衛軍的到來，街道的喧囂消失了，取而代之的是莊嚴與肅穆的氣氛。和穆瀾一樣提前到國子監的考生們感覺到一絲異於尋常。

「會試也沒來這麼多禁軍吧？」

「聽說這次是由錦衣衛監考。」

「不是吧？會試都是禮部與都察院監考。區區一個國子監入學考試，勞動了錦衣衛？」

「國子監入學試雖比不得春闈選士，卻是皇上親自下旨。沒準啊，這試題壓根就不是國子監的博士們出的。」

聽著考生們的議論，穆瀾想起了無涯身邊的那些錦衣衛。她覺得自己猜到無涯的身分了。年紀輕輕的無涯在錦衣衛中的地位一定很高，難怪他說要抓作弊的。

以前為師父殺了東廠的人，現在認識錦衣衛裡的高官，她的身分見不得光，偏偏和朝中這兩處難纏的地方沾上了關係。

穆瀾嘆了口氣。

辰時一到，國子監集賢門大開，裡面兩隊錦衣衛魚貫而出。身著黃色繡魚龍紋的飛魚服，腰佩宮禁牌、斜挎繡春刀。繃緊的臉頰、凌厲的眼神，瞬間鎮得赴考的考生們心頭惴惴不安。

領頭的人穿了一件紅色的蟒服，腰繫鸞帶，不怒自威。他掃了眼候在集賢門外的考生，不緊不慢地開口道：「本官奉旨監考。進此門之前，若有夾帶私藏，自己扔了，一概不予追究。捨不得扔掉的，心懷僥倖的，也無妨。進得此門，在考場中也莫要拿出來。在考場中被本官與屬下兒郎發現，那就對不住了，錦衣衛的大牢還有不少空房間。本官是粗人，你們都是斯文人，搜身就不必了。」

他說完很是乾脆地一擺手，「進去吧！」

與會試不同，參加入學試的兩千一百名學子無須自備文房四寶，空著雙手頂著兩邊錦衣衛的凌厲目光順著集賢門往裡走。

一名錦衣衛瞧著這些考生嚇得像雞崽似的，忍不住輕視起來，低聲對領頭的千戶說道：「大人，這種考試用得著咱們錦衣衛出手？殺雞用牛刀嘛。」

因是自己的心腹，千戶瞪了他一眼，壓低聲音說道：「御駕親臨。你小子給老子警醒點兒。這差使交給錦衣衛，東廠正吃味呢。」

「大人放心。屬下只擔心這些讀書人見錦衣衛監考會怕得拿不動筆。」

穆瀾隨著人群過了集賢門。裡面國子監維持秩序的監生們吸引了所有考生的目光。

逢祭祀、朝會、節慶時，監生們都穿禮服。此時隔兩丈遠的監生們統一穿著淡青色圓領大袖襴衫，戴著黑色紗羅所製的四方平角巾，個個身姿如松，將儒士的飄逸展現在考生們面前。

負責引道的監生看到考生們眼中的羨慕，矜持地說道：「不過是常服罷了。各位若能通過考試，開學禮、孔廟祭祀會穿禮服。」

就這樣的常服也令考生們驚豔了。想著將來能穿上國子監監生禮服，風光於人前，考生們眼裡飆出了一種異常的興奮與渴望。

考場設在彝倫堂前寬闊的廣場上，禁衛軍分列四周，嚴嚴實實圍住了考場。高臺上已搭起雪白的軟帳，帳子被垂下的紗簾遮擋著，簾前站著一排錦衣衛。帳前兩側為禮部、都察院、國子監官員設了數席座位。

能進國子監六堂管理的監生們都著紫色襴衫，腰帶顏色不同。進了考場，引領考生們進場尋找座位的都是六堂的監生，腰帶顏色有藍、黃、綠、紅、白、黑六種。考生以地域劃了片，穆瀾報了籍貫、姓名，被一名監生指了座位。

她剛坐下來不久，就看到林一川、林一鳴兄弟倆連袂而來。

林一鳴看到她就兩眼放光，直朝她揮手。他樂呵呵地找到自己座位，發現就在穆瀾身後，禁不住咧嘴大笑，「穆兄，可真是巧啊！」

考生太多，廣場再寬敞，座位之間也隔得近。林一鳴伸腳不費勁就能踢到穆瀾。伸長脖子就能看到穆瀾的卷子。他怕被人瞧見，趴在桌子上蒙著臉笑得赫哧赫哧的，心想給率性堂貼名字的監生那幾百兩銀子花得真值了！

林一川走到穆瀾鄰桌坐了，撐著下頷望向穆瀾，「小穆，好久不見，妳好像又瘦了？不如考完我請妳去吃會熙樓補補？」

今天天氣好，春天的陽光溫暖不灼烈，暖融融地晒著人想舒服地睡一覺。穆瀾起得太早，張嘴打了個呵欠，「我還要趕回家幫我娘砌牆修屋子呢。改天吧！」

穆瀾拿回家的銀錢被穆胭脂攢著，讓周先生去京郊買點兒地建莊子。她捨不得亂花錢，帶著李教頭和班裡的人將大雜院該拆的拆了，打算自己動手把粗活幹了省一筆工錢。穆瀾這些天都窩在家裡當苦力，拆牆、和泥、搬磚，也就昨天才歇了工，畫了些符出來賣。

讓她去砌牆修屋子？林一川心疼了，屁股下面的凳子一滑，移到穆瀾身邊。怕她不願意，伸手就使出了小擒拿。穆瀾壓根沒想到大庭廣眾之下林一川來這招，被他握住了手。

「林大公子，眾目睽睽下，兩個大男人手握著手很難看！」穆瀾磨著牙擠出了這句話。她想起面具師父的忠告，恨不得將林一川一巴掌甩翻在地。她的目光朝四周掃去，廣場邊緣綠樹成蔭，禁衛軍站得像標槍一樣挺直。誰知道這些人中有沒有東廠的眼線？

「瞧瞧，這哪像讀書人的手啊？」林一川權當耳邊風，心想：諒妳也不敢在這兒對本公子動手。拇指順著她的掌心劃過，他情不自禁想起在凝花樓觀察穆瀾時。那會兒他怎麼就那麼蠢呢？這麼小的手掌、纖細的手指，早知道那時就握著不放多好啊。

穆瀾一腳狠狠踩在他腳背上，用力地碾著。

子去。」

「嘶！」林一川因為疼痛瞪大了雙眼，還是捨不得放手，「小穆，我們是坐一條船……來的！妳家有事，在下哪能不出手相助？就這樣說定了。我找人幫妳家修房子去。」

說話間嘶嘶吸著涼氣，後面卻是越說越快，說完見穆瀾還在用力踩著自己的腳，林一川疼得沒辦法，只好鬆開手。

穆瀾若無其事地甩了甩手掌，「你坐到我這邊來，覺得好嗎？」

「怕什麼？開考我就挪回去唄！」林一川厚著臉皮又撐著下巴看她了。

比常人幽深的眼眸裡噙著穆瀾不懂的神情。她突然衝林一川笑了笑。

他一直都知道的，小穆笑起來如冰河炸裂、鮮花綻放，美得令他目眩。離得這麼近，他看到她肉嘟嘟的耳垂，耳際覆蓋著一層淺淺的絨毛，他想起了新出生的小兔子。

眼前的視線陡然變化，林一川「噗」的坐到了地上。

穆瀾踹翻了他的凳子，理了理袍角，沒事人似地打開桌上的墨盒，捏著墨慢慢地研磨起來。

四周已來了不少人。這一片是江浙一帶的考生，有人認出了揚州林氏兄弟。見林一川摔倒，哄笑聲就響了起來。

一名監生走了過來，板著臉道：「怎麼回事？」

林一川已經從地上站起來，笑道：「師兄，我坐滑了。」

那名監生看了眼四周，聲音冷峻，「別怪我沒提醒你們。考場中打鬧說笑、高聲喧譁、禮儀不周，直接趕出去。」

聽到這話，穆瀾轉過臉看向林一川。聽到了吧？消停點兒吧！以為這是揚州？

小狼崽子！林一川氣呼呼地坐回去。

林一鳴喜聞樂見，低聲笑道：「穆兒，幹得漂亮！」

她才不是想要對付林一川。穆瀾懶得搭理林一鳴。

「快看快看！許玉郎來了！」

穆瀾和林一川同時抬起頭。考場最前面是京城直隸的考生，也是蔭監生扎堆的地方。許玉堂穿著一件綠色的廣袖寬袍，噙著和煦如春風的淺笑，緩緩進場。

那一刻，穆瀾以為見到了無涯。

林一川只瞧了一眼，就看向穆瀾，她怔忡的神情讓他不屑地嗤笑起來，「長得像個兔兒爺似的，風吹就倒。萬人空巷看玉郎，京都沒美男子可瞧了嗎？」

他的聲音不大，周圍的人卻都聽見了。眾人憋著，不敢笑出聲。

這時，有個胖子正大聲對旁邊的考生道：「進了國子監，本公子想在京城找個媳婦很容易嘛！」

他是無意，聽者卻有心。考生們再也憋不住，炸了鍋似地哄笑起來。

許玉堂只覺得詫異，他身邊的靳擇海卻是個機靈的。身後那些考生瞅著他表哥笑得不懷好意，他不由得大怒，咬著小牙道：「表哥，他們在嘲笑你呢！」說著捲袖子就想打架。

這時一聲鑼響。

「禮部尚書許大人到！都察院左都御史謝大人到！國子監祭酒陳大人到！」

一行官員緩緩走上了高臺。

國子監六堂監生齊齊轉身，彎腰揖首。

考場裡的考生們頓時收斂了笑容，起身行禮。

又聽見數聲靜鞭響起，一道尖而陰柔的聲音響了起來，「皇上駕到！」

臺上官員與場中眾人齊齊下跪，伏地相迎。

穆瀾悄悄抬起臉偷看。

錦衣衛拱衛著一乘鑾輿上了高臺。

林一川發現穆瀾的脖子越伸越長，悄悄移了過去，手搭在她肩頭使勁壓著她，低聲斥道：「想當出頭鳥啊？」

穆瀾狠狠瞪了他一眼。

這時，轎中走出明黃與緋紅兩道身影，進了軟帳。

日晷的光漸漸移動，又三聲鑼響，國子監的大門緩緩關門。

禮部尚書許德昭宣讀了聖旨，親手拆開密封的試題。

斗方（註2）書就的「正」字懸於高臺上，考生們看得清清楚楚。這道題顯然有些出人意料，考生們有的歡喜、有的愁。場下的議論聲再小，架不住人多，嗡嗡聲

註2　書畫所用的冊頁，或稱一、二尺的字、畫作品。

漸起。

「肅靜！」國子監祭酒陳瀚方站起身說道：「題目已經出了。眾考生扣題自由發揮，體裁不限。詩詞歌賦、策論八股皆可。巳初開考，午末收卷。每人只有一張答題紙。且想好再答。開考！」

如此靈活的考法考生們聞所未聞，官員們也為之不解。陳瀚方目光往軟帳中一轉，笑著向官員們解釋，「國子監入學考試比不得春闈會試。只是看考生有無入學的資格與後天培養的天賦。」

官員們心裡就有了數。題目是皇帝出的，怎麼考也是皇帝的意思。

陳瀚方又笑道：「若是這些考生也能做好八股，直接參加州試，考舉人去了。」

眾人聽了又一陣釋然。能做好八股文章，考中舉人，也用不著再來考入學試了。

考法太靈活，考生們反而更加不安。有才華的，自然盡全力寫八股去了。才華一般的，就想著做點詩詞歌賦博取注意。最痛苦的莫過於不學無術的考生，能提筆寫字就是極限，望著那個斗方正字，急得直撓頭。

這道題說難也不難，想要答得出彩也不容易。

穆瀾也在嘆氣。杜之仙弟子的名聲在外，她答不好會削了師父的臉面；答得太好，又會是出頭鳥。怎樣才能中不溜地混過去呢？陳瀚方的話引起了她的注意。每人只有一張白宣答卷，是否意味著落筆無悔，不容塗抹修改？汙了卷子要扣分？她慢吞吞地研著墨，腦中漸漸有了主意。

監考的錦衣衛不過二十人，進了兩千人的大考場，像撒進湯裡的鹽。

皇帝和官員們是不會在這兒枯坐著等的。開考一個時辰後，太陽升到了頭頂，高臺上有了動靜。禮部、都察院、國子監三位大人陪著兩乘鑾輿離開了，高臺上只留下幾位品階低的官員。

不多時，國子監的小吏們一溜小跑，提著食盒進了考場。留守的官員和錦衣衛們說笑著去了廣場一側用飯。

考生們只能餓一頓，眼神卻欣喜異常，蠢蠢欲動。

樹蔭下，錦衣衛吃著飯，也在低聲議論著，「給他們多少時間？」

領頭的千戶笑了笑，「兩刻鐘。早了還在探頭張望，晚了不好抓現行。咱們的人都安排好了？」

這廂考生們探頭探腦地試探了會兒，見官員和錦衣衛們壓根不往考場看，如平湖般的考場頓時被風吹起了陣陣漣漪。

夾帶的各種作弊手段沒捨得扔的，這會兒全拿出來用了。像林一鳴這樣找槍手替考的趕緊交換試卷子，而直接找槍手進場代考的，早就答完了。

林一川半個時辰前就寫完了卷子，他一直撐著下巴看穆瀾。考試過了一個時辰，穆瀾都沒有動筆，她在想什麼？

穆瀾突然也歪了身子，撐著下巴斜望著他笑。

林一川做著口形無聲地說，「妳不答卷？」

穆瀾眨了眨眼，顯然在說：你猜？

這哪猜得中啊？林一川更加好奇。他想了想，伸出一根手指頭。

就知道他想出銀子，穆瀾笑得渾身直顫，巴掌翻了翻。

真貪財！林一川暗罵了句，笑容越發燦爛，答了她一個「好」字。

穆瀾悄悄用手指了指身後。

林一川瞥眼看去。林一鳴趴在桌子上裝睡，將發下來的白宣捲成一束，正從桌子下面遞著，去捅穆瀾的背。她若早寫完卷子，現在就該和林一鳴交換了。林一川收回目光，瞪了穆瀾一眼，示意她不准幫林一鳴。

穆瀾忍著笑，身體往後仰，聽到林一鳴輕若蚊蚋的聲音。

「換卷子啊。」

她往桌子一側偏過了身，讓林一鳴看到自己的白卷。

身後傳來林一鳴吃驚的聲音，「你還沒寫啊？」

穆瀾發出一聲嘆息。

卻聽到林一鳴說道：「算了，我自己寫。」

這句話讓穆瀾和林一川同時驚訝起來。兩人更不急了，等著林一鳴寫卷子。

午時過半，錦衣衛千戶打了個呵欠起身了，手一揮，錦衣衛們嗖地衝進了考場。一人負責一片，二十人將整個考場劃分成二十個區域。

考生們心滿意足，該做的都做了，盯著也不怕。

穆瀾算著時間，把卷子答了。答完沒一會兒，就聽著禮部官員高呼一聲，「考試時間到，眾考生停筆起立！若有違者，試卷作廢！」

考生們紛紛離桌站立，就等著國子監的人來收試卷了。

這時，錦衣衛千戶上了高臺，慢條斯理地說道：「本官奉旨監考。先前在集賢門便說過了，被錦衣衛逮到作弊的，休怪本官無情。兒郎們可在？」

只見考場中同時發出若干聲音，「屬下在！」

那聲音就在身邊響起，驚得考生們四下張望。只見被錦衣衛們劃分出區域的考場中，同時有兩至三人當場脫了外袍，露出裡面華麗燦爛的飛魚服。

考生們看傻了。這也太無恥了吧？明著錦衣衛去吃飯放鬆了監視，原來早把臥底扮成考生布置在身邊。

錦衣衛千戶滿意地點了點頭，「查吧！」

「小抄拿出來吧！就藏你靴子呢。本官嫌你腳臭，脫鞋！」

「哎喲，出這麼多汗哪？字都印你胳膊上了，還不承認？」

一聲接一聲的指認此起彼伏，指認一個，禁衛軍上前架了就走。蹬著腿哭的，當場暈過去的不計其數。

林一鳴擦了把額頭的汗。林一川身後、他的左手邊就坐著一個錦衣衛假扮的考生。幸虧穆瀾當時沒有答卷，一交換卷子，他就死定了。他悄悄地看向那個錦衣衛。

錦衣衛衝他一笑，「你在午時一刻時想和前面那位考生交換卷子是吧？」

「不不！我沒換！」林一鳴慌得直搖手，一把將桌上自己寫的卷子拿了起來，「我自己答的！」

卷子上歪歪扭扭寫著：「正正正正正正……」

滿篇全是正字！

四周考生詭異地望著林一鳴的試卷，沉默中突然爆發出劇烈的大笑聲。

考場的驚慌肅穆氛圍突然被林一鳴這張奇葩答卷打破了，頭一個沒忍住的就是他身邊的錦衣衛，笑得噗哧噗哧的，想板起臉都沒成功。

一想到林一鳴將要滾回揚州。林一川放聲大笑，痛快得不行，還不忘悄悄對穆瀾翘起了大拇指。

穆瀾笑著搖頭。

這貨還真敢寫啊！不過，令她詫異的是，林一鳴居然能沉得住氣，沒有因為被嘲笑而顯得慌亂。

她心裡瞬間浮出了譚弈的名字。她一直不解，那位直隸解元，差殺衛玠的譚弈，為何要和林一鳴這樣的草包結交。林一鳴的鎮定與神色中的自矜難道是來自於譚弈的許諾？

林一鳴將卷子放下，挺直了腰背、昂起了頭。迎著笑聲與嘲諷的眼神，他心裡不屑地想，嘲笑就嘲笑吧，反正譚弈說過，只要他答了卷，哪怕只有一個字，他也必定會被錄取。他不止答了一個字，整張白宣都被他寫滿了呢！他怕什麼？

考生們嘲笑便罷了，令林一鳴不待見的是堂兄林一川的狂笑。見他衝穆瀾翘大拇指，林一鳴突然間明白了。他這位堂兄早就買通了穆瀾，什麼考完再收銀子，穆瀾壓根是在哄自己玩呢。

怪不得她不著急答卷，她就不想和他換卷子！好在他命大福高，躲過了錦衣衛的監考，結交了譚弈。否則這一次入學考試就被穆瀾帶溝裡去了。林一鳴盯著堂兄和穆瀾，心裡那叫一個恨。這兩個人，他將來一個都不會放過！

那名錦衣衛笑了一會兒，倒真放過了林一鳴。他潛伏在這兒，覺得旁邊這三人都很有趣。前排的林一川早就答完了，一直撐著臉看右邊的少年。而右邊的少年卻在最後兩刻鐘做完了卷子。兩人眉來眼去，說他倆作弊又不像。算了，看兩人長得不錯，放他們一馬吧。

這時，京城直隸那一片區域卻吵鬧起來。

一名錦衣公子冷笑道：「家父乃吏部侍郎。你說你看到我們換卷子，本公子就要承認？捉賊拿贓懂嗎？壞了本公子的名聲，定要向你家指揮使討個公道！」

三品官員家可以許一子恩蔭進國子監。這位錦衣公子開口就自報家門，語帶威脅。

這片離高臺最近，錦衣衛千戶拍了拍額頭，有些懊惱地說道：「差點忘了。兒郎們！驗卷子！」

「屬下遵令！」

錦衣衛連同臥底的來了百來號人，每人拿了一瓶藥水直接在考生卷上塗抹起來。

白宣一角漸漸顯示出考生的姓名、籍貫。

換了試卷的，顯示出來的名字與卷子上寫的名字就有了差別。

這麼一來，禁衛軍又從考場中拖走了幾十名考生。

那名侍郎府的公子頓時慌了，硬撐著嘴硬道：「考試前我和他拿錯了紙！」錦衣衛千戶懶得再聽，手一揮，衝過來數名禁衛軍架起錦衣公子和與他換卷子的槍手就往外拖。

錦衣公子惶恐不已，掙扎著突然抱住了旁邊許玉堂的腿，大喊道：「許三哥，你幫我說說情！你爹是禮部尚書呀！」

這一片的蔭監生都是朝廷三品大員家的公子，大都與許玉堂自幼玩在一處，以他馬首是瞻。

如果不幫劉七說話，物傷其類，他在蔭監生中的聲望就會下跌。眼下幫他說話，劉七作弊被逮了個正著，讓他怎麼辦？許玉堂氣得想吐血，有這麼一個拖後腿的豬隊友，他真是倒了八輩子血楣。

「七郎，知恥而後勇，浪子回頭金不換！今年你進不了國子監。苦讀一年，明年為兄與眾兄弟在國子監為你擺酒接風。你要記住，你現在不站起來昂首挺胸走出去，而是被禁衛軍像死狗一樣拖出去，劉家的臉面拖在地上，就撿不回來了！」

聲音鏗鏘有力，氣度卓爾不凡。

吏部侍郎家的公子也不能得罪得狠了，許玉堂如此表現，實在給太后和皇上長臉。

錦衣衛千戶眼睛微瞇，揶揄地笑道：「又不是會試春闈，作弊要革了功名，終身不得科考，明年再來考過便是！」

靳擇海一個箭步上前，將劉七從地上扶了起來，仔細替他整了整衣袍，大笑道：「劉七哥！明年你通過入學試，我們在會熙樓給你接風！」

四周的公子哥兒們熱血上湧，大聲喊叫道：「劉七！一年考不過算什麼？明年大夥等你！」

劉七激動得從地上爬起來，竟有種當了英雄的感覺，朝四周感激地拱了拱手，一拂衣袖，昂首挺胸出了考場。

「不愧是許家玉郎！」轉眼將一件尷尬事變成了替自己刷聲望，穆瀾嘖嘖讚嘆。

林一川心裡酸溜溜的。

自從許玉堂進來，穆瀾看他的眼神怎麼就那麼痴迷呢？

她該不會喜歡上許玉堂了吧？他哼了聲道：「收買人心而已。本公子見多了這種人。」

「做得漂亮就是有才。」穆瀾沒留意到他的神色，她看著許玉堂情不自禁想起無涯。

無涯……臨走時，眼中噙著一絲無奈，那雙溫潤的眼睛裡藏著無數的話，卻一句也不能對她說。

這樣的眼神讓穆瀾想到了杜之仙，想到了自己。她也有很多心事，難以對人訴說。

那一刻，她似乎能感覺到無涯的孤獨，和她一樣的孤獨。

穆瀾腦中飄過高臺上一閃即逝的明黃身影。她情願相信無涯是王孫公侯家的公子，或者是錦衣衛的人，她不敢也不願意朝另一條路上去猜測無涯的身分。遠處的許玉堂實在與無涯太像，她垂下了眼眸，譏諷地扯了扯嘴角。

有些人註定不是同路人。

她的神色變幻悉數落在林一川眼中，氣得當即轉過了臉。

多看一眼他都想衝到穆瀾面前讓她把自己看清楚了，他哪點比不上許玉堂？

錦衣衛辦完該辦的事，再無考生被架出考場。

錦衣衛千戶向臺上的官員們抱拳道：「本官奉旨監考，如今職司已畢，剩下的事就與本官無關了。」

他說完，帶著錦衣衛們揚長而去。

考生們這才拿起自己的試卷挨個交到高臺上，陸續離開考場。

第二十三章　殿下，別胡鬧

林一川心裡憋著火，見穆瀾快要走了個沒影，他又後悔了。看中的姑娘自己先放棄，豈不是讓許玉堂不戰而勝？他邁開長腿就追。

商場上的變臉他小時候就練出來了，臉頰的肉往上一擠，笑容就布滿了俊朗的臉。伸手不打笑臉人，先請她吃飯再僱人幫她家修房子，怎麼著她也要念自己三分好吧？

「穆賢弟！」應明換了身常服，站在道口迎向穆瀾。

先前考生太多，穆瀾也不容易從兩千考生裡找到應明。見他站在這裡，知道他聽進去自己的話，沒有下場代考，也替他鬆了口氣。

她拱手行禮，絕口不提自己的提醒，「應兄，小弟正想尋你。能否帶小弟在國子監裡四處看看？」

新入學的監生都有這樣的好奇心，穆瀾的要求應明滿口答應，「我先請你去吃飯，吃過飯就帶你去。」

「是小弟麻煩應兄，怎麼能讓應兄破費？這頓飯小弟請了！」穆瀾的謙遜和感激都擺在臉上。

應明越發覺得穆瀾值得結交，熱情地替她介紹起國子監的情況。

她有請過自己吃過一頓飯嗎？林一川從後面趕上來，正聽見穆瀾最後這句話，他絞盡腦汁回憶著。好像認識穆瀾開始，她一個銅板都沒為他花過，自己則是不停地掏銀子掏銀子掏銀子……她在他面前就是隻小鐵公雞，對旁人就搶著請吃飯？當他是冤大頭啊？

青色襴衫、大袖飄飄。應明與穆瀾說話時，桃花眼快要瞇成了縫，像勾子似的。

她喜歡的就是這種斯文敗類？一個許玉堂不夠，又打哪認識了這個狐狸男？林一川越看越生氣，越想越失落。被穆瀾無視的感覺讓驕傲慣了的心有一點兒受傷的感覺。她有什麼了不起的？不就是神祕了點兒，祕密多了點兒。他不好奇了還不行？他還想看看，沒有自己暗中相助，穆瀾在國子監裡怎麼混！

一道緋色撞進他的視線，擦肩而過的瞬間，滿腹心事的林一川撞到了對方的肩膀。換成平時，或許還會道個歉，但林一川正在氣頭上，理也沒理就走了。

「喂！」緋衣少年揉著肩膀勃然大怒，跑到林一川面前，手指直伸到了他的鼻子前，「你撞到我了！道歉！」

纖細的手指嫩白如蔥管，指甲上染著粉色的丹蔻，一片片玉雕出來似的，極為美麗。長髮籠在金製頭冠裡，明眸善睞。襦衫領子中露出天鵝般細長優美的脖子。

分明就是個極嬌美的女子。

見過穆瀾扮男人，再看這個女子漏洞百出的扮相，林一川不屑至極，「妳自己撞上來的，怨得了誰？東施效顰不自知！」

他揮手擋開對方的玉指，頭也不回地走了。

沒有道歉？沒有誠惶誠恐的討饒？錦煙公主氣得腦子都糊塗了，「他剛才說，說本宮什麼？」

身邊換了裝的小太監不敢重複林一川的話，小聲說道：「殿下，他在罵您！」

他說她東施效顰不自知？啊呸！她堂堂公主模仿一頭豬也是那隻豬三生有幸。就這麼愣了愣神，她又發現林一川已經走了個沒影，氣得跳腳，「找到他，本宮要誅他九族！」

「殿下，國子監裡不准女人進來。您悄悄離宮穿了件男人衣裳跑來看熱鬧，皇上對您夠寬容了。您就甭惹事了。」大喬滿面愁容地說道，試圖移走她的注意力，「只要他在國子監裡就跑不了。公主，那件事還要不要去？再晚一點兒，可就不行了。」

「本宮現在有事在身，且放他一馬！」錦煙公主想起自己還有事要辦，帶著兩名小太監蹭蹭蹭地往考場去了。

考場的高臺上，官員們正在整理試卷封存。錦煙公主帶著太監急步走了過去，素手伸出，亮出宮裡的牌子，傲慢地說道：「皇上口諭，眾人接旨！」

留下的低階官員們趕緊放下手裡的活，跪了一地。

朝隨行的大喬、小喬使了個眼色，錦煙公主翹著嘴，背負雙手站得筆直，慢悠悠地說道：「皇上問，錦衣衛今天可有抓到作弊的考生？」

品階最高的禮部員外郎趕緊答道：「回陛下，錦衣衛一共抓了四百多名作弊的考生。」

「皇上問……如何作弊，怎麼抓到的，你細細稟來就是！」她懶得再想問題，直接令他細細道來。

試卷整齊地分成幾摞擺放在臺上，趁著官員們背對著跪伏於地，兩名小太監賣力地翻看著。

聽到動靜，有官員想抬頭，薛錦煙怒斥道：「認真答皇上的話！」

見官員老老實實地低下頭，她得意地笑了起來，纏著官員拖延著時間。聽到吏部侍郎家的公子被抓包，她哈哈大笑，「劉七就是個草包！」

笑聲脆若銀鈴，惹來官員偷偷瞄向她。只見她頸長肩瘦，柳眉下一雙靈活的明眸，穿著男裝依然俏麗可人，一眼就能看出是個女子。

見到官員呆滯的目光，知道被認了出來，錦煙公主囂張地指著他們道：「本宮奉旨問話，再對本宮無禮窺視，定稟了皇兄將你們革職查辦！」

原來是錦煙公主。她扮成男人進國子監，誰又敢多嘴指責她的不是？他們又不是御史。官員們腹誹著埋下了頭，「卑職知罪！」

這時小喬翻出一張卷子悄悄塞進了衣袖，朝薛錦煙點了點頭。她趾高氣昂地說道：「問完了。大人們請起！本宮就這覆旨去。」與匆匆地帶著小太監走了。

到了蓮池旁，四顧無人，薛錦煙尋了岸邊柳樹下的石凳坐了，「大喬，去守著！」

小喬從懷裡拿出了卷子恭敬地遞給她，「殿下，揚州穆瀾的卷子。」

「聽皇兄向陳瀚方誇她，本宮倒想看看杜之仙的關門弟子究竟如何。」薛錦煙說著打開了卷子。

白宣上一莖墨荷挺拔怒放，旁邊寫著一首詩：「岸葦無莖輕易折，雨打嬌花落紅櫻。蓮池舊是無波水，不逐狂風起浪心。」

「守正之意，倒也扣題。詩不錯，字也不錯。畫還不如本宮呢。科舉考八股，詩詞不堪大用，如此取巧，不夠穩重！皇兄誇他太過了。悄悄送回去吧！」薛錦煙看完穆瀾的答卷，沒了興趣。

將卷子遞給小喬時，細柳被一陣風吹著，柳葉刺向她的眼睛。薛錦煙下意識地鬆了手，抬手護臉。小喬卻沒接住，那張卷子落進了水裡。

「愣著做什麼？趕緊去撿啊！」薛錦煙急得跳了起來。

小喬將卷子撈起來時，已經糊了。

薛錦煙哀嘆一聲，「完了完了，皇兄定會罰我三個月不准出宮。」

「殿下方才不是說畫還不如您……不如找張白宣依模畫樣做一幅？」

小喬的主意讓薛錦煙樂了，「不就是一朵墨荷，一首詩嗎？本公主的字也不比他差！」

考生們的卷子悉數搬進了國子監後院的東西廂房中。

官員們開始忙碌地閱卷。

數位國子監的學正們檢閱第一遍，但凡字跡拙劣，卷面有塗抹不潔的，先挑出來。這一遍進行得很快。

國子監官員人手不夠，禮部遣了些官員坐鎮第二關，主要將考生們的答卷分成三等。

將評為一等的交給禮部尚書和國子監祭酒，再從中選出最佳者，呈供御覽。

另再有人將第一遍挑出來的考卷再細細甄別。

被揪出考場的考生有四百多人，有效的試卷也有一千五百多份，閱卷至少需要幾天時間。

世嘉帝和幾位部堂大人已經離開了，錦衣衛千戶卻帶著人守住整個後院，閒人免進。

薛錦煙拿著重新做好的卷子被攔在院子外頭。

「殿下，不是卑職不放您進去。那麼多雙眼睛盯著，卑職也不好做啊。」遇到薛錦煙，千戶腦袋都大了。好好的不在宮裡待著，女扮男裝進了國子監，皇上已經格外開恩，他無論如何不能讓她進去。

任憑薛錦煙如何威脅，千戶板著一張臉不為所動，她只得悻悻離開。

「怎麼辦？」薛錦煙圍著後院繞圈著急，突然眼睛一亮。後院院牆外一株歪脖子柳樹幾乎靠近了院牆，她拍掌大樂，「本宮翻牆進去。反正錦衣衛守在外面看不見。本宮去了就說奉旨巡查，趁機把卷子還回去。」

大喬、小喬嚇得跪到地上，「殿下不可，萬一摔下來可不是小事！」

「住口！這卷子不還回去，杜之仙的弟子就缺考了。皇兄還不剝了我的皮？」薛錦煙怒了，揪著大喬的衣領讓他趴在樹下，踩著他的背往樹上爬。

大喬、小喬眼睜睜地望著薛錦煙爬上了牆頭。薛錦煙喘了口氣，開開心心地騎在牆頭上衝二人說道：「本宮身手不錯吧？」

大喬、小喬聽到這句話都想哭了。自家公主機靈如猴兒，有時候卻蠢得讓他倆都看不過眼去，偏偏還仗著身分攔不住。

小喬愁苦地望著樂呵呵的薛錦煙，擔憂地喊道：「殿下，您怎麼下去呢？」

後院是國子監總領全院事務的辦公場所，兩進的院落，院牆足有一丈來高。薛錦煙朝下面一望，勃然大怒，指著兩個太監罵道：「跪下！一雙馬後炮！」

大喬、小喬撲通就跪在地上，委屈得不行。誰教您蹭蹭蹭地就上去了呢？

「蠢貨！想法子啊！」薛錦煙生氣地罵道。她是不敢跳的，總不能讓她堂堂公主一直騎在牆上吧？

「殿下，要不您往下跳，奴婢兩個人拚了命也會接著您。」

薛錦煙騎坐在牆頭，卻不敢站起來了。她咬著銀牙又罵，「萬一接不住摔斷本宮的脖子呢？去把宋千戶叫來！」

大喬聽著轉身就跑。

「回來！」薛錦煙氣惱無比，「宋千戶定會稟告皇兄，本宮再想溜出宮就難了。去弄梯子！」

「殿下英明！」被皇上、太后知道，公主最多禁足，自己和小喬的屁股就遭殃了。大喬恭維了聲，蹬蹬跑了。留下小喬不敢錯眼地盯著自家公主。

這時，應明正陪著穆瀾逛到這裡，「後院外這片樹林又被稱為進士林，監生中考中進士者，都會來此種下一棵樹。傳聞開朝之初有位姓桑的進士種下一株柏樹，已有五人合抱粗了。最神奇的是，柏中生出了一株桑樹。後來他的兒子果然就讀國子監也中了進士。此樹就被稱為父子桑，成了國子監一景。」

穆瀾聽著，觀察著地形。她的目的是進士林後面的御書樓。

拐過小徑，騎在牆頭的薛錦煙與樹下守護的小喬讓兩人一愣。應明臉色一沉，率性堂監生負責監管的本能讓他開口喝道：「什麼人敢翻牆偷窺？」

「住口！」薛錦煙也本能地喝斥道：「你是什麼人，敢對本……本公子大呼小叫？」

穆瀾見她歪著髮髻，髮絲散落，聲音、體貌分明是個女子。那身緋紅色的衣衫讓她想起遠遠對高臺的一瞥，她攔住了應明低聲說道：「像是跟在皇上身邊的那位……」

應明也想起來了，從鑾輿中跟著皇上出來的可不正是這位？冷汗頓時沁了出來，低聲問穆瀾，「怎麼辦？我去稟告……」

「你倆嘀咕什麼呢？敢教人知曉，本公子誅你九族！」

敢說誅九族的話，定是皇族了。宮裡頭未成年的公主有三位，和這位一般年紀的只有從小養在許太后膝下的錦煙公主。應明和穆瀾相望一眼，心想這位殿下就是個棒槌。

猜到牆頭女子的身分，應明手足無措。去叫人吧，會惹惱了公主。不叫人吧，萬一她摔下來，自己定受連累。

「我有辦法。應兄去路口守著，別讓人過來瞧見了。」穆瀾淡定的神色讓應明沒來由地相信了她。

他點了點頭道：「好。」

「喂！他去哪兒？」看到應明離開，薛錦煙急了。

穆瀾笑道：「在下請他去路口守著，免得有人過來瞧見。我幫您下來好不好？」她走到牆下仰起臉望著薛錦煙，陽光透過綻放新芽的柳枝映亮了穆瀾的臉。

薛錦煙從來沒見過有人笑起來這般好看，那笑容直暖到了人心底，她的兩頰漸漸浮起一層緋色，「牆有點高。」

青色的身影離地躍起，穆瀾在柳樹上借了力，輕輕巧巧到了她身邊，蹲下身朝她伸出手，「我帶您下去。」

好瀟灑啊！原來這人還會輕功！薛錦煙看呆了。

穆瀾握著她的手將她拉著站了起來，「不用怕。」

穆瀾的手乾燥溫暖，聲音裡帶著強大的自信。薛錦煙膽子立時就肥了，眼珠一轉，「好，你帶我下去！」說罷拉著穆瀾朝院子裡跳下去。

我去！這個棒槌！穆瀾猝不及防，被她拉著從牆頭往院裡摔下去。一丈來高的距離說高也高，摔下去也不過瞬間的事。地面近在眼前，陡然間她只得攬住薛錦煙凌空翻了個身，卸了下墜的力道，摔在地上。

背心被青石板地面硌得生疼，穆瀾心不甘、情不願地當了回肉墊。趴在穆瀾身上，薛錦煙睜開眼睛。穆瀾的臉近在眼前，清亮的眼睛倒映著自己的臉，這人的眼睫好長啊……

「能先起來嗎？」穆瀾知道了她的身分，就不敢一把將她粗暴推開了。

「哦。」薛錦煙動作迅速地爬起來，臉頰紅紅的，小聲說道：「我沒壓著你吧？我很輕的！」

好事做到底。人都救了，難不成還要埋怨幾句，讓這位公主殿下不開心？穆瀾隨口答了句，「您沒傷著就好。」

這份體貼溫柔讓薛錦煙感動了，她突然吃吃笑了起來，一拳捶在穆瀾胸口，「你好厲害啊！做我的侍衛怎樣？」

殿下，我不想當太監。穆瀾對這個任性的公主簡直無語了，「我帶您出去。」趁著沒人發現，趕緊走吧。

「不行，我好不容易才進來！」薛錦煙急了，扯著穆瀾的衣袖道：「等我辦完事，你再帶我翻牆出去。」

穆瀾看了眼院子奇道：「您翻牆進這兒做什麼？」

薛錦煙咬了咬脣道：「我偷了份卷子，得趕緊還回去，否則就誤了那個考生的前程了。」

那個考生真夠倒楣的！穆瀾腹誹著。

薛錦煙整理了下衣裳，得意地說道：「跟我來！」

「等等。」穆瀾嘆了口氣，伸手將她散落的髮絲綰上去。

一瞬間，薛錦煙的臉紅得像蝦子似的，聲若蚊蚋，「謝謝。」

「好了。」穆瀾退開一步。

十五歲的薛錦煙身材嬌小，比穆瀾矮半個頭。她瞥了眼穆瀾，安全感十足，不由自主地說道：「你扮一會兒我的侍衛好不好？還了卷子，咱們還偷偷翻牆出去，神不知、鬼不覺就把事辦了。」

院子裡的人見著殿下您，還想神不知、鬼不覺？辦完事您還想翻牆出去？說她蠢吧，心腸還不壞。

「錦衣衛不讓我進去。」薛錦煙委屈地噘起了嘴。

「您打算怎麼把卷子還回去？」穆瀾有點好奇。

一面金牌出現在薛錦煙手裡，她得意地說道：「本公子有這個！」

還本公子呢！穆瀾裝著糊塗道：「好。不過，您得答應我，不能告訴別人是我幫您進來的。」

「本公子可講義氣了！放心吧！」薛錦煙拍了拍穆瀾的肩，豪氣地說道。

還算可愛！穆瀾有點喜歡這個二貨公主了，不動聲色地出主意，「您把卷子給我。進去後引開他們的注意力，我偷偷放回去。」

「就這麼辦！」薛錦煙把卷子往穆瀾手裡一塞，趾高氣昂地從牆根往外走了。

穆瀾也沒打開卷子看，往袖中一塞跟在了她身後。

前院閱卷，後院清空無人，兩人順利地到了前院。守在門口的小吏驀然發現進來了兩個少年，吃驚地張口欲喊。薛錦煙手掌一翻，露出金牌，喝斥道：「奉旨巡視，噤聲！」

嚇得院子裡的小吏們撲通就跪下了。

薛錦煙帶著穆瀾直接就進了東廂，正在閱卷的官員們抬頭就看到一個緋衣少年舉著一面金牌進來，都愣了。

「本宮乃錦煙公主！奉旨巡視！」

屋子裡的幾位學正馬上離座行禮。

「平身！認真閱卷吧。這位老大人，過來答話！」薛錦煙指著最邊上的學正，把花白鬍子的老學正叫了過來。

一屋子的學正們頭都不敢抬，行過禮就坐回去繼續閱卷。

趁老學正起身背對的瞬間，穆瀾將卷子拿了出來，展開的瞬間，她禁不住蹙眉。原來公主殿下偷的是自己的卷子，還依樣畫葫蘆描了一遍。她來不及細想，將卷子塞了進去。卻沒有留意到，這一摞卷子是第一關被挑出來刷下去的。

「……不可因卷面修改就錯判考生無才，讓朝廷痛失人才。」薛錦煙一本正經訓完話，見穆瀾朝自己使眼色，露出了笑容，「老大人請回吧。不必相送。閱卷要緊。」

她說罷，帶著穆瀾走了。

學正們誰也沒把這事放在心上。皇帝看重國子監入學考試，遣錦煙公主前來巡視也在情理之中。

再次回到後院牆根下，穆瀾卻不能再裝傻了，長揖首，彎腰到底，「不知是錦煙公主，先前多有冒犯，還望公主寬宥！」

薛錦煙笑嘻嘻地扶起她，「你別怪本宮瞞你就好。」

「得罪了！在下先送公主出去再說？」

見穆瀾握住自己的胳膊，薛錦煙紅著臉低下了頭。身體陡然飛起，她低呼了聲，反手抱住穆瀾的腰，整個人偎進了她懷裡。

大喬氣喘吁吁地扛著梯子和應明趕過來時，就看到小喬張大了嘴巴傻乎乎地站著，自家殿下嬌羞無限地靠在一個眉目如畫的少年懷裡，他扛著的竹梯就摔了，「殿下……」

薛錦煙抱得太緊，穆瀾無語地和應明對視著，「公主殿下，您可以睜開眼睛了。」

「啊？」薛錦煙回了神，驀然看到面前三雙眼睛盯著自己，她鬆了手，跺腳道：「全部轉過身去！不許看！」

大喬、小喬和應明木然地轉過身。

「在下告辭！」

薛錦煙扯住了她的衣袖，「你、你叫什麼名字？」

穆瀾嘆了口氣，促狹地在她耳邊低聲說道：「殿下，在下姓穆，單名一個瀾字，揚州考生穆瀾。告辭！」

薛錦煙的小嘴張得老大。穆瀾忍著笑，拉著呆愣的應明，飛快地消失在進士林中。

薛錦煙這時才覺得無力，軟軟地靠在柳樹上。她無意識地扯著一根垂下的柳枝，一片片揪著上面的新葉，喃喃說著：「揚州穆瀾，揚州穆瀾……他就是揚州穆瀾啊。」

「殿下，殿下，您沒事吧？」大喬、小喬見她失了魂似的，急著圍著她打轉。

「哎呀！」薛錦煙扔了柳枝，捂住了自己的臉，「丟人！原來他就是揚州穆瀾！」

「殿下？」

「大呼小叫什麼？回宮！」薛錦煙斥了兩人一句，朝進士林張望了眼，咯咯笑著，紅著臉跑了。

穆瀾和應明從樹後探出了腦袋。

「我的媽呀，終於走了！」應明擦著額頭的汗，長長地鬆了口氣。

「小公主心善，很可愛。」

想起薛錦煙的表情，穆瀾忍俊不禁。看到她的笑容，應明又長長地嘆了口氣，好心勸道：「穆賢弟，她是錦煙公主。她爹是戰死在北地的武英侯。薛家就她一根獨苗，自幼被太后接到身邊撫養長大，受寵程度比嫡公主還盛。將來你若中了狀元，還有可能與之相配。」

他心裡還有幾句話沒有說出口。

你都窮得跑街上擺攤賣符，穿的衣裳不過是普通布衫，就算公主看上你，皇家應了這門親事，鎮守北地的薛家軍也不會答應。杜之仙已經過世。讓薛家獨苗，受寵的公主下嫁你一個白丁。那是羞辱。

「應兄說什麼呢？」穆瀾怔了怔，放聲大笑，「你想多了。在下對公主絕無半點遐思。時辰不早了，還請應兄引路，帶在下去看看御書樓。」

見穆瀾眼神清明，應明這才相信，興致勃勃帶她去了。

樹蔭深處出現一幢五層木塔，穆瀾的心跳快了起來，「這就是御書樓？」

「對！」應明自豪地說道：「孤本古籍數千冊。如能讀完樓裡的藏書，此生無憾。」

御書樓！父親當年醉酒時留給母親的隻言片語清晰出現在穆瀾腦中。

能參加科舉的監生成績應該不錯，那麼線索應該在二樓或者國子監老師能進的三樓。或者晚上自己可以偷著進來。

穿過青石鋪就的路，一堵高達三丈的牆出現在眼前。穆瀾瞥了眼，這樣的牆難不倒她，然而門口卻站著一隊披甲的士兵。

應明笑著向穆瀾解釋道：「國之典藏都收在樓中。皇上親政後，異常重視，撥了一隊禁衛軍守候在此。樓中嚴禁火燭。監生借閱書籍都在白天。」

晚上來了，如何照明？有禁衛軍不分晝夜看守，樓中有火燭的光太容易被發現了。穆瀾有點發愁。

「我現在能進去看看嗎？」問這句話時，穆瀾感覺到自己的心跳在加快。她看中應明率性堂監生的身分。監生六堂之首，應明是有權限進入的。

應明遲疑了下，痛快地將自己的身分木牌給了穆瀾，「你進去吧。普通監生只能在一樓。六堂監生能進二樓。國子監的老師可上三層，也能帶學生進去。四、五樓只有持祭酒大人的手書才能進入。我在外面等你。監生每天進御書樓只有一個時辰的時間，沒辦法，人太多了。」

國子監如果今年錄用一半的考生，就有七千人，都滯留在御書樓肯定不行。穆瀾心裡有了底，將來她每天都能有一個時辰進去查探。

「多謝應兄。我走走看看就出來。」穆瀾分外感激應明相助，長揖到底。她握著木牌朝禁衛軍亮了亮，順利地進去了。

御書樓樓中地方寬敞，密密的書架成排擺放著，偶爾能看到監生站在書架前閱讀。

門口坐著一位書吏，見她進來，登記了姓名，換了一面牌子給她。

穆瀾打量了下，這方木牌正面刻著時辰，背面刻著「御書樓」的字樣。

管得這麼嚴，她要花多長時間才能找到父親所說的證據？穆瀾決定暫時不想這個問題，抓緊時間。

一樓她以後每天都可以來，暫時可以不看。穆瀾直接上了二樓，朝樓梯入口處的書吏亮了亮應明的木牌，就進去了。

二樓不如一樓寬敞，擺的書架也沒有一樓多。二樓現在空無一人，窗戶倒是開著。穆瀾走到窗邊，探出身子往外看去。這一面與正門相反，對著國子監的後花園。四顧無人，穆瀾翻過了窗戶，踩著斜面的瓦往上一躍，勾住三樓的飛簷。

她輕鬆翻進了三樓。

國子監的官員今天都忙著入學考試，四周空蕩蕩的。一、二樓她將來的機會多，她今天想看的地方就是三樓。這裡擺的書架少，多了幾張書案。

她快步穿行其中，目光迅速地掃過書架上編寫的目錄。繞過幾層書架，她呼吸一窒。

無涯手裡拿了一卷書，抬頭間和穆瀾碰了正著。她避無可避。

他站在褐色古舊的書架旁，穿著一件淺紫的緞面襴衫。淺淺的紫，紫藤花初開的顏色，像在水裡暈染開來，白玉般的臉如煙如夢。

穆瀾有點恍惚。

第一次相遇，她急得上火，卻因為無涯放緩了聲音，生怕自己動作、說話太粗魯，驚嚇了他。第二次邂逅，她變得斯文知禮，安靜坐在他對面喝茶吃點心。

杜之仙教她識文斷字，教她如何學做一個男人，但她心底深處始終存留著一個女孩對美麗的嚮往。在無涯面前，她特別痛恨自己這身男裝。

「穆瀾？」

你怎麼在我想到你的時候就出現？無涯放下了書卷。

「好巧。打擾您看書了，再見。」穆瀾習慣用主動來掩飾自己。

一次是巧，兩次是巧合。相遇的巧合多了，就是緣了。

淡淡的喜悅浮上無涯心頭。

他朝穆瀾露出了笑容。絕大多數時候，他都笑得安靜，像無聲綻放的花。

這樣的笑容讓穆瀾心跳不已，她乾笑著後退，「呵呵，我走錯了。」然後轉身飛奔。

「你是拿著那個姓應的監生木牌進來的吧？」

穆瀾停住了腳步。

她嘆了口氣。無涯很聰明，一句話就讓她走不得。穆瀾轉過身，無涯正緩步朝她走來。

「我好奇，偷了應明的身分木牌，我現在就拿去還他。」穆瀾不能連累應明，尤其是無涯已經懷疑他就是那個商量著收三千兩替人當槍手的監生。

把責任攬到自己身上，這樣說，應明就不會受牽連了。穆瀾自覺解釋得很完美，所以衝無涯賴皮地笑，「你不會去告密吧？我走了。」

無涯慢吞吞地說道：「你見了我就跑，難不成是害怕……喜歡上我？」笑容在穆瀾臉上抖了抖，她誇張地叫了起來，「胡說什麼呢？我是男人！」手拍著胸脯砰砰作響。有牛皮內甲襯著，穆瀾不怕。

一聲嘆息從無涯嘴裡溢出，「所以你才會躲著我啊。」

穆瀾：「……」

無涯說，因為她是男人，害怕被人發現有龍陽之好，所以躲著他。

這是什麼邏輯？穆瀾素來清醒的腦子被無涯這幾句話繞糊塗了。以往的訓練讓她沒有糊塗太久。她伸出了一根手指頭，「你給了我一千兩，只差沒說叫我有多遠滾多遠了，我當然會躲著你！」

「是嗎？」無涯一個箭步走到她面前。

穆瀾嚇得往後一退。無涯伸出手，手掌攔在書架前，就此沒有再收回來。他因而又往前走了一步，離穆瀾不過兩拳的距離。淡淡的龍涎香散開，他專注地看著她，不放過穆瀾臉上絲毫表情。

少年的額光潔飽滿，兩撇眉像是精緻的翎羽，又像是初生的新葉。他本能地想要靠近他，本能地想攬他入懷。

她想伸手推開他，手動了動，在袖子裡攥成了拳頭。

她努力想表現得更鎮定一點兒，然而無涯沉默的凝視讓她渾身不自在，就像衣裳裡鑽進一隻蟲子四處亂爬。她不能往後，那會靠著無涯的手；也不能往前，那會撞進他懷裡。穆瀾站得越挺直，神情越自然，就越發難受，「拿人錢財，與人消災。在下的信譽好得很！」

她目不斜視地走開，連衣角都沒有擦到他的。

無涯一把握住她的胳膊，聲音像風一樣輕，「那一千兩不是封口費。我不想趕你走，不想……讓你離開我！」

他長得像母后——當年後宮最美麗、最受寵的女人。許多自負美貌的女子見了他的容顏都會自嘆不如。

宮裡的女子見到他總是含羞露怯，那些年輕的美麗侍女在他眼中彷彿都是一個模子刻出來，溫柔嫻靜知禮，連說話的聲音都保持在同樣的高度。聽得久了，就像是一潭死水。

或許是他的錯。他親政之前勤奮學習，親政之後忙著一點點收回權力，他沒有時間與空閒去關注她們另一面的鮮亮與活潑。

他試過了，從靈光寺回宮之後，他停下腳步和對他行禮的宮女交談。一個個像受驚的兔子，時不時就會羞紅了臉，依然是一個模子刻出來的。

母后遍邀畫像上的閨秀進宮聊天，他坐在屏風後看著她們，或嬌羞或活潑。她們像園子裡的花，美則美矣，卻是種給別人看的，被花農修剪得太過整齊。不同的人都長著同樣的臉，他找不到怦然心動的感覺。

這些天無涯很少想起穆瀾，他以為自己不會再對這個少年念念不忘，直到在國子監外聽到他的聲音。

清脆的吆喝聲敲碎了蒙在心上的殼，讓他的心暴露在自己面前。

他還是喜歡穆瀾，喜歡他的生動活潑，喜歡他的如畫眉眼。他可以轉身，卻拋不掉對他的牽掛。

無涯又說了一遍，「穆瀾，留在我身邊。」

無涯的眼神、無涯的話……無涯喜歡男人？穆瀾哆嗦了下，整個人都不好了。

「我喜歡……女人。」穆瀾磕磕巴巴說完這句話，簡直欲哭無淚。

看到他的瞬間，她眼裡有著歡喜，情不自禁地展露笑容。

雖然那笑容太淺，消失得太快，無涯卻看得清楚分明。

穆瀾喜歡他嗎？他想知道。

他也很想喜歡女人，但他偏偏喜歡上眼前的少年。

如果你真喜歡女人，將來朕賜你如花美眷就是。

我只想讓你留在我身邊，做我的臣子。讓我能時時看見。

無涯像是做出了什麼決定，不再柔軟如月光，「那好，我們去青樓！我請你喝花酒！」

無涯請她去青樓，喝花酒……難道他看出什麼來了？京城裡的青樓可沒第二個茗煙替她打掩護了。

「在下才十六！你這是要把我帶歪啊？我娘會打斷我的腿！不去！」穆瀾甩開了無涯的手，正氣凜然，「青樓又不是什麼好地方……我才不會陪你去找小倌。」

她總算能離開這裡了。

「我……想找姑娘。你帶我去，不會被人發現。」無涯從來沒有說過這種話，也沒做過這種事，耳朵尖微微發紅。

無涯不是為了試探自己？他為何想去青樓找姑娘，還要避人耳目？穆瀾脫口說道：「原來你不喜歡男人啊？那你為何……」

「我喜歡你。」無涯別開了臉，又輕聲重複一遍，「我喜歡你。可我想知道，我是不是真的只喜歡男人。我不能喜歡男人。」

他就站在窗前，三月明媚的春光也晒不化他臉上濃濃的憂鬱。

穆瀾腦中閃過秦剛的臉、春來的臉，還有彝倫堂高臺之上那一閃而過的明黃身影，她的心驟然酸痛起來。

她不想去猜他的身分，甚至願意蒙住眼睛，胡亂指個身分給他。避不開啊。她是穆瀾，杜之仙悉心教導了十年的關門弟子，是一手布下珍瓏局的瓏主徒弟。她欺騙自己，有點騙不過去了啊。

「戌時，我在國子監後面羊圈胡同等你。我帶你去京城最好的青樓，找最好的姑娘，喝最貴的花酒……你帶銀子付帳啊，我沒錢。」

無涯驀然回頭，看到穆瀾輕巧地從窗戶躍出去，就此不見。

「戌時，羊圈胡同。」他深深吸了一口氣。

第二十四章　花魁冰月

「天香樓？」無涯站在門口，望著燈火輝煌的天香樓出神。

他還記得在綠音閣那場架。為天香樓頭牌花魁沈月贖身的人和自己想到了一塊，當時覺得是個人才。事後他讓秦剛去查了，那個人是林一川。無涯放棄了招攬他的心思。

穆瀾笑道：「對啊，這是全京城最好的青樓。沈月走了，天香樓又捧了個叫冰月的花魁出來。聽說這位冰月姑娘才十六歲，已出落得清麗無雙，比沈月姑娘美了十倍。舞姿翩躚，能及得上趙飛燕做掌上舞。我打聽過了，咱們來得巧，正趕上冰月姑娘今晚首次獻舞，招入幕之賓。」

她不懷好意地瞥著無涯道：「若是瞧見無涯公子的容貌，冰月姑娘估計不要銀子也會點了你做她的入幕之賓。」

想起在綠音閣和穆瀾互相吹捧對方的容貌，無涯大笑。他的心情隨之轉好，竟說起了俏皮話，「我敢打賭，今晚天香樓裡沒有人比我更有錢。」

別人有錢放銀庫裡，您的銀庫是這片江山。您富甲天下呢。穆瀾暗暗撇了撇嘴。

牆角那邊春來的腦袋像賊似地探出來。四周隱約有身材壯實的男人裝成嫖客在樓前徘徊。無涯想不驚動任何人，秦剛卻不敢真讓他一人進天香樓。這些人四下散開，悄悄將無涯圍在中間。

穆瀾裝著沒看見，擺出一副小人得志的神色笑道：「哦？那小爺我今晚就狐假虎威一把。走，我幫你爭冰月姑娘去！」

見他昂首挺胸興匆匆的模樣，無涯眼中一片寵溺。只要他高興，花再多銀子，他也讓他耍夠威風。

天香樓的布置與眾不同，三層闊氣寬敞的廳堂中淺池蜿蜒流淌，巧妙地將座席分開。通往後院的木門隔扇全部取下，淺池流水與一座小湖相連。宮燈皆是琉璃為罩，映得池水銀光閃爍，美不勝收。

暮春三月，晚風並不涼，吹得席間垂下的紗幕柔柔飄起，彷彿置身仙境之中。

「好地方！」無涯禁不住讚了聲。

有銀子好辦事，穆瀾和無涯的位置正好在臨湖的那一處。月影宮燈相映，風景絕佳。望向廳堂，視線又無阻隔。

穆瀾朝四周掃了幾眼，看到鄰近有三桌坐著那些明顯帶著軍中氣息的漢子，心想，就算是明搶，冰月今晚也陪定無涯了。

這時一縷笛音從湖中悠然而出。有人歡喜地叫道：「冰月姑娘獻舞了！」

四周光芒一暗，廳中的宮燈被無聲無息地滅了數盞。眾人明明身在廳堂中，卻宛若坐在水中央。

廳堂正中有方小小的舞臺，幾個僕役用力轉動繩子，一盞碩大無比的蓮花燈被緩緩拉向空中。

升到頂層時，三樓的宮燈齊亮。燈光凝聚之處，一名白衣女子自橫梁上一躍而下。

鮫紗所製的披帛像風吹動的流雲，她旋身一轉，素紗縫就的舞衣輕柔展開。縫製在舞衣上的金絲銀線在燈光下熠熠生輝，像夜色中綻放的煙火，豔驚四座。

「好！」

廳堂中驟然爆發出響亮的叫好聲。

冰月落在粉色的蓮花燈上，踏著一瓣蓮，旋身起舞。

樂聲若徐，她似在花中漫步。樂聲突急，她離花而行，憑藉著懸掛在頂層橫梁的白色綢索繞梁飛行。偶爾直墜而下，在某座客人前舞上一段，引得急色的男子離座而起，伸手去抱。她輕笑數聲，攀著綢索，嗖地就飛走了，反而讓賓客們越發痴迷。

「好一個月宮仙子！好一個冰月！」賓客們如痴如醉，嘖嘖讚嘆。

無涯飲了杯酒，笑道：「極美。雖蒙著面紗，看這舞姿、這氣質，必定是位絕色。」

卻沒有聽到穆瀾附和。他有些詫異地望過去，正看到穆瀾目不轉睛地望著冰月，彷彿除了冰月，她眼中再無他人。

穆瀾真的喜歡女人？想到這個，無涯的心像是被螞蟻咬了一小口，有點痛，又有點酸。他自嘲地將酒倒進嘴裡，飲得急了，劇烈地嗆咳起來，他以袖掩著唇咳嗽著。穆瀾仍痴痴地望著冰月，竟是絲毫沒有注意到他的動靜。無涯的唇角漸漸抿得緊了。蒙著面紗仍能將穆瀾迷得失魂，他就瞧瞧那位冰月姑娘究竟是何等絕色吧。

一縷高音之後，三層的宮燈盡滅，樓下的燈光明亮起來，冰月從蓮花燈中消失了。還沒看夠的賓客們哄然叫嚷了起來，「蒙著面紗算什麼？取了面紗再跳一段！」

天香樓的老鴇花枝招展地出來了。她臉上掛著招牌的甜笑，手中團扇直搖，「諸位爺！跳這曲月中嫦娥費體力得很，冰月姑娘身子骨弱著呢。」

「大爺最會疼人了！」

「叫冰月姑娘出來，爺好好疼疼她！」

賓客們不依不饒地起鬨。

天香樓失了沈月，來了冰月，一亮相就引得滿座哄搶，老鴇笑得花枝亂顫，「今天是冰月第一次獻舞。照規矩，她就在天香樓掛牌了。著什麼急呀？往後常來天香樓，還怕見不著她？諸位爺都是熟客，知曉規矩。妾身先行謝過諸位爺對冰月的疼愛了。言歸正轉，冰月自今天起掛了牌，入幕之賓得由冰月自己選。我們家冰月可不是那貪財之人，只看哪位公子能合了她的眼緣……」

廳堂裡客人們就笑了起來，「到爺面前來，讓爺瞧上一眼就合眼緣了！」

「沈月姑娘當年的入幕之賓給了白銀五千兩，冰月姑娘怎麼也得收上萬兩才合她的眼緣吧？」

老鴇拍了拍手掌，四周進來一隊婢女，手裡提著三層食盒，走到了每桌客人面前。老鴇搖著團扇笑道：「冰月姑娘說了，這攢盒裡有一百種小食，誰能撿出她最愛吃的，誰就是她的入幕之賓。每桌客人只能選一種，冰月姑娘吃了哪桌客人送去的小食，哪位就是她今晚的入幕之賓。」

「真不要銀子？」無涯很好奇。

穆瀾的雙眸被水色燈光映著，變幻莫測，「以冰月姑娘的才藝、絕色，那位幸運的入幕之賓不給筆豐厚的纏頭，還有臉在京城待下去？」

無涯想了想點頭，「也是。不過這樣一來，我帶的銀子豈非無用了？」

「能省就省，不花銀子最好。」穆瀾說著突然捂住了肚子，苦了臉道：「無涯，相信你一定能選出她最喜歡的小食，我先去趟茅房……」

「我選？」無涯愣著了。見穆瀾一溜煙去了，他的眸色漸漸深幽。這小子明明眼珠子不錯地盯著冰月，一定很喜歡，還顧念著他想試試是否會喜歡上女人……也罷，看在出題別致的分上，他且試一試。

食盒打開，數盤各色糕點水果、花生瓜子，琳琅滿目。

「公子請挑選一樣。這些小食是天香樓免費贈送的。冰月姑娘尋常極愛吃豌豆黃這類的點心。」婢女偷眼看著無涯，被他的容貌吸引著，話就多了。

無涯突然看到一枚帶殼的核桃。

這是一枚小小的山核桃，皮厚果肉小，挑果肉特別費勁。

「核桃。」無涯想起袖中一直沒還給穆瀾的那方青色錦帕，帕子一角繡著兩枚圓圓的核桃。就它吧。他拿起了這枚山核桃。

見他不聽自己的，婢女有些失望。她將山核桃裝進一只錦袋，羞惱地朝無涯蹲身行了禮，拿著錦袋走了。

湖旁柳林最精緻的依蘭小築裡，冰月正沐浴出來，坐在妝臺前用桃木梳梳理著及腰的長髮。銅鏡磨得光可鑑人，映出一張欺霜賽雪的清麗容顏。

她怔怔地看著鏡中的自己，無意識地梳著頭髮。

一隻手握住了她的手，冰月驚愕地回頭。

「核桃，我找到妳了。」穆瀾的聲音聽不出喜怒，她拿過桃木梳，握著墨黑的頭髮，細心地梳著。

冰月眼都不眨地望著鏡子，眼淚像是斷線的珠子，撲簌簌掉了滿襟。

鏡中，少年嘴角噙著淺淺笑容，眉目如畫，像歸家的丈夫，溫柔地替娘子梳妝。

她突然轉過身，抱住穆瀾的腰，放聲大哭。

兩名粉衫婢女提著一盞月牙形的燈籠緩緩走來，天香樓所有賓客都興奮地等待著，除了無涯。

他心不在焉地飲著酒，心裡矛盾異常。穆瀾還沒有回來。

他覺得冰月的舞姿不錯，估計人也是絕色。但他為什麼不能像穆瀾，像這滿堂男人們一樣，期待著能成為冰月的入幕之賓？是因為他喜歡的仍然是穆瀾那樣的少年？無涯嘆了口氣，又飲了杯酒。

他知道，秦剛必定帶著人在四周保護自己，他並不擔心自己的安全。如果天底下最能哄男人的青樓中也找不到一個女子讓他喜歡，他該怎麼辦？也許醉了，他就不會去想這件煩心事了。

月牙燈籠停在他面前，無涯有些詫異。

緊站在粉衫小婢身邊的還有兩個假扮成嫖客的錦衣衛，他們看似跟過來瞧熱鬧，卻將無涯護得嚴嚴實實。

「恭喜公子！賀喜公子！冰月姑娘在依蘭小築相候。」粉衫婢女喜氣洋洋地蹲身行了禮，請無涯移步。

穆瀾說：「好，我帶你去最好的青樓，找最好的姑娘，喝最貴的花酒。」

穆瀾說：「走，我幫你爭冰月姑娘去。」

穆瀾說：「無涯，相信你一定能選出她最喜歡的小食。」

送小食的婢女說冰月愛吃豌豆黃那類的糕點，他沒有聽，隨手拿起了那枚山核桃，結果他就成了冰月的入幕之賓。

無涯突然大笑起來。是穆瀾吧？是穆瀾讓他成為冰月的入幕之賓吧？他對穆瀾說「我喜歡你，但我不能喜歡男人」，所以穆瀾就藉著去了趟茅房想出了辦法，幫他爭來了天香樓新捧出來的花魁。

他怎忍辜負？

「煩請帶路。」無涯飲完杯中酒，長身玉立，燈光下的容顏引來一片驚嘆聲。

無涯隨著婢女們去了。錦衣衛扮成的客人們也悄然散開，暗中跟過去。

這時，廳堂裡的議論聲仍沒停歇。

「什麼中意的小食，明明是早瞧上了那位公子。」

「還別說，那位公子出現在街頭，萬人空巷和羞殺衛玠就輪不到許玉郎和譚公子了。這樣俊俏的公子，哪個姊兒不愛？」

角落裡，譚弈轉動著酒杯，眼裡驚詫莫名。

冰月選中的入幕之賓，那張臉像極了宮中的世嘉帝？是他看錯了吧？皇上怎麼會到天香樓來嫖妓？一定是他看錯了。

「譚兄。」旁邊的林一鳴叫了他一聲，見譚弈沒有反應，又喊了他一聲。

譚弈終於回過神來，「何事？」

林一鳴討好地說道：「譚兄若是喜歡那位冰月姑娘。她反正已經掛牌了，明天小弟就請她來陪你如何？」

「不必。」譚弈心裡仍然對遠遠瞥見的無涯耿耿於懷。他想了想道：「一鳴，我有點事要離開會兒，你在這兒等等，如果看到冰月姑娘那位入幕之賓出來，你就悄悄跟上去，看看他往哪個方向去了。千萬別跟得太近。」

「呵呵，我明白、我明白。譚兄等我好消息便是。」林一鳴拱手相送。

他心想：老子又不傻，你盯著那位公子的眼神冷得像冰塊似的。分明就是嫉恨他比你生得還好看，奪了你羞殺衛玠的名頭。讓我盯著他，你是去找人，想等他出了天香樓套只麻袋揍一頓出氣吧？

萬一譚弈回得遲了呢？不如乾脆幫他把這事辦了！

一念至此，林一鳴叫來小廝吩咐道：「你趕緊回鋪子去，找十來個身強力壯的夥計來天香樓。快去！」

小廝已經完全習慣了林一鳴的紈褲作風，「像在揚州時一樣？」

林一鳴笑罵道：「廢話，趕緊去！」

這就是要帶上粗木棍和麻袋打黑拳了。來了京城就沒有威風過了，小廝摩拳擦掌，「少爺就等著瞧好吧！」說罷興匆匆地去了。

無涯到了依蘭小築院外，錦衣衛從夜色中出現了。誰知道樓裡有沒有刺客？秦剛猶豫了下，從柳樹後現了身。

無涯回頭睃了他一眼，搖了搖頭。

粉衫小婢含羞地蹲身行禮，嚶嚶說道：「奴婢告退。」

無涯走進院子。

皇上要嫖妓，卻不讓人跟著。錦衣衛們面面相覷。

被皇上發現最多斥責受罰，如果出了事，就會人頭落地。秦剛擺了擺手，瞬間數條黑影翻過院牆，各尋各的位置，在暗中將依蘭小築守得如鐵桶一般。

正房外，冰月帶著一名貼身小婢朝無涯盈盈屈膝。

她梳著雙螺髻，長髮及腰，面紗外露出清亮如星子的雙眸與初生新葉般的眉。

粉紅的內衫外罩著素白輕薄的綃絹，如隱露紅暈的白蓮花。

「玉女襲朱裳，重重映皓質。」

無涯腦中閃過這句詩，望著冰月的眉眼，他的心突然咚咚跳動了起來。他下意識地伸手想去摘她的面紗。

冰月抿嘴一笑，碎步退向門後，腳步輕移，轉到屏風後面。

紗製的輕屏映出她的螓首細頸、曼妙身材。

她隔著屏風望向他。

無涯毫不猶豫邁進了門。

小婢朝裡面看了一眼，輕輕將門拉起關上，垂頭站在門外侍候。

屋裡橘色的光朦朦朧朧，房中擺了桌席面，冰月正在斟酒。

無涯怔忡地坐下來，不錯眼地望著她。

冰月優雅地將酒送至無涯面前，眼眸低垂，暈生雙頰。

無涯端起酒，卻沒有喝，目光一直看著她，「姑娘為何選中了我，又不肯以真面目示人？」

「因為奴家最喜歡的小食就是核桃啊，滿座賓客只有公子選中了這枚核桃。」

冰月伸開手，那枚小小的山核桃在桌上滾動著。她撐著下巴，用手指輕輕撥動核桃玩，「奴家許過誓，只肯給喜歡奴家的男人看。公子連奴家敬的酒都不肯喝，又怎會喜歡我呢？」

她的聲音帶著江南的糯味，眸子像會說話似的，柔柔地望著無涯，彷彿在嗔怪無涯不肯喝她的酒。

伏在窗外的錦衣衛急得想衝進去了，誰知道酒裡有沒有毒。

無涯望著冰月的眼睛，端起酒杯一飲而盡。一股熱意直撲上他的臉頰，這酒似乎比外面的酒更烈。燈光似乎更加朦朧，那熟悉的眉、那熟悉的眼讓他朝冰月伸出了手。

冰月沒有躲開。

指尖觸到輕柔的面紗，無涯突然將手收回來，喃喃說道：「不，妳這樣最好看。」

她有著和穆瀾一樣的眉、一樣的眼睛，可是她的聲音卻不像穆瀾。穆瀾的聲音沒有這樣輕柔軟糯，穆瀾說話時沒有揚州口音。

摘了她的面紗，也許就不是他想見的人了。

冰月只是微笑著，又替無涯倒了一杯酒，「這個酒是奴家自己釀的，加了些藥材，比尋常酒烈，對身體極有好處。公子不妨多飲幾杯。」

看著她的眉眼，無涯笑了，「好。」

「這是我頭一回來青樓。」也許是酒意，也許是冰月的眉眼，也許……是他很想說話，「我選了枚核桃，成了妳的入幕之賓。」

無涯的眼神變得溫柔，他的手指撫上冰月的眉，一點點地勾勒著她的眉形。

心跳得這樣激烈，他收回手按住了胸膛，感覺到心撲通跳動。他笑了，他原來也可以喜歡女人！

「以後妳的客人只有我一個。」無涯霸道地說道。
冰月只是笑，「那您需要花很多銀子。」
一只荷包扔在桌子上，「夠嗎？」
冰月解開荷包，裡面有張五萬兩的銀票。她有些震驚地望著無涯，「公子真大方。」
無涯呵呵笑了，「記住，妳的客人只有我一個。」
「奴家記住了。」冰月站起了身，「公子醉了，奴家服侍您就寢吧。」
靈臺保持著清明的無涯搖了搖頭，搖搖晃晃起身說道：「我該回了。」
冰月並沒有挽留，盈盈朝他行了個蹲禮。
院子外面，秦剛來回踱著步。將醉酒的皇上留下來寵幸一個妓女，還是帶回宮去？真是道難題啊。如果皇上臨幸了這個青樓女子，也絕對不能正大光明將她帶進宮中。要不補在宮女名冊中送進宮去？
院門突然打開，無涯走了出來。他醉眼矇矓，站立如松，卻將手伸向了秦剛，「回吧。」
秦剛大喜，上前扶著他，低聲喝道：「走！」
錦衣衛們紛紛離開了依蘭小築，簇擁著無涯離開。
房中，冰月坐在妝臺前慢慢摘下面紗。新葉般的眉、清亮如星的眼，玲瓏挺直的鼻梁勾勒出如畫的容顏。淺淺的胭脂暈紅了她的臉頰，染得那雙唇像是清晨帶露的玫瑰。她痴痴望著鏡中的自己，喃喃說道：「穆瀾，妳瘋了。」

身後傳來腳步聲。穆瀾迅速取下髮簪，俐落地將長髮挽成了道髻。

核桃打了盆水端過來，看到穆瀾臉上的胭脂，她有些愣神，低下了頭擰了張帕子遞了過去，「少班主，妳這樣做太危險了。」

穆瀾接過帕子洗淨了臉上的脂粉，又回到原來清爽的模樣。

核桃望著她的臉，熟悉的感覺又回來了，眼裡有了笑意，嗔道：「就會胡鬧！」

是啊，她是在胡鬧。穆瀾的心情很複雜。想救核桃，想破壞面具師父的計畫，還想……放縱自己。

無涯心血來潮要逛青樓，核桃化名花魁冰月就在今晚掛牌，獻舞招入幕之賓。看到冰月攀索起舞時，那熟悉的雜耍功夫讓穆瀾一眼認了出來。她心裡透亮，絕非偶然與巧合。核桃化名的冰月就是衝著無涯來的，只要無涯成了她的入幕之賓，核桃一定會被弄進宮去。

面具師父的消息來得太及時，讓穆瀾不得不懷疑錦衣衛中也有珍瓏的人。

穆瀾告訴面具師父，她將來與珍瓏再無關係。她都殺了七個東廠的人，能撕擄得開嗎？她陷入局中，就不想再讓核桃成為被利用的棋子。

如同以往一樣，穆瀾厚著臉皮問核桃，「我扮女人很漂亮，是吧？」

果然逗樂了核桃，她咯咯笑著，「那是我手巧，給妳畫的妝容好看。」

穆瀾攬著她的肩大笑，「是，我家核桃手最巧，對少班主我最好了！」

「少來！」核桃甩開她，扠腰罵道：「妳被無涯公子認出來怎麼辦？妳能為我擋一次，將來……」

一只荷包塞進了她手中，穆瀾笑嘻嘻地伸出個巴掌在她面前晃了晃，「那位無涯公子要包下冰月姑娘，給了五萬兩。」

「五萬兩！」核桃驚呼了聲，迅速捂住嘴巴，「乖乖，這麼多錢啊！」

天下都是他的，五萬兩算得了什麼。穆瀾得意地笑道：「他不會常來。妳記住，如果他來找冰月，妳就和他另約時間。」

核桃有點猶豫，「怎麼向瓏主交代？」

面具師父設下的珍瓏局謀的是天下，他當然想送核桃進宮，那樣只會毀了核桃一生。

「交代個屁！」穆瀾火大，「妳進了宮，一輩子就毀了！」

可是我能去哪兒？無路可去，還不如捨了這條命幫妳。核桃低垂下眼，不敢看穆瀾。

「看著我！」穆瀾抬起核桃的下巴，看到那雙盈滿眼淚的美麗眼睛，狠下心冷冷說道：「核桃，我倆從小一起長大。妳是信我，還是信那個連臉都不敢露的面具人？如果妳信他，妳不是幫我，是害我。妳明白嗎？」

天底下，少班主是她最親的人了。核桃閉上眼睛，伸手抱住穆瀾，「我信妳，少班主。」

「放心吧，有我在呢。」穆瀾輕輕拍著她的肩。核桃心裡沒有依靠，她怎麼忍心將她推離？

黑漆平頭馬車載著無涯離開了天香樓。

車輪軋著石板路發出嘎吱的響聲，走得不急。街道旁換了便服的錦衣衛們看似是行走在街上的路人，拱衛著馬車。車旁騎馬隨行的只有秦剛一人。

才離開天香樓不遠，一群手執棍棒的人呼啦啦地從旁邊的巷子裡衝出來。

車夫勒住了馬。

錦衣衛們停下腳步，像極了等著看熱鬧的路人，只是目光極冷，只等著秦剛一聲令下，就將這些敢劫道的人拔刀擊殺。

小廝扛著棍子，見對方的護衛才一個人，張狂地笑了起來，「兄弟們……」

一道人影不知從哪兒竄出來。小廝話還沒有說完，就聽到「啪」的一聲脆響，半邊臉就麻了。他站立不穩摔在地上，捂著臉抬頭一看，怒了，「燕聲，你敢打我？」

燕聲啐了他一口道：「代我家少爺打的！」

大公子？小廝哆嗦了下。叫來的夥計面面相覷。大公子來了？

一人高聲叫道：「我們是二老爺的人！」

不然也不可能被林一鳴使喚得這麼順溜。

這時蹄聲響起，林一川和雁行帶著一群人騎馬趕了來。他滿臉帶著笑朝秦剛拱了拱手道：「見諒，家務事。給我打！」

雁行一擺手，身後帶來的人惡狠狠地衝過去。燕聲高高興興地朝著小廝走過去，揮舞著拳頭，拳拳見血，揍得小廝滿臉開花。

秦剛頗有興趣地看著眼前一邊倒的群毆，突然覺得林一川有點意思。這小廝帶的人分明是想攔馬車打黑拳，卻被林一川攔了下來。

狗拿耗子多管閒事！老子劫道揍人，你林一川跑來壞什麼事？躲在巷子裡偷看的林一鳴氣得用腳狠踹著牆，聽著一聲聲「我們是二老爺的人」漸弱，他一咬牙從巷子裡衝出來，「林一川，你別太過分！」

林一川翻身下馬，揉著拳頭走向他，滿面笑容，「我正找你呢！」

在揚州家中被林一川痛揍的記憶還在，林一鳴轉身就跑，「我和我爹也占商行股份，憑什麼我就不能使喚家中的夥計？」

林一川哪容他跑，輕輕鬆鬆攆上他，揪住衣領掀翻在地，一腳接一腳地踹，「我是老大我說了算！」

「你欺負我不會武藝！」林一鳴抱著腦袋遍地打滾，就不輸這口氣，心想有種打死他去！

須臾間，戰鬥就結束了。林一鳴叫來的夥計悉數被打趴在地上呻吟。雁行冷冷說道：「從現在起，你們被解僱了。」

他帶著人讓開了道。

林一川也放過了林一鳴，笑著向秦剛拱手賠禮道：「耽誤了您的行程，見諒。」

秦剛只掃了他一眼。車夫駕著馬車離開了。

街頭看熱鬧的「路人」們如影隨形。

無涯身邊的護衛是錦衣衛，林一鳴居然想劫無涯的馬車，他活得不耐煩了，自己卻還要替他擦屁股，想著就窩火。林一川抹了把額頭沁出的冷汗，回頭又想再揍林一鳴。

「林一川，你給我記住，小爺一定會報今日之仇！」林一鳴偷空騎了馬溜了，回頭破口大罵。

雁行及時提醒了聲，「少爺，莫與二公子一般見識。幸虧鋪子裡的人通知及時，沒有惹出大禍。」

「不知天高地厚的混帳東西！」林一川冷著臉道：「告訴商行裡的人，誰再聽二公子使喚，直接打二十棍趕出去！林一鳴為什麼要打無涯公子？」

「方才盤問他的貼身小廝，說無涯公子成了天香樓新花魁冰月姑娘的入幕之賓，惹惱了譚弈，二公子想巴結討好他。」

林一川怔了怔，哈哈大笑，「入幕之賓？無涯逛青樓成了冰月姑娘的入幕之賓？太好了！」

一點兒也不好。雁行和燕聲心有靈犀，兩人幾乎同時看到穆瀾從天香樓中出來，異口同聲，「少爺，穆公子也到天香樓喝花酒了！」

笑聲戛然而止，林一川神色古怪。她一個姑娘家喝什麼花酒？無涯來逛青樓，穆瀾也出現在天香樓……他頓時黑了臉，「三個男人了！」

什麼三個男人了？雁行和燕聲聽不明白，只見自家少爺翻身上馬，朝著穆瀾飛馳而去。

趁著沒有宵禁，穆瀾正打算租輛車趕回家中。天香樓這一條街燈紅酒綠，遊人如織，聽到蹄聲得得而來，她並沒有在意。

然而馬就停在她面前，穆瀾抬頭一看，樂了，「林一川，你也來天香樓喝花酒？」

這是承認了！她一個女人喝什麼花酒，必然是另有目的。一時沒看緊，她就跟著應明走了，晚上又來了天香樓，獨獨沒有想到過自己。林一川心裡百般不是滋味，只笑著看她，「林一鳴想打無涯的黑拳，我來得及時。」

他看到穆瀾的眉揚了揚，心裡又暗暗生氣，她果然是為了無涯而來。林一川向她伸出手，「我送妳回去。」

穆瀾遲疑了下，「我飲了點兒酒，想走走散散。」

林一川跳下馬，「行，我陪妳。」

「不用了。」穆瀾拱了拱手，含笑告辭。

今天晚上冰月為釣無涯出現，面具師父說不定把一切瞧在眼中。也許走進哪條清靜的巷子，他就會出現。穆瀾不想讓林一川發現自己的祕密。

她腳步甚快，轉眼就融入了人群中。

她走的方向是無涯離開的方向，難道她是擔心無涯？林一川氣結，情不自禁跟上去。

第二十五章　眼中不同的風景

黑漆平頭馬車離開了熱鬧的街道，朝著承恩公府的方向行駛著。清靜的夜只聽到車輪軋著石板路的聲音。

錦衣衛們扮成的路人仍然沿著街道兩邊護送。

箭破空襲來，帶著長長的尾音。

幾乎在箭射來的瞬間，屋頂上數道黑影一躍而下，雪亮的刀芒交織成網，朝著馬車絞去。

秦剛拔出了刀，將射來的箭砍成兩截。他騎在馬上，鎮定地望著前來行刺的人。

兩側的錦衣衛已分成兩撥，一撥團團將馬車圍住，另一撥人揮刀迎了上去。長街上只聽到刀劍相碰發出叮噹的聲響。秦剛眼露詫異，這些人竟能與錦衣衛高手打成平手？

就在這時，街邊屋頂上突然又出現一隊人，點燃了箭簇的火箭朝著馬車齊發。星星點點的火光讓秦剛一躍而起，手中的繡春刀舞成一個圓，與護持馬車的錦衣衛一起將火箭撥開。

他耳朵動了動，只見一枝箭夾雜著雷霆之勢射來。秦剛來不及細想，腳尖在馬車上一點，朝那枝箭狠狠砍下去。

眼前的火光突然一分為三，竟然射來的是三枝箭。

秦剛砍了一枝，另兩枝眼看就要射中馬車時，一道銀光閃過，將那兩枝箭撥開。一個青衣少年穩穩落在馬車頂上。

「穆瀾？」秦剛不由得大喜。

穆瀾手微動，長匕首收進了袖中，「返家路上，正好遇巧了。」

屋頂上的持弓人一擊不中，打了個呼哨，根本不給錦衣衛任何追擊的機會，飛快地離開。

這邊人一走，與錦衣衛對峙的黑衣人竟也退了。

眨眼工夫，長街再次安靜下來。若非扮成路人的錦衣衛受了點兒傷，還有散落在馬車四周的箭矢還在，彷彿這一次截殺並沒有發生。

「無涯公子還好吧？」穆瀾鬆了口氣，從馬上一躍而下。

秦剛微笑道：「你去瞧瞧不就知道了？」

這話怎麼聽得有點古怪？穆瀾實在放心不下，走近了馬車。

車簾掀起一角，伸出一隻白玉般無瑕的手。

穆瀾順著車簾掀起的縫隙往裡看，許玉堂笑咪咪地望著她。無涯呢？怎麼馬車裡坐著許玉堂？她下意識後退一步，看向秦剛。

「穆公子，你久去不歸，主子飲醉了，已經返家了。你也騎我的馬早點回去吧。」秦剛將自己的坐騎韁繩遞給穆瀾，「先前我的提議仍然有效，有任何難事都可以來找我。」

聽說無涯回去了，穆瀾不再多問，俐落地騎了秦剛的馬拱手道：「多謝。先走一步。」

她騎著馬很快離開。許玉堂笑道：「秦統領，這位穆公子似對皇上很關心啊。」

秦剛望著穆瀾的背影道：「皇上看人的眼光不錯。」他跳上車，將掌心的暗器收了起來。

馬車駛動。許玉堂倒了一杯茶遞給秦剛，「那兩撥黑衣人是一夥的嗎？」

「不是。」秦剛搖了搖頭，慢慢噈著茶水道：「一撥是東廠的人，應該是試探而來，並無拚命行刺的意思。另一撥……行事果斷狠辣，身分不明。」

穆瀾並沒有走遠，拐過長街離開了秦剛一行後，她放緩了馬速。

她看得分明，射出三枝火箭的人分明就是面具師父。以穆瀾對面具師父的了解，那三枝箭只用了一半的力量。

在靈光寺，面具師父並沒有殺無涯。藥裡下的老參也是想讓無涯纏綿病榻的時間長一些。今天這三枝火箭也是想點燃馬車，讓無涯受驚或受傷？

身側屋頂上響起腳步踏過瓦片的聲響，腳步很輕，像是一隻蚱蜢跳過。

穆瀾繼續前行，拐進了一條清靜的小巷，她勒住了馬。

屋頂上的人也停住腳步。月光將他的身影投在穆瀾馬前，她仰起臉望著他。面具師父的身影遮住了月光，如黑暗中的山帶著威嚴壓向穆瀾。

「我說過，妳再壞我的事，我不會對妳留情。」喑啞的聲音不帶絲毫情感。

穆瀾握緊袖中匕首，微笑道：「你不動我的人，我自然就不會壞你的事。」

「妳的人？愚蠢！」面具師父譏誚地笑了起來，笑聲像是夜裡的老鴰，極其難聽。

這是第二次穆瀾出手保護無涯，面具師父的聲音流露出譏誚。十年前科舉弊案，是先帝判的。就算誤判錯殺，那時的無涯才十歲，只要她找到證據，穆瀾相信以無涯的正直一定會為那件案子平反昭雪。於公於私，她都必須保護無涯。

兩人對視著，感覺到對方目光中的堅定。穆瀾緊握匕首的手漸漸沁出了汗。她的功夫是面具師父教的，她不知道練成了小梅初綻的自己能否勝過他。

「妳贏不了我。」剎那間，面具師父朝穆瀾躍來，手腕一抖，銀色的長鞭在空中劃出一個接一個的圓，籠罩著穆瀾。

「原來瓏主的武器是銀鞭哪。」學藝十年，頭一次見面具師父拿出武器。穆瀾感嘆了聲，似與手中匕首融成一體，直衝進了長鞭的圓陣中。

叮噹數聲輕響後，兩人在巷子裡分開了。

面具師父身上的披風緩緩落下一角，一縷鮮血順著手腕滴落。他受傷的手攥住了披風，冷冷說道：「再有下次，我會殺了妳。」

身影如烏雲，輕飄飄地掠上屋頂，消失在黑夜裡。

穆瀾「噗」的噴出了一口血，腿一軟靠坐在牆邊上。她啐了口血沫，抬手擦去了嘴角的血漬，合上眼睛休息。她勝不了面具師父，那一鞭若盡全力，她的內腑會被擊碎。

明知自己會壞他的事，還是留了手，看來自己這枚棋甚是重要。

她撐著牆搖搖晃晃地起身，突然瞪圓了眼睛喝道：「誰！」

林一川沉默地從牆角走出來，看到她衣襟上的血漬，他上前兩步，「妳還好嗎？」

匕首壓在他脖子上，穆瀾冷冷說道：「大公子，你是在找死！」

匕首鋒利的刀刃如紙一樣薄，林一川毫不懷疑自己扭扭頭，脖子上就會出現一道血口。她真會殺了自己？林一川凝視著穆瀾，她的眼神看似平靜，沒有殺氣。她的眉心緊蹙，林一川感覺到穆瀾心裡的急躁。

他不信，舉手去撥開頸邊的匕首。

「別亂動。」穆瀾的聲音冰冷，手也沒有抖，鋒利的匕首繼續貼在林一川的喉間。

換成跟來的是東廠或是錦衣衛的人，也許她就下手了，偏偏是林一川。

「當妳的各種理由和藉口一點點增多後，妳就會成為別人眼中的異類，自然就會引起別人的懷疑。尤其是兩種人。一種是想害妳的人，另一種是關心妳的人。這兩種人都會異常關注著妳。盯著一根竹子的時間長了，就能發現它的特點，能把它和別的竹子區分開來。」

「所以，我最好成為這兩種人眼中的陌生人，不引起前者的懷疑，同時遠離關心我的人。」

從前與老頭兒的對話清晰地跳了出來。

一瞬間，穆瀾也想起了秦剛。錦衣衛想招攬她，還沒進國子監，她已經站在風口浪尖上。

還有無涯……

怔忡間，林一川輕輕握住她的手，拿開了匕首。

她原本就不是個喜歡濫殺無辜的人，更不可能殺了林一川。穆瀾也不矯情，將匕首收了。她不知道林一川聽到多少，看到了多少。掌控林家南北十六行的林一川不是林一鳴，響鼓不用重捶，但穆瀾仍然警告他道：「大公子，林家家大業大，胡亂摻合別人的事情，好奇心太重，會害死人的。」

穆瀾強撐著上了馬，林一川卻攔在馬前。

月色勾勒出他臉部清晰的輪廓，那雙比尋常人眸色更深的眼瞳沉穩而鎮定。他望著穆瀾，那樣淡然地說道：「小穆，我可以不讓妳發現我。」

但他從藏身處出來了，因為他關心她的傷勢，他擔心她。

他的眼神讓穆瀾心神一顫。

我去！

穆瀾抓狂了。

無涯說喜歡她。無涯的憂鬱、無涯的孤獨打動了她。她帶著無涯來了天香樓，她換上女裝扮成冰月讓無涯知道，他也能喜歡女人。

林一川這是什麼眼神？穆瀾哭笑不得。她有這麼好？男女通殺？

「大公子，今天的事請你忘記吧。」穆瀾嘆息道：「離我遠點兒，對你只有好處。」

「小穆，妳可以嘗試多信任我一點兒。」林一川讓開了道，綻開笑容，「看來妳的傷沒有我想像中嚴重，早點回去吧。」

穆瀾懶得和他糾纏，拍馬就走。

林一川望著她的背影喃喃低語道：「傻姑娘。妳有沒有想過，知道這天大的祕密，妳卻沒有殺我。其實在妳心裡，妳是相信我的。」

●○●

素公公站在乾清宮門口，平靜地與譚誠對視著。小太監和宮婢們努力躬低了身體，生怕自己的臉被譚誠記住。

偌大的宮城，也只有素公公敢把司禮監掌印大太監、東廠督主譚誠溫柔地攔在宮門外了。

這個老貨！平常鎮定的譚誠忍不住在心裡暗罵了聲。

「素公公，咱家有要事覲見皇上。」譚誠沿著白玉石階緩步上行，踏上最後一階，他終於和素公公平視。

素公公雙手攏在袖中，懷抱著拂塵，突然感慨道：「春天了，風也暖了。記得十年前也是這樣的天氣，譚公公深夜來覲見先帝。」

十年前！譚誠眼瞳微微收縮。他那時還沒有坐上東廠督主的寶座，對素公公禮敬有加。那天晚上，他站在丹陛（註3）前，等候著許皇后來臨。然後，那天晚上皇上駕崩了。

十年，這宮裡去了多少老人，乾清宮就剩下一個親口宣讀先帝遺旨的素公公。「宮裡的老人越來越少了。素公公寂寞，想找個聊天的人也不容易。」譚誠淡淡回著，抬腳就往殿門走去。

素公公眼睛一瞪，喝道：「譚公公，你想闖宮嗎？」

隨行的番子一把將他推了個踉蹌，嚇得周圍的小太監和宮婢們瑟瑟發抖。

譚誠微笑道：「咱家不敢！」說著不敢，手已經推向了宮門。

「你敢！」素公公氣得渾身發抖。

宮門在這一刻開了，春來躬身立於門後，細聲細氣地說道：「宣譚公公覲見。」

素公公愣了愣。譚誠的眉峰跳了跳，整了整衣袍，安然邁進宮門。

九枝銅樹燈臺的燭火在牆角幽幽燃著，春來落後兩步低著頭緊跟在譚誠身後。他不敢抬頭，目光數著譚誠不緊不慢的步子穿過偌大的前殿。

明黃繡九龍的門簾透出一室溫暖的光。譚誠停住腳步。春來趕緊稟道：「皇上，譚公公來了。」

註3　宮殿中紅色的階梯。

他親手打起門簾，譚誠一步就邁了進去。

羊角宮燈將寢殿照得如同白晝，帷帳掛起一半，無涯穿著淺黃色的中衣，斜倚在炕頭的大引枕上。白玉般的臉龐帶著淡淡的倦意，似是才被人從睡夢中驚醒，聲音分外慵懶，「春來，給譚公公看座。」

「謝皇上。」譚誠毫不客氣地在錦凳上坐了，抱歉地低了低頭，「打擾皇上休息了。」

無涯微笑道：「公公這麼晚前來，定有要事。以後譚公公進宮，不論多晚，直接通稟，不得阻攔。」後一句是向趕來的素公公說的。

「老奴記住了。」素公公恭敬地應下，退到了門口站著。

譚誠欠了欠身，「謝皇上恩典。」

他腦中想起了當年才十歲的皇帝，將內閣的條陳從案几上一掃而落，漲紅了小臉大聲吼道。

「這等逆臣統統該殺！」

十年過去，皇上有了城府，喜怒不再流露於表面。

「皇上令錦衣衛查國子監入學考試作弊，吏部尚書家的劉七郎被揪出了考場，河南總督的公子也被捉了個現形，大概有七名蔭監生被趕出考場。三品大員可讓一子蒙恩蔭進國子監，這本是朝廷給官員們的恩典，如今都要通過入學試才能進國子監。朝廷出爾反爾，大臣們頗多怨言。這是東廠收集的背地裡詆毀皇上的官員名單。」譚誠從袖中拿出一張紙來。

東廠監督百官，譚誠此舉無可厚非。

春來上前接過，送到無涯手中。

無涯看也未看，無奈地嘆道：「國子監生員太多，戶部負擔不起，朕這才下旨舉行入學試。沒想到三品高官的公子們竟找槍手替考作弊，撞到了槍口上。如今怎麼安撫這些官員，譚公公可有主意？」

「皇上下了聖旨，考不過便罷了。作弊被當場抓了現行，還敢說皇上的不是，這樣的臣子，該罷便罷吧。」

無涯咬緊了牙。七名蔭監生背後站著的是七名三品高官。為自家兒子發幾句牢騷就罷官？當他是暴君、昏君嗎？

譚誠抬起眼與無涯對視著。今晚東廠試探，卻沒有探出馬車裡的人是誰。他深夜闖宮，皇上好好地待在宮裡。金蟬脫殼！以為這樣就能混過去？皇上的膽子越來越大，想離宮就離宮，倚重錦衣衛，輕視東廠，是該給他個教訓了。

「子不教，父之過。皇上，這是內閣的條陳！」譚誠將條陳親自送過去，放在無涯手邊，恭敬無比地彎腰行禮道：「咱家就不打擾皇上休息了。」

他說罷也不等無涯開口，拂袖離開。

無涯鐵青著臉，將條陳緊緊攥在掌心。

暮春的陽光從寬敞的金殿大門投射進來，無涯的目光越過下方的文武百官望向殿門口那一片被陽光耀亮的地方。那片地方離龍椅有點遠，無涯有種想離開龍椅走過去晒晒太陽的衝動。
跪於殿堂正中的官員嘮嘮叨叨地唸著彈劾的條陳，嘴開開合合。真像隻蒼蠅啊，一隻嗡嗡地替譚誠張嘴說話的蒼蠅。無涯聽得心煩。
文武百官，誰又能保證自家孩兒個個出類拔萃、文武雙全呢？國子監入學試作弊又不像春闈會試那般重要。無涯想了一夜，還想申斥幾句，罰個俸銀就算了，想必百官也不會太放在心上。
然而，昨天晚上譚誠說該罷便罷了吧。
今天早朝，都察院的御史們就舉著彈劾條陳站了出來，一樁樁、一條條，誓將那七名官員釘在貪官汙吏的恥辱柱上。
才一個夜晚，東廠收集的罪證足以讓這七名官員罷官獲罪。
這就是東廠督主譚誠的態度。
接下來，要看的就是自己這個皇帝的態度了。
無涯看向了譚誠。
譚誠的目光平靜如湖面，看不到絲毫情緒波動，連一絲譏嘲之意都看不出來。他靜靜地站在金鑾殿上，彷彿那些官員的彈劾與他無關。只有那身紫色禮服上繡的五蟒雲龍張牙舞爪講述著他的威嚴與權勢。無涯無聲地嘆了口氣。
「臣附議！」
「臣附議！」
「請皇上定奪！」

最後這一聲喚回了無涯的思索。玉階之下跪伏著大半的官員，高呼著請他定奪的人正是內閣首輔胡牧山。

胡牧山曾經做過太傅。教導過他。無涯曾經對他倚以厚望，尊敬有加。如今，無涯望著他，心裡一片冰涼。

發起彈劾的是御史。首輔代表著內閣的意見，內閣代表著百官的意見。身為皇帝，無涯有種胳膊擰不過大腿的無力感。

他不著急。譚誠想看自己的態度，那就如他的意吧。如以往一樣，無涯慢悠悠地說道：「內閣既然已有定論，朕准了。」

「皇上聖明！」

他並不聖明，只有悲哀。這麼多樁罪行，短短一天時間就收羅齊全。東廠對百官的監督做得太好，好到他這個皇帝想替那些官員辯解，都找不到話說。

無涯意興闌珊。這樣的事情，自親政以來又不是頭一回。目光掃過，看到一些沒有開口說話的官員眼神，憤怒與鄙夷、隱忍與悲傷。這世上總有一些正直清廉的人，如同殿前那片陽光，與陰影同在。無涯甚是欣慰。

收到無涯的示意，素公公平靜地開口，「有事啟奏，無事退朝！」

「臣，有本啟奏。」國子監祭酒陳瀚方出列，一板一眼地說道：「國子監入學試昨日已畢，經一夜批閱，從一千五百四十八份考卷中篩選出八百一十三名監生。名單已呈交禮部。」

無涯望向了禮部尚書許德昭。

地回稟。

「皇上，錄取名單尚未審核，待審定之後禮部再呈交御覽。」許德昭不緊不慢

刷下了近一半多的人，承恩公府的門檻都要被說情送禮的監生踏斷了。還有東廠……許德昭的目光飛快地和譚誠碰了碰。

無涯心裡沒來由地一緊，他溫和地開口說道：「篩了一半多的考生，需認真覆核，莫要因一時的疏忽讓朝廷失了人才。」

「臣遵旨。」

「此次國子監入學試的考生卷子，朕親自複閱。」

突如其來的一句話讓文武百官們愣住了。皇帝居然不問百官意見，直接表達出他要定奪新進監生的錄用。

無數的目光在百官之間交流碰撞著。素來連和稀泥都懶的年輕皇帝似乎有了變化，這樣的變化讓一些官員於驚訝中生出了喜悅，讓另一部分官員隱隱覺得有點不舒服。就像是……本來婆婆不管事了，媳婦當家作主母習慣了發號施令，婆婆突然說「家還是我來管吧」，媳婦就憋屈得不行了。

許德昭眉頭蹙了蹙。這是禮部分內之事，他想要什麼人進國子監，和自己說一聲即可。皇上親自複閱所有考生試卷，太不給自己這個舅舅面子了。

許德昭出列拱手，「皇上！」

「朕累了。退朝。」無涯的聲音依舊溫和。

許德昭漲紅了臉。皇上居然連自己的話都沒讓說話，就這樣走了？四周官員的

目光刺得他狠狠一甩袍袖，大步朝殿外走去。

才走下玉階，身後傳來一聲嗤笑。許德昭陰沉著臉回頭。譚誠正在看天，身邊的小番子殷勤地為他繫著披風的帶子。他看了眼許德昭，在東廠番子們的簇擁下離開。

那笑聲像根刺，扎在了許德昭心頭。他想起了二月間與譚誠的對話。

「稚鷹嚮往飛向藍天……」

皇上親政兩年，對自己這個舅舅不再如從前那樣尊敬，而譚誠已經將內閣、都察院捏在了掌心。

「走著瞧。」

許德昭冷冷地一拂袍袖，走向譚誠相反的方向。他不急。皇上想要從譚誠手裡收回權力，只能倚重他這個舅舅。

又核對了一遍禮部呈上來的錄用名冊，春來小聲地稟道：「沒有穆公子。」他就知道！無涯瞧也不瞧名冊，慶幸自己在朝堂上果斷做了決定。他面前擺著兩摞試卷，一摞是取中的，一摞是篩下來的。他飲了口茶，不緊不慢地翻閱著中選的考生試卷。

林一鳴的卷子太奇葩，被他直接挑了出來，「這也能錄用？」

看著滿篇歪歪斜斜的「正」字，春來噗嗤笑出了聲，他在林一鳴的名字上畫了個圈。

很快的，無涯拿起了林一川的試卷。

「君子以其身之正，知人之不正；以人之不正，知其身之有所未正也。既以正人，又反以正己。」無涯點了點頭評道：「人最難自省。林一川、林一鳴，揚州林家這兩兄弟，一個有才，一個卻是活寶！」

「皇上，這是穆公子的卷子。」春來從篩下來的試卷中找出穆瀾的卷子。

無涯接過來一看，臉色就變了，「怎麼字跡和錦煙一模一樣？」

「字跡相似也是有的。」春來笑著說道。

本想著穆瀾能答出一份上佳之作，沒想到看到一幅畫、一首詩。無涯嘟囔道：「他倒是取巧，不求上進！」腦中突然跳出燈光下初葉似的眉、清亮如星的眼眸，他當時為何沒有勇氣摘下她的面紗？

見無涯怔忡出神，春來小聲問道：「皇上的意思是穆公子考得不好？所以才被刷下去了？這是錄還是不錄？」

明知故問！無涯站起身，直接將穆瀾的卷子扔到考中的卷子裡，背負著雙手走了。

春來抿嘴笑著在名冊上添上了「揚州穆瀾」四字。

秉筆太監重新抄寫國子監今年新錄監生名冊後，無涯示意送給禮部張榜。他有些愜意地想，總算讓自己做成一件事了。

春末的御花園百花怒放，無涯難得有心情在園子裡擺了書案作畫。

一筆一葉，宣紙上畫出秀美的竹林。

春來侍候在側，探著腦袋瞧著，心裡納悶不已。園子裡各種花樹，唯獨沒有竹子。皇上御花園賞花，興致來了要作畫，怎麼就畫起了竹子？

無涯輕揚筆鋒，一片舒展著筋骨的竹葉躍然紙上。穆瀾的眉就是這樣，讓他畫不夠。

「皇上……」

「揚州十里竹溪，碧濤如波。」

突如其來的聲音讓無涯筆端微凝，滴下一滴墨汁。

譚誠不知何時已來到書案邊，欣賞著無涯的畫作。見墨汁滴落，不覺一笑，「老奴驚到皇上了？」

無涯若無其事地將那滴墨汁幾筆勾勒成一隻飛翔的麻雀，滿意地放下了筆，接過春來遞上的帕子擦拭著手道：「怎麼會？方才譚公公說的可是杜之仙的家？」

「是啊。皇上若是去過，定會被那十里翠竹成溪的景色迷住。」譚誠微笑著繼續試探。

「哦？如有機會的話，朕真想去看看江南繁華。」無涯離開書案，沿著石板路慢悠悠逛著園子。

譚誠落後一步，不緊不慢地跟著他。

「可惜杜之仙過世得早，朕甚為遺憾。如今能讓他的弟子蒙恩蔭進國子監，也算朕對杜之仙的一番心意。」

他。

譚誠出現在這裡，定是為了國子監錄用監生名單而來，無涯只得搶先用話堵

「就怕穆瀾辜負了皇上的厚愛。聽說他的試卷頭一遍就被刷下來了，杜之仙的關門弟子空有名氣卻無才華。」譚誠淡淡說道。

無涯半步不讓，「正因他才華平平，朕不能讓他辜負了杜先生，是以才將他選中，送進國子監好好讀書。」

譚誠話鋒一轉，感慨道：「皇上對杜之仙這番心意，九泉之下杜之仙也必感激涕零。他過世時，幸虧揚州林家大力相助，才不至於走得淒涼孤獨。」

原來是為了林一鳴而來。遍篇正字，還寫得歪歪扭扭，這樣的人也好意思進國子監為監生？無涯略一沉吟，讓了步，「聽譚公公這麼一說，朕倒是想起來了。那林一鳴雖然不學無術，卻有向上之心；腹無詩書，也能端正寫上滿篇正字。著禮部將他補上吧。」

「皇上對杜之仙一片拳拳心意，愛屋及烏。老奴遵旨。」譚誠坦然接受了。

君臣間一個眼神碰撞，國子監的錄用名單就算定下來了。

待譚誠離開後，無涯喚來了秦剛，「揚州林家可是投靠了東廠？」

秦剛愣了愣，「卑職這就去查。」

回到東廠衙門，譚誠也叫來了梁信鷗，「去查一下揚州穆瀾。」

梁信鷗有些詫異，當初他去揚州時已經查過了，但他素來對譚誠的話信而不

疑，領命便去了。

倒是侍候在側的譚弈有些不明白，「義父，您當初不是不打算讓穆瀾進國子監？以此試探皇上和杜之仙故交們的態度？」

「七名三品大員，說罷就罷了，皇上並沒有多說什麼。但是一個揚州穆瀾，皇上卻竭力護著。」譚誠的眼神變得凌厲，「阿弈，你好好想想，杜之仙死了，皇上為何一定要護著穆瀾？」

「杜之仙的故交好友遍布朝野，民間聲望頗高。皇上護著穆瀾，就等於拿到了這些人脈。」譚弈想都沒想就答道。

譚誠點了點棋枰，「皇上爭的是這個眼。養活他，就能得到一大片地盤；堵死他，咱們就贏了。」

譚弈深吸一口氣，「孩兒明白了，孩兒會在國子監好好待他。」

「與對手下棋，最怕看不清楚他要什麼。知道了，等於拿住了他的軟肋。今天皇上能為了穆瀾向咱家妥協，將來他也會。」譚誠淡淡說道。

●○●

國子監外終於貼出了禮部頒下的錄用名單，一時間人頭攢動，考生們或喜或悲。

「有沒有天理了？林一鳴居然被錄用了？」林一川盯著林一鳴的名字看了又看，漸漸就笑了。

燕聲陪著林一川從人群中擠出來，不解地問道：「少爺為何還挺高興的？」

他笑，不等於高興。林一川站在國子監外，看著眼前的熙熙攘攘，肩頭感覺到了沉重。他敢肯定，林一鳴上榜與東廠不無關係。東廠想控制林家，這是擺著要扶持二叔一房來打擂臺。如果自己不全心替東廠當好錢簍子，林家就易主了。

「雁行，我在國子監讀書，吸引他們的注意，來之前咱們商量的事你可以著手辦了。」

「少爺保重。」雁行一刻也沒有多待，朝林一川行過禮，轉身就走了。

燕聲早已習慣了。反正他的腦子比不過雁行，他只需要照顧好少爺就行。

「穆瀾也被錄用了。燕聲，咱們去她家賀一賀。」林一川沒有在人群中看到穆瀾，他也不打算離她遠一點兒，帶著燕聲直奔大雜院去了。

這時，穆瀾正在忙著跑堂賣麵。

大雜院的門臉改成了鋪面，掛出了賣麵條的店招。

「兩碗陽春麵來囉！」她端著托盤，將兩大海碗陽春麵送到桌上，笑容燦爛。

麵館開張，穆胭脂說什麼都不願意拋頭露面，躲在後廚煮麵。前堂就靠周先生當起了掌櫃，夥計們都是班裡的徒弟。今天正式開業，四鄰都來捧場，生意很不錯。鋪子裡的桌子都坐滿了客，穆瀾忙得腳不沾地。

又送了幾托盤麵，她回到後廚，笑咪咪地望著母親煮麵。

「怎麼，想吃老娘煮的麵？」穆胭脂左手捏著一雙長筷，俐落地將麵挑進碗中，讓等候的小子送去前堂。這一輪總算煮完了，她又從案板上抓起一把麵下進了鍋裡，「澆頭自個弄！」

「娘，我今天才發現您是左撇子！」穆瀾大為吃驚。

穆胭脂白了她一眼，將麵挑在碗裡推給她，「小時候用左手吃飯，妳外祖母說不雅，硬將娘的左手綁了，養成用右手吃飯的習慣。這倒好，反而養成了左右手都行。想當年，娘還能使雙槍來著。國子監哪天張榜啊？離著遠，也不能叫人天天去盯著。」

往麵裡澆了兩大勺肉臊子，穆瀾呼嚕吃了一口，「筋道！香！放心吧，我結識了個國子監的監生。今天開業，我邀了他來吃麵，錄用了他會告訴我。」

她正說著，有夥計進來叫穆瀾，說應明來了。

聽說是國子監的監生，穆胭脂趕緊又煮了碗麵，澆了厚厚一層臊子，讓穆瀾端出去和應明一起吃。

鄰居熱情，附近幾條巷子的人都來賀麵館開張，鋪子裡沒了空位，穆瀾讓人在門口的照壁下支了桌椅。她遞了臊子麵給應明，爽朗地說道：「鋪子裡坐不下，委屈應兄了。」

應明的桃花眼笑眯成了縫，「我回家還做農活，哪有那麼多講究。我就不客氣了。」

他攪和著麵，想起今天張榜，笑道：「差點忘了重要的事情。今天張榜了，你被錄取了。」

「太好了！進了國子監還要應兄多多照應。」穆瀾並不知道因為自己，深宮裡的皇帝與譚誠暗中博奕。她不求成績引人矚目，取了個巧應試，覺得考中並不意外。知道被錄取，她也很高興，催促著應明趕緊吃麵。

林一川就在這時趕到了穆家。

大門一側改成了鋪面，大敞的門臉，一眼就能看到店裡的人，坐在門口照壁下的穆瀾和應明極為打眼。林一川遲疑了下，大步走過去，「恭喜恭喜！我來吃麵！」

不是叫他離自己遠點兒？怎麼又來了？見到林一川和拎著禮品的燕聲，穆瀾心裡犯起了嘀咕，「滋溜」一聲吸進口麵條，放下筷子，「這是國子監率性堂的應明應公子。林一川林大公子。來者是客，我去拿凳子。」

「林公子。」應明放下碗筷，起身與林一川見禮。

率性堂的監生？穆瀾結識應明是為了他的這個監生身分？林一川心情突然就好了，拱手笑道：「應兄。在下揚州林一川，與穆瀾是同鄉，進了國子監還望應兄多多照拂。」

兩個大男人在照壁下拱手見禮。應明見他穿著湖藍色的新錦衣，衣襟、衣袖上用銀線繡著萬字不斷頭的花紋，一看就是個有錢人。該不會是穆瀾圈起來想宰的肥羊吧？想到穆瀾賣符，自己沾光賺的銀子，應明樂了，看林一川分外親切，「林公子也被錄用了？放心吧，率性堂為六堂之首，在下也有那麼一點點權。將來若有需要，大公子只管聲言。」

遇到個被穆瀾利用的傻貨！林一川順竿就上，「多謝應兄照拂！改天再請應兄吃酒。」

等穆瀾提著凳子回來，應明和林一川已經熟絡如朋友了。她只想把林一川趕走，把破凳子放下，很無奈地說道：「店裡沒了座位，招待不周。」

木凳沒有刷過漆，不僅是舊的，四根凳腿參次不齊。凳面還有兩道縫，年份久了，木頭泛著怎麼也擦拭不掉的黑色汙漬。

你能坐嗎？不坐，就走吧。

「大公子，你坐這兒！在下剛好吃完。」應明直接將林一川按在自己那張竹椅子上，笑呵呵地站起來，「我今天是溜出來的，還要回去考勤。先走一步，我們四月國子監見。」

沒想到應明這麼熱情客氣，穆瀾有些傻眼。

應明走了，林一川坦然地坐在竹椅上，「不招待我吃麵？我可是來賀喜的！」

「趕緊著煮兩碗麵！加雙倍臊子！我這兒來客了！」穆瀾衝後廚吼了一嗓子，皮笑肉不笑地說道：「哪能不請大公子吃麵呢？就怕大公子嫌棄。」

林一川笑道：「這麼多客人，想必味道一定不錯。我已經聞到香味了。」

穆瀾挑了挑眉，沒有說話。

「少東家，沒碗了！稍等！趕緊洗碗去！」一名打下手的夥計早得了穆瀾吩咐，挽起袖子端著一大盆碗進了院子。三、四個丫頭拎了桶水開始洗碗。

鋪子是倒座改的，從照壁處就能看到廚房後面洗碗的情景。

「今天生意真好！」穆瀾邊吃邊望向洗碗的地方，又喊了一嗓子，「先洗兩個碗出來。客人等著呢！」

他要吃的麵，用的碗就是那只木盆裡的？林一川不由自主地盯住了洗碗的地方。

燕聲也看了過去。

大木盆裡高高摞滿了吃完的麵碗和筷子，油湯浮了一層。ㄚ頭抓了把灰乎乎的東西扔進盆子裡，水立時變得混濁。

主僕二人眼睜睜看著白色的擦碗布浸進了木盆，在碗裡擦了擦，再拿出來時已經灰了，眼中頓時噙滿了驚恐之色。

「撒進去的灰是什麼？」林一川不淡定了。

喝完最後一口麵湯，穆瀾拿著碗和筷子站起來，「鹼面（註4）。去油的。」

她走過去，把碗筷放進木盆裡，順手從一只桶裡將ㄚ頭們洗好的碗筷拿在手裡，往下甩了甩水，「我給你倆端麵去！」

那只水桶裡浮著一層油光。

她一走，燕聲都要崩潰了，「少爺，您還是別吃了吧！」

林一川嘆了口氣道：「我也不想吃了。」

然而頃刻間，穆瀾已托著兩大海碗麵過來了，「我加了雙倍臊子！」

林家主僕二人還沒來得及推辭，麵碗已塞進了手裡。

註4　小蘇打。

燕聲顧不得自家少爺了，端著碗道：「我出去吃！」轉眼就出了大門。

擺在小方桌上的麵盛在粗陶海碗中，碗的四壁還有水。麵條並不是雪白的，有點泛灰。小麵館用不起上等細白麵，麥麵煮出來的顏色就是這樣。湯是大骨湯，湯色混濁。上面澆著厚厚一層臊子澆頭，撒了點兒蔥，油膩的肉湯沾在了碗沿上。

「香著呢，趁熱吃吧！」穆瀾坐在對邊，歪著頭看林一川。

見他遲遲不拿筷子，穆瀾就漫聲說道：「瞧不起我家的麵？這裡本是窮人來的地方，款待不起大公子這樣的人物。您的心意我領了，您就甭勉強自己了。」

就在這時，林一川拿起了筷子，挑了一筷子麵條吃了。他吃得很斯文，但很快，幾乎能用風捲殘雲來形容。

真吃了？穆瀾驚得下巴都快合不攏了。

將最後一筷頭麵條塞進嘴裡嚥下，林一川拿了塊帕子把嘴擦了，示威地朝穆瀾笑，「味道真的很不錯！」

這傢伙！趕不走的牛皮糖啊！穆瀾無語了。

「這雙竹筷是新的。妳拿進去的兩只碗，其中一只碗壁上有燒出來的三絡花紋，妳端出來的碗上面沒有。我猜，這碗也是新的。」林一川很滿意自己的眼神，滿臉陽光地望著穆瀾道：「想捉弄我又捨不得？小穆，妳對我真好！」

沒把人折騰走，反而被發了一張好人牌。穆瀾真想戳瞎林一川那雙觀察入微的眼睛。這裡不是說話的地方，她起身朝林一川道：「大公子隨我來。我有話對你說。」

林一川笑著起了身，隨她進了宅子。

後宅有個小小的花園，早已沒有了花。兩株大楊樹四周開闢出幾分菜園子，種上了蔥蒜和白菘。

穆家班的人都去了前面鋪子幫忙，這裡清靜無人。

林一川慢悠悠跟在穆瀾身後。她因在鋪子裡幫忙，穿著一件褐色粗布衣裳，挽著衣袖，走路時腳步帶風，身材修長。他就想起塗著丹蔻假扮成男人的那個女子。同樣是姑娘，穆瀾連個背影都好看啊。

穆瀾在樹下停了下來，回過頭看向林一川道：「那天晚上你聽到了多少？」

他聽到了一切。聽到她叫那個面具人瓏主，珍瓏的瓏。林一川想起巧妙讓穆瀾撿回的那枚殘破雲子，看到了兩人比試，雖然不願意承認，但他心裡已經肯定，穆瀾是東廠要抓的珍瓏刺客。

眼下卻不是讓她知道的時候。林一川嘆了口氣道：「我到的時候看到一個黑影離開，妳受傷坐在牆根下。妳的傷好了嗎？」

「記住這句話，你看到的就是這些。你可以走了。將來最好離我遠點兒。」反正她對林一川下不了殺手，只能這樣警告他了。穆瀾不能肯定如果面具師父知道林一川聽到了更多，會不會給他帶來殺身之禍。

林一川靠著樹，望著園子裡的菜出神，唇角隱隱帶著笑，「小穆，妳擔心我，對嗎？」

「我不喜歡牽連無辜。林一川，你家的麻煩夠你折騰了，你別摻和我的事行嗎？」穆瀾很無奈。

林一川偏過臉看她，目光專注認真，「小穆，我喜歡妳，我想保護妳。」

「轟」的一聲，穆瀾的腦子一片空白。

短短數天之內，有兩個男人對她說：我喜歡妳。

無涯那樣可憐，他煩惱著自己喜歡一個少年。林一川呢？觀察入微的林一川也會喜歡男人？穆瀾若這樣想，就不是能輕鬆刺殺七名東廠之人的穆瀾了。

「小穆，妳可以試著信任我。」

心咚咚地跳著，每敲擊一下，都會帶著一股血氣直衝腦門。林一川的聲音像從天邊傳來，穆瀾仍處於呆滯中。他不知何時已經走到她身邊，那雙比尋常人眸色更深的眼睛裡帶著穆瀾不想看懂的情感。

她，馬上就要進國子監，成為一名監生。她要為父母了願，為十年前的那樁科舉弊案翻案。她要揭開杜之仙去世之謎，找出他叩拜丹桂的答案。她要揭開面具師父的面具，要保護核桃、保護穆家班。

她絕不能因為被林一川識破性別就前功盡棄。

穆瀾閉上眼睛，「你想要什麼？」

她的聲音清冷，背挺得筆直，像是一隻蓄勢待發的豹子。

他知道她是位姑娘，她不知道他知道。他說他喜歡她，如果她對他有意，她的反應就不會是這樣。

哪怕她跳起來誇張地嚷嚷「老子是男人」，也好啊。

林一川愕然，繼而心裡泛起一絲苦澀。

她在猜自己是否識破了她的性別？所以她問：你想要什麼？在她心裡，他是那種會要脅她的人嗎？

「哈哈！小穆！妳逗死了！我真是太喜歡妳這性子了！我喜歡妳呀，當然想要幫妳了。我想要什麼？我缺錢嗎？我缺的是朋友！」林一川放聲大笑，俊朗的臉染著陽光，像是聽到這世上最好笑的事。

穆瀾睜開眼睛，看到他笑得燦爛無比。真的是她神經敏感嗎？穆瀾看著他，林一川還在笑。她扮了十年男人，她不可能露出破綻。穆瀾都要被林一川嚇死了，暴怒地吼道：「你的話一點兒也不好笑！老子快被你嚇死了！」

「別呀！」林一川很痞子地把手搭在她肩上，用力地摟了摟，「我朋友少，妳算一個。我喜歡妳的性子，我不幫妳誰幫妳？小穆，別有事一個人扛，還有我呢！這天底下就沒有用銀子擺不平的事！」

一副有錢人家紈褲大少的驕橫。

原來是喜歡她的性子，喜歡她這個朋友呀。穆瀾一顆心晃晃悠悠地落到了實處。

有錢能使鬼推磨，她的事是鬼見愁。

「林一川，那天你也看到了，你確定不怕被我連累？」穆瀾很認真地問道。

「不怕。那個面具人打傷了妳，遲早我幫妳報仇。」

「你都不問我，他是什麼人？」

林一川的口氣很衝，「管他是什麼人。妳有仇家，我幫妳啊。小穆，我說的是真心話。相信我，我能幫妳。妳願意說就說，不說也沒關係。」

如果林一川知道珍瓏局的存在，聽到自己叫面具師父瓏主的話，他應該不會這樣輕鬆。穆瀾暗鬆了口氣。林家畢竟被綁上了東廠的船，區區一個林家，對東廠來說只是一隻螻蟻。老頭兒說觀林一川面相，他將來會有大造化。就算林一川反感東廠，但為了家族，有些事不會以他的意志為轉移。珍瓏和自己的關係，林一川不知道最好。

「那晚打傷我的人與我師父有淵源，我是替老頭兒鳴不平。這事是我的私事，我不希望你摻和進來，就當你沒看到，行嗎？」

林一川也沒指望穆瀾現在就信任自己，他笑道：「反正需要我的時候，妳隨時開口。」

看來他是黏定自己了。穆瀾不再相勸。林一川鐵了心要幫她，她將來定會盡全力護著他。她一拳捶在他胸口，「沒看出來啊，林一川你還挺講義氣！」

「那是！所以進了國子監，妳也要多多照顧我才是啊！妳可是奉旨入學，杜之仙的關門弟子。小穆，妳說妳怎麼就這麼機靈，沒幾天工夫就結識了個率性堂的監生？」林一川真真假假地說著，感覺到穆瀾身上溢出的清冷之氣漸漸散於無形，他也不敢馬虎，再讓她瞧出了破綻。

「你有銀子，我沒有啊，只好多認識點兒朋友。」穆瀾笑嘻嘻地說道。

果然是衝著應明的率性堂身分才與之結交的。林一川又想起了無涯，「小穆，那個無涯是什麼來頭？」

穆瀾的眸光閃了閃，把球踢了回去，「林一鳴想劫無涯的道，你趕去解圍。你猜他是什麼人？」

「該不會是宮裡的皇帝吧？皇帝不可能去逛青樓、喝花酒。我想他應該是哪位王爺家的世子。小穆，這種人妳還是離他遠點兒好。這種人不會輕易折節結交咱們這種身分的人。」

林一川想起無涯那張靜月般優美的臉，心裡隱隱有點犯酸。長得那般顏色，還是權貴世家子弟，隨從、侍衛都是錦衣衛。都說京都居大不易，達官貴人實在太多了，林家再有錢，到了京城也擺不了威風，人比人得氣死人。

「我心裡有數。」穆瀾垂了眼，長長的眼睫掩住了她的情緒。

「行了，我先走了。國子監見。」

林一川若無其事地告辭。走到後院的門口，他停下腳步回頭看去，穆瀾還靠著那株大楊樹望天出神。她有心事，與無涯有關。

刺客珍瓏之上還有個瓏主，她為了無涯違背瓏主的意願，才會被打傷。無涯，值得她那樣喜歡嗎？

「妳在看風景，而我在看妳。」林一川低聲喃喃，脣邊泛起一抹苦澀與無奈。

第二十六章 報到先爭房

四月十六，宜出行、祭祀、祈福。

春暖花濃，如洗藍天，是極好的日子。

國子監外的茶樓、酒肆如同新開張，喜慶洋洋。新進監生今天起報到，大都找尋著同鄉、友人相聚，附近幾條街巷的店鋪老闆收錢收得手軟。

穆瀾跟著人群進了國子監，順著張貼的告示去了報到的地方。新監生在報到處的監舍外排成了長龍，她估算了下時間，懶得排隊，打算先去找應明打聽點兒消息。

這時，前面的人群突然亂了，有人高聲叫道：「憑什麼蔭監生能住最好的天字院？地字號房需要多給銀錢才能選住？以身分、錢財選住監舍，有才華的窮監生就該低人一等嗎？一進國子監，所有監生一視同仁。如此安排，置國子監的監規於何地？在下不服！」

這聲音怎麼聽著耳熟呢？聽這話裡的意思，國子監的住宿分成了幾類。穆瀾趕緊向旁邊的學生打聽。

國子監畢業了一批人，又迎來了新監生。空出來的宿舍分為天、地、玄、黃四種。天字號房兩人一間，有單獨的浴室。地字號房也是兩人一間，沒有單獨浴室。玄字號一屋住四個人，黃字號房六個人一間。

穆瀾一聽，她一定要爭到天字號房。洗澡、住宿的事比什麼事都要緊，想到這個，她奮力地擠到人群前面。

報到處的監舍外面，譚弈穿著一襲湖色春裳，儒雅不失英氣。在他身周站著一群學生，憤憤不平地盯著負責新生錄入的國子監學正。

國子監監規規定，所有監生都一視同仁。蔭監生都是三品高官家的公子，例監生有錢。從多年前第一位蔭監生受照顧入住了天字院之後，國子監的老師們都心照不宣地將最好的天字號房分給了蔭監生。次等的地字號房，多交錢可以選房入住。剩下的宿舍才隨意分發給剩下的監生。

一句話，沒權沒錢，就得住別人挑剩下的房間。

這種心照不宣的事從來都沒有被當面揭穿過。

蔭監生得了好處，不會聲張，覺得理所當然。肯多給錢的例監生也不在乎每個月多出點兒銀兩，讓自己住好一點兒。

國子監最差的黃字號宿舍，也比那些窮學生家裡的住房好數倍。能進國子監讀書，窮學生們已心滿意足。初來乍到，怕得罪了學正和權貴子弟受排擠欺負，也不會聲張。

如此一來，國子監給新生分宿舍就成了民不舉、官不究，心照不宣的舊例了。

廖學正氣不打一處來，兩撇小鬍子隨著他呼氣的動作高高翹起。他在國子監十幾年了，占著登記新生入學的肥差。討好蔭監生，等於討好了朝中大員。外地的高官子弟為得到他的照拂，逢年過節都會送來豐厚的節禮。捏著好房子收監生們銀錢，賺得荷包鼓鼓。學生們之間鬧彆扭，想騰房，也會向他孝敬疏通。他相當滿意自己這個類似在國子監打雜的職位。

然而，今天譚弈站了出來，喊出了不公，拒絕接受分給他的玄字號宿舍。

斷人財路如殺人父母。廖學正陰狠地望著譚弈，語帶威脅，「新進監生不守規矩，不遵從分配，一個月內還能退學。我看你是不想在國子監讀書了！」

看來這位小鬍子不知道自己的身分，否則再給他一副膽子，他也不敢這樣說話。不過，譚弈要的就是這種效果。他冷笑道：「學正剛才對在下說，給錢就能挑宿舍。在下還不知道國子監的宿舍居然被人當成賺錢謀利的私器了！」

學生們一片譁然。

這種事能拿到檯面上講嗎？廖學正滿臉通紅，「你敢汙衊本官！」

譚弈大義凜然地說道：「譚某最看不得這種不公正之舉！監生的食宿穿衣都是由戶部供給。住在國子監本來就不需要監生多花銀錢。宿舍有新有舊，有好有壞。都是新入學的監生，難道不該以成績優劣來分配宿舍嗎？再不濟也該抽籤決定，公平分配！大家說對不對！」

一句話將窮學生們煽動得熱血沸騰，「對！公平分配！蔭監生憑家境不需要考試就能進國子監，憑什麼他們還要住最好的宿舍！」

「大膽！我看你們都不想入學了！」廖學正氣得將學生名冊狠狠摔在桌子上，小翫子翹了起來，「不報到登記，就不算國子監的監生。」

不登記，就不算國子監的監生。

這句話讓一些窮學生猶豫起來。國子監包吃住、發廩銀，住得差一點兒也比家裡的房舍好。要不就算了吧？

有東廠撐腰，譚弈今天喊出不公，為的就是籠絡人心，在國子監樹立威望。占住了理，他無論如何也不肯放過這個機會，高聲喊道：「一室不治，何家國天下之為？莫要被他嚇住了！我們尋祭酒大人評理去！」

他是解元，雖然沒有參加今年會試，但在舉子中的聲望極高。不少落榜舉子就是被譚弈想辦法弄進國子監的。他一喊，周身同時響起應和聲，「找祭酒大人評理去！」

「反了反了！」廖學正還從來沒有見過如此膽大包天的學生，他也高聲叫了起來，「想報到的學生過來！」

「不准去！我們要團結起來！」追隨譚弈的人立時結成了人牆，擋在監舍外。場面立時就亂了。

穆瀾是奉旨入學，算蔭監生。如果照舊例，她應該能分到天字院的宿舍。聽到這裡，她禁不住埋怨起譚弈來。眼見學生們都鬧了起來，她無意替蔭監生們說話，悄悄退出了人群靜觀事態變化。

「小穆，總算找到你了。」

林一川擠到她身邊，朝前面張望著，「住宿的事包我身上。哥哥有銀子，我不信買不到一間好宿舍，甭擔心了。」

穆瀾正犯愁呢，聽他這麼一說，好像又多了條路，她也不著急了。

「嗨！這下子有好戲看了！」林一川大笑，朝穆瀾擠眉弄眼，「上次在綠音閣沒掐起來，這次如願了。」

一群錦衣公子正朝著報到處走來。

許玉堂被簇擁在前，青衫飄飄。

望著他，穆瀾又想起了無涯，臉沒來由地紅了。她移開目光，正看見林一川專注地盯著自己，她奇道：「你盯著我幹什麼？」

她沒有瞧著許玉堂移不開眼，林一川眉開眼笑，「小穆，我一定把天字號房弄到手。」

我們兩人住一間房。我不信在國子監讀四年書，妳眼裡會沒有我。

天字號房對穆瀾的吸引力其實就是一間獨立浴室，林一川的目光讓她心思微動。大隱隱於市，也許住六人間的黃字號房，更容易隱藏自己。單獨和林一川住一間屋，以這傢伙的觀察力，遲早會被他看出破綻。穆瀾揚了揚眉，笑道：「看許玉堂他們肯不肯讓了。」

朝中三品官員並不多，家中適齡讀書的公子更少。本屆蔭監生只有三十幾人，錦衣華裳、神態矜持，如鶴立雞群，立時就和普通學生區別開來。

靳擇海人單薄瘦弱，氣勢十足地衝前面吼了起來，「幹麼呢這是？不報到就讓開道！」

看他們的衣著，學生們就知道是京城的蔭監生們來了。大多數人都想著多一事不如少一事，少得罪權貴弟子，呼啦啦地讓開了。

蔭監生們和高呼著要去找祭酒評理的譚弈等人撞了個正著。

一個烈如驕陽，英氣畢露；一個靜美如蓮，斯文儒雅。京城兩大美男又一次相遇。

譚弈不懷好意地盯著許玉堂，笑著問道：「來得正好！許玉郎，你倒是說說，大家都是新入學的監生，憑什麼你們這些蔭監生們就能住天字號房，別的學生要嘛多給銀錢，要嘛就只能挑剩下的宿舍？」

「對！憑什麼？」跟隨其後的學生們怒目而視。

蔭監生們頓時陷入了不滿的目光包圍中。

「吼什麼吼？」靳擇海惱怒地叫道：「住不上好房難不成賴我們？」

「小海！」許玉堂喝止了他。

他爹是禮部尚書，正管著國子監。許玉堂心裡清楚，國子監向來都會將最好的宿舍分給蔭監生。不僅如此，在國子監入讀，官員們也會盡可能地照顧他們。但這些事情是不能放在明面上說的，他絕不能承認，更不想給人造成紈褲子弟飛揚跋扈的印象。

許玉堂斯斯文文地回道：「我們也剛來，還沒有報到。譚公子憑什麼說我們都能住天字號房？想來安排誰住什麼樣的宿舍，這是國子監的事。譚公子對宿舍不滿，自去找管事分配宿舍的學正去。」說完不卑不亢地望著譚弈。

沒想到是個聰明人，不上當。譚弈心念轉了轉，笑道：「我們找祭酒大人評理去！」

許玉堂只是一笑。

總是有豬隊友跑來扯後腿的。

這節骨眼上，廖學正看到了許玉堂。頂頭上司的直屬部堂大人家的公子來了！他根本沒有心思判斷眼下的形勢，反射性從監舍中邁著小短腿飛快地跑到許玉堂面前。他覺得終於等來了能替自己掙回面子的人，諂媚地對許玉堂笑道：「許公子，請來這邊登記，領取物品。您的宿舍已經安排好了。」

想著先前他威脅眾人的模樣，前倨後恭，如火上澆油，學生們勃然大怒。

「欺人太甚！」

「如此不公，這書沒法讀了！」

「跪皇城請願去！」

這句話喊出來，所有人都知道事情鬧大了。

譚弈占了理，又有東廠撐腰，自是不怕。他身材高大，高聲叫道：「諸位同學冷靜！我們先問祭酒大人去！說不定是這位廖學正私自所為！」

區區一名學正，他還不放在眼中。

學生們以他馬首是瞻，紛紛應和。

「出什麼事了？」一聲喝問響起。

人群自動分開，陳瀚方帶著國子監司業和監丞趕來了。

再見陳瀚方，林一川想起了靈光寺一行，「小穆，妳說咱們倆運氣算好吧？去一趟靈光寺踏青就能遇到祭酒大人。」

「也不知道那椿凶殺案破了沒有？」穆瀾又想起老嫗房中被擦去的血字。無涯很關心這個案子，他會吩咐錦衣衛去查，將來有機會可以問問他。

陳瀚方緩緩掃視一圈，見學生們臉上還帶著隱隱的怒意，淡淡問道：「為何不排隊報到，在此喧譁？」

廖學正趕緊上前，指著譚弈搶先開口告狀，「大人，這名學生嫌棄分配的宿舍不好，阻止學生們報到。」

「祭酒大人！」譚弈抬臂施禮，「學生譚弈，乃今年新錄監生。按國子監監規，所有監生一視同仁。廖學正卻將天字號房留給蔭監生，地字號房要多收銀錢才能選房入住。學生們覺得不公平！」

挺拔昂揚、英姿煥發、滿臉正氣，沒想到譚誠的義子臉上看不出半點兒東廠的陰戾之氣。陳瀚方想起自己遞交給禮部的錄入名單，笑容和煦如春風，「國子監有天、地、玄、黃四種宿舍。天字號房最少。蔭監生們以父蔭入讀，是朝廷對三品以上官員的恩寵。如論公平，他們以恩入監而非以才華入監，這就是不公。然而你們入讀國子監，將來出仕為官，難道不是想著為社稷百姓謀福祉，蔭妻封子、光宗耀祖？他們因長輩為朝廷做出了貢獻得以恩蔭，前人栽樹，後人乘涼，又有何不公？」

不就是這個理嗎？廖學正聽得眼淚嘩嘩的，「大人英明！」

「大人此言差矣。蔭恩入學已獲恩寵，難不成蔭監生不學無術，將來也能順利畢業，出仕為官？既然進了國子監，那麼所有學生都該一視同仁。」譚弈下定決心要把這件事辦得漂亮，擲地有聲地說道。

所有目光都望向陳瀚方。他微笑道：「你說的也有道理，且符監規。這麼著吧，抽籤分配宿舍。廖學正，去製籤來。」

抽籤！

穆瀾笑了，「果然公平。」

「抽籤看運氣啊。」林一川想起穆瀾出千的手段，悄聲問道：「小穆，妳抽籤時能不能出千換掉竹籤？」

「你想多了。當眾出千，被捉個現行，我就不用去報到了。」穆瀾嘆了口氣道。

「要不要打賭，我能讓妳住到天字號房去。」

「需要賭嗎？哪個窮監生命好抽到天字號房，林大公子一張銀票塞過去，他會心甘情願和你換的。」

林一川氣結，轉過身腹誹。太聰明的女人一點兒都不可愛。

不多時，廖學正就帶著兩名小吏提著滿滿一大桶竹籤趕了回來。他朝陳瀚方等上司行禮後道：「天字號房一共四十枝紅籤。地字號房二百二十根白籤。玄字號房四百根綠籤。餘下的黃籤則是黃字號房的。」

竹籤染色的一端插在桶中，上面一般無二。

陳瀚方示意他找人抬了桌椅過來，與司業、監丞一同坐了，「今年新錄監生排隊取籤，登記報到，不得耽誤時間。開始吧。」

祭酒親自監督取籤，自然公平。

譚弈笑著抬臂行禮，「多謝祭酒大人替學生們主持公道！大家排隊取了籤就去登記報到吧！都排好隊！」

他倒不是頭一個上前取籤的，帶著追隨他的人維持起秩序來。

學生們都有點顧慮，不願頭一個上前取籤。許玉堂站了出來，「我來抽！」

許玉堂隨意抽了根竹籤，看到尾端那抹紅色，笑了笑，順利地走向監舍登記。

蔭監生們跟在他身後排好了隊。

報到錄取處恢復了正常秩序。林一川跟著穆瀾慢慢排到了桌前。

陳瀚方瞥了眼穆瀾。她給他的印象太深，與皇帝同遊靈光寺，兩巴掌搧醒了失心瘋的舉子，還是杜之仙的關門弟子。

「見過祭酒大人、司業大人、監丞大人。」穆瀾團團行揖，從籤桶中抽出了一根籤，隨之讓開了。

林一川探長了脖子也沒看到她抽的是什麼，只好跟著團團一揖，抽了根竹籤追過去，「小穆，妳抽中什麼了？我是白籤！地字號房，還不算太差。」

「我運氣還算不錯！」穆瀾將竹籤反轉，露出染綠的尾端。是一屋住四人的玄字號房。

林一川嘖嘖嫌棄地看著她道：「果然手霉！真不知道妳賭錢怎麼贏的。」

穆瀾回肘撞在他胸口，「你還不趕緊換房去！祭酒大人他們在，機靈點兒。」

「把妳的給我，我一起換。」

「分頭換，快一點兒。」穆瀾哄著他笑嘻嘻地去了。她壓根就不想換。林一川能換到天字號房。她如果想沐浴，找機會趁他室友不在就行了。比起洗澡麻煩，穆瀾現在覺得林一川才是真正的大麻煩。

林一川笑嘻嘻地走向了排隊報到的監生們。他一本正經地望著前方，手裡捏著一根竹籤，只露出染色的一小截尾端，嘴裡唸經似地嘀咕起來：「五百兩換天字號房五百兩換天字號房五百兩換天字號房……」

沒過多久，就有一名穿著普通的監生紅著臉飛快地看了看林一川。

林一川大喜，「張兄！我尋你好久！」

不等人家反應過來，他親熱地摟住了那名監生的肩，如逢故交般將人帶出了隊伍，「在榜上看到你的名字，正尋思著今天會遇到你……」

兩人走到旁邊的樹下，寒暄中，銀票與竹籤已藉著衣袖的遮掩飛快地換了。

「我、我姓朱。」那名監生手心攥緊了銀票，心虛地拱了拱手，飛快地去排隊了。

一雙眼睛注視著綠樹下的交易。在林家宅子，譚弈看到的林一川病得兩頰凹陷、膚色蠟黃，今天，林一鳴的到來與指認才讓譚弈將林一川認出來。

「林一川什麼時候認識那個監生了？譚兄，我打賭，他一定花錢換房間去了。」林一鳴來報到，找到譚弈後就黏在他身邊。他抽中的是根黃色籤。

換房間？譚弈眼中閃過一抹深思，「一鳴，你去打聽下，林一川和誰住在一起。」

林一鳴拍著胸脯道：「小事一樁，包我身上。」

等林一川排隊登記報到完，穆瀾早領了刻有自己名字的監生木牌，發的監生常服與禮服，拿了房間鑰匙離開了。

宿舍分別是天、地、玄、黃四個院落，穆瀾問著路到了玄字院。院門上方掛了匾額，寫著「玄鶴院」。院子方正寬敞，中間擺著五個裝滿清水的大石缸。穆瀾照著鑰匙上刻的字找到了丙十六號。

房門大敞著，裡面已經有了兩位監生，正在收拾。

照了個面，穆瀾發現室友裡居然有個熟人。

「呀，恩公！」蘇沐認出了穆瀾，放下手裡的東西，抬臂行禮。

靈光寺被自己幾耳光打醒的那個舉子，還真巧了。穆瀾連道不敢，「我姓穆名瀾，蘇兄叫我名字就好。」

蘇沐見著熟人也很高興，向穆瀾介紹另一位監生，「這位是侯慶之侯兄，淮安府人氏。」

穆瀾隨手將領取的物品放在一張空著的床上，拱手見禮，「揚州穆瀾。」

侯慶之面相憨厚，個頭不高，全身的肉似長錯了方向，瞧著很像是無錫著名的泥娃娃阿福。他似被穆瀾的名字驚了下，有點不安，手足無措地和穆瀾見禮，「小兄弟可是杜之仙杜先生的關門弟子穆瀾？」

「蒙先生不棄，教在下讀了兩年書，實在慚愧。」這句話穆瀾已經說得極為順口。聽到侯慶之的聲音後，她心裡有點驚奇。侯慶之與應明是同鄉，實在太巧了，他應該是自己和無涯在後巷窗外聽見的那位請應明當槍手的人。

「穆公子，你睡這兒！」蘇沐一心報恩。他與侯慶之來得早，占了靠窗的兩張床。說著就將自己放在床上的東西抱起，執意要和穆瀾換。

靠窗方便，穆瀾推辭了下就應了。

房間寬敞，四張床相離甚遠，中間擺著一八仙圓桌。靠牆的空地擺著四口空木箱，一排空書架。窗外正對一片小樹林，甚是幽靜。

登記報到一天時間，還給了監生一天假。穆瀾見時間尚早，打算回家拿行李。她正和蘇、侯二人告辭的時候，門外進來一個鐵塔般的少年，背著巨大的包袱，手裡提著一個書箱，另一隻手拎著一桿鐵槍，立時就將門堵得嚴嚴實實。

「俺叫謝勝，以後也住這屋了！」

他聲如洪鐘，震得三人耳膜嗡嗡作響，半天沒有吭聲。

謝勝將行李放在唯一空著的床上。提著鐵槍東瞄西看，最終將槍橫著放在了枕頭邊上，大馬金刀地在床上坐了，濃眉微蹙，「報上名來！」一副響馬打劫的做派。

驚得蘇沐和侯慶之目瞪口呆。

穆瀾噗嗤笑了，「在下穆瀾，來自揚州。這位是淮安侯慶之。這位是蘇沐。」

「哦！」謝勝掃了三人一眼，除了橫著長肉的侯慶之，穆瀾和蘇沐都瘦，這種書生他沒有興趣。他放下了帳子，上床躺下了，「騎馬趕了三天路，俺睏了，你們聊。」

話音才落，鼾聲就起來了。三人面面相覷。

「我回家拿行李。明天我們一起聚聚如何？想必謝勝也睡醒了。」穆瀾拱手告辭。

出了房間，院子裡新來的監生三三兩兩聚在一處交談。丙十六號的動靜吸引了監生們的注意。謝勝的鼾聲極有韻律，像嗩吶吹出的曲子，金戈鐵馬，頗為雄壯。

穆瀾回頭，見蘇沐和侯慶之捂著耳朵從屋裡衝出來。蘇沐臉色蒼白，失魂落魄。侯慶之眼神驚恐，肥手指塞著耳孔，看不出是笑還是哭。她忍俊不禁，笑著走了。

這邊林一川領了東西，四處都沒找到穆瀾，只得先去了房間。

天擊院環境優美，屋舍建在花樹與淺湖旁，院中還有一座兩層飛簷八角形涼亭。林一川抱著東西找到了甲三號，房門敞開著。他心想不管住的是誰，小爺都用銀子將他打發走就是。

想到這裡，他進屋時臉上堆滿了笑容。

「哎呀，堂兄你也住在這裡？」熟悉的聲音讓林一川愣了愣，他馬上就笑了。

好啊，林一鳴你敢不搬走，爺就天天揍你！

他抬頭一看，屋裡八仙桌旁坐著兩個人。

譚弈微笑著站起來，「林大公子，在下與你同住。」

林一鳴、譚弈，怎麼就這樣巧？是巧嗎？不，絕沒有這般巧的事。他敢肯定譚弈是東廠的人，這是條盯著自己的毒蛇。

「真巧。將來功課上有問題正好向譚解元請教。」林一川繃著笑臉打了招呼，將物品放在另一張床上，也不停留，「在下回家取行李。一鳴，你的行李帶過來了？要不要和我一起回去？」

「我叫小廝帶來了，在國子監外候著呢。就不和堂兄一道了。」林一鳴心裡呸了聲，心想：還好老子機靈。你有這麼好心叫我一同返家？回去鐵定會被你揍一頓。

「告辭。」林一川懶得多說，匆匆出了門。

他站在天擎院門口回望，磨著牙道：「一丘之貉！想弄死爺，門兒都沒有！」

林一川的行李也早讓燕聲帶來了，只是國子監不准小廝、僕從進來，燕聲也同樣在國子監外等著。

他並不著急，先去報到處查了登記名冊，見穆瀾壓根沒有換房間，林一川打聽了玄字院的地點，直接找過去。

丙十六號房間的鼾聲引得院中的監生指指點點，蘇沐和侯慶之咳聲嘆氣，各尋各的同鄉去了。

林一川進了房，一把將帳子掀起來。見床上的濃眉少年正抱著一桿鐵槍睡得正香，他伸手去推對方，「喂，醒醒！」

手碰到謝勝胳膊的瞬間，謝勝雙目睜開，抱著的鐵槍朝林一川刺了過去。

林一川擺頭躲開，大聲說道：「天字院，你住不住？我和你換！」

「滾！」

聲音如炸雷，震得林一川直捂耳朵。

謝勝收了槍，兩眼一閉，鼾聲又起來了。

林一川：「……」

從十歲起，林一川就被父親帶在身邊接觸林家的掌櫃與生意了。商人重利，但父親常教導他說賺錢不是目的，如果用賺來的銀子讓家族與生活變得更好，更為重要。他從小就懂得如何花錢。

不同於堂弟林一鳴一擲萬金的玩蟲逗鳥，林一川的銀子花在收買人心、結交朋友、砸銀開路這些事上。

他盯著鼾聲依舊的謝勝看了又看。以林一川常年光顧江南織巧閣這類奢侈製衣店的眼光，謝勝身上的藍布裌襖不會超過二兩銀。

目力所見最值錢的是謝勝抱著的鐵槍。

仔細一打量，林一川看出這桿槍的不同了。

這桿槍通體都用純鐵鍛就，長約七尺，至少重三、四十斤，說明謝勝力氣很大。槍是馬戰時常用武器，難道謝勝出身軍中？

謝勝不重銀錢，難道重感情？

林一川快步離開，在國子監外轉了一圈，拿了行李直奔玄鶴院。

鼾聲仍然大開大合，籠罩在整座玄鶴院上空。

院中已有新進監生惱了，衝著丙十六號房大吼，「還要不要人休息了？」

林一川忍著笑，直接進了房間，揚手間，水囊裡的水灑了一半在謝勝臉上。

謝勝銅鈴般的眼猛地睜開。林一川高聲叫了起來，「兄臺，兄臺醒醒！」

「下雨了？」謝勝早忘了被林一川弄醒過一回，抹了把臉上的水，迷瞪著眼睛望著林一川，嘟囔道：「你盯著我做什麼？」

「兄臺，在下揚州林一川，今年新進監生。」林一川見弄醒了謝勝，愁容滿面地說道：「在下住的是兩人一間帶獨立浴室的天擊院。同屋的監生生性好武，硬要拉在下習武強身，在下卻是個手無縛雞之力的書生。兄臺武藝過人，槍法精絕，不如和在下換了房間，兄臺也找到了志同道合之輩。你看如何？」

謝勝打了個呵欠，「不換！」

習武之人的義氣呢？林一川急了，「為什麼？天擊院地方寬敞，兄臺練完槍洗澡方便，比玄鶴院四人居無獨立浴室強太多了。我沒撒謊，和我同居一室的監生武藝特別好！聽說他還擅長槍法。」

「俺娘讓俺進國子監讀書，不讓俺和人比武。和你換了房間，俺會忍不住要和你同屋同窗切磋。」謝勝羨慕地看著林一川道：「有人肯指點林兄，跟著練練，身體強健，讀起書來也不會很累，這是好事。」

這叫搬起石頭砸自己的腳？林一川挪了張小凳子坐到謝勝床前，「謝兄。我給你五百兩銀子，咱們倆換換行嗎？」

「五百兩！」謝勝的聲音大得像銅鑼，他眼中羨慕之意更濃。他從小到大，每個月才二兩銀子月錢，攢到十九歲，連五十兩私房都沒攢下。

還是銀子管用！

林一川拿出了五百兩銀票誠懇地說道：「只要兄臺肯與在下換房間，這五百兩就是你的了。」

謝勝瞪了他一眼道：「不換！俺答應過俺娘，就一定會做到！」

這憨貨！油鹽不進哪！林一川眼珠轉動，一掌倏地拍向謝勝。

謝勝本來坐在床上，躲閃不易，見手掌已拍到身前，他直接一拳迎了過去。拳頭夾帶著風聲，正擊中林一川的手掌，發出「啪」的一聲脆響。

林一川「咦」了聲，退後一步，以江湖禮抱拳見禮，「聽聞兄臺槍法精妙，在下想討教一二。」

「你騙我？還偷襲！小人！」謝勝怒了，從床上一躍而起，手中鐵槍往地上一頓，青石板地面裂開了。

「我贏了，你就和我換房間。敢嗎？」林一川使出了激將法。

謝勝想都沒想就道：「為何不敢？此處施展不開，找地方！」

看了眼窗外的樹林，林一川足尖輕點，從窗戶躍出去，「來呀！」

謝勝提著槍就跟了出去。

兩人進了樹林，找了處空地正要比試，不遠處突然傳來聲響。聲音微弱，聽不清叫喊些什麼，只喊了半截就沒聲了。

林一川和謝勝同時交換一個眼神，朝著那地方就奔了過去。

樹林深處一株高大的古槐橫枝上，一個人懸在半空，雙腿哆嗦地掙扎。

「蘇沐！」謝勝睡歸睡，睡之前還記得同室的這名監生。他提起鐵槍用力擲了過去。

槍頭割斷繩子，蘇沐摔了下來。林一川飛奔上前，正好接住他，一看他的脖子，已被繩子勒出一條深深的紅痕。摸著蘇沐還有脈息，林一川鬆了口氣，「還活著！」

謝勝取下扎進樹身的鐵槍，一隻手將蘇沐扛在肩上，「是我一屋的同窗，先帶他去醫館！」

林一川順手將蘇沐上吊的那根繩子撿起來。

他想起來了，靈光寺見到老嫗被殺，被嚇得癱在地上的舉子不就是蘇沐嗎？後來他追丟了人，去禪房時，蘇沐和無涯聊得很投機。蘇沐春闈落第，才進了國子監讀書，怎麼可能報到這天在小樹林投繯自盡？

他站在樹下看了看那根樹枝的高度，下面連個踏腳的石頭都沒有，想弄成自盡也太蠢了吧？

不，也許是自己和謝勝來得及時，對方還沒來得及布置現場。

是什麼人想弄死蘇沐？

這下子好了，房間沒換成，遇到一起謀殺案。林一川朝四周看了看，沒聽到絲毫動靜，只得先跟著去了醫館。

國子監的西南角門處設有醫院，免費為監生問診。見謝勝背了蘇沐來，醫館的郎中餵了蘇沐一杯水，替他在脖子上抹了藥膏，把了脈道：「醒來就無事了。他為何懸梁自盡？」

謝勝撓了撓頭，「不知道。我倆在玄鶴院後面的樹林裡撞見他懸在樹枝上，就把他救下來了。」

監生自盡，茲事體大。醫館的郎中不敢隱瞞，喚了小吏去稟報管人事的紀典簿。

蘇沐沒過多久就醒了，捂著咽喉痛苦地嚥著口水。

「是哪個監生想不開自盡？」穿著八品繡黃鸝補子的紀典簿急匆匆地趕來了。

蘇沐捂著喉嚨，聲音嘶啞。驚魂那一幕深深印在他心間。在身後拿著繩子勒住他的人有一雙粗糙的手，當時他的眼球都被勒得要從眼眶中跳了出去。

「你看到了不該看的。」

那人的聲音很冷。說這句話時，粗糙的手還在用力勒著他。

他看到了什麼？蘇沐痛苦地閉上眼睛。

「此監生傷了咽喉，需休養幾天，才能正常開口說話。」郎中趕緊替他解釋道。

謝勝又將事情經過講述一遍。

見蘇沐無事，紀典簿寒著臉訓道：「能進國子監是何等造化，不知珍惜！念在還未行開學禮，饒你一回！本官不管你是因何事想自盡，如有下次，定要綁送繩愆廳嚴懲！」說罷拂袖而去。

蘇沐輕輕吁了口氣，虛弱地向林、謝二人拱手道謝。

他白著一張臉，目光驚懼，不肯與二人對視。

林一川心裡更加肯定蘇沐不是自盡。

謝勝想著是同住一間房的同窗，蹲下身道：「蘇沐，我背你！」

蘇沐並未推辭，嘶啞著嗓子說了聲謝，伏上謝勝的背。

林一川跟著兩人一同回了。

進了房間，將蘇沐安置在床上躺了，謝勝將郎中開的藥放下，熱心地去張羅茶水飯食。林一川坐到蘇沐床前，「蘇兄可還記得我？靈光寺我聽到蘇兄叫喊，去追凶手。」

「靈光寺。」蘇沐嘶啞地重複了遍，心頭一道電光閃過，人跟著哆嗦了下。

想殺他的人是靈光寺的凶手！難道那凶手以為自己看到了他？想殺他滅口？

「不是自盡，有人想殺你。」林一川肯定地說道。

「不不不，是在下家中出了事，一時想不開。」蘇沐不顧喉嚨痛，一味地否認。

他目光驚懼地左看右看，看到窗外的樹林，一把攥緊了被子。

他不願意說，林一川也不勉強。想到了換房的事，試探地說道：「此處不如天擊院有高大的院牆，蘇兄可願意與在下交換房間？搬去天擊院住？」

離開這裡！天擊院以往都是分給蔭監生住，院子四周有高大的院牆，還有護院巡視。蘇沐求之不得，「林兄真的願與我換？」

得來全不費工夫！林一川重重地點頭，「真的！」

他迅速地拎了蘇沐的行李，等蘇休沐息了會兒，表示可以行走後，林一川將他送到了天擎院自己的房間。正好譚誠與林一鳴不在，大約吃飯去了。安置好蘇沐，林一川渾身輕鬆地拿了自己的東西離開。

他得意地看了眼天擎院笑道：「一舉兩得！譚弈，你有本事就跟來住四人間吧！」

想著穆瀾回到宿舍看到自己的臉色，林一川哈哈大笑。

第二十七章　情義兩心知

夥計將燈籠點起掛在了簷下。穆家麵館剛開張，生意還不錯。反正穆家班的人都住在院子裡，穆胭脂打算讓麵館開到坊門關閉。

入夜後，人漸稀少，穆瀾回家又幫了會兒忙，正和夥計們一起吃飯。

穆胭脂知道她明天就要扛行李住進國子監，特意下廚炒了兩道她愛吃的菜。一大家子併了幾張桌，熱鬧地聚在一起。

一輛馬車停在街對面，裡面下來一位客人，逕自走向麵店。看到裡面夥計們都在用飯，以為打烊了，猶豫地站在店外。

李教頭站起身來招呼道：「客人可是吃麵？小店尚未打烊。」

客人微笑著走進來，看了眼櫃檯後的水牌（註5）道：「來碗臊子麵吧。」

穆胭脂就站了起來，「我去煮麵。」

沒多久，麵就端了過來，那名客人抽了筷子坐在角落裡吃。

註5　塗上白色或黑色油漆的木牌。用來登記帳目或記事，寫畢可拭去，舊時商店常使用。

穆家班的人也沒在意，繼續熱熱鬧鬧地纏著穆瀾說國子監。

「……羞殺衛玠揚臂高呼，幾百號監生立時響應，那群貴胄公子全部吃了癟！都盯著萬人空巷，結果許玉郎也知眾怒不能犯，乖乖地聽祭酒大人安排，去抽了籤。」穆瀾講述著國子監爭房一事。

眾人早知道了譚弈和許玉堂的綽號，哈哈大笑起來，「不知道貴胄公子們有沒有住進黃字院，估計沒兩天就要哭了。」

穆瀾用筷子敲著碗沿悔恨不已，「如果我運氣好點兒抽中住天擎院，轉手就賣給那些貴胄公子。五百兩！包管有人買。」

「五百兩！」眾人又一陣驚嘆，心痛得彷彿真有五百兩不翼而飛了。

「那得賣多少碗麵才賺得到啊。」

穆瀾跟著笑，「趕緊吃完收拾。沒那命啊！」

眾人迅速吃完飯，齊力把桌子收拾了，留了幾名夥計應付晚上偶來的客人。穆瀾正要回房，卻被那名客人叫住了。

穆瀾這才發現，這位客人吃得極慢，彷彿等著她吃完似的，她頓時警覺起來。

「客人有什麼吩咐？」穆瀾仍掛著笑容問道。

那位客人四十出頭的年紀，目光清明，溫和地說道：「你就是杜之仙的關門弟子？」

穆瀾一怔，「正是不才。」

他久久打量著穆瀾，眼裡泛起一絲傷感，「他舊病纏身，走得可安詳？」

這是老頭兒的故交？穆瀾心頭閃過杜之仙曾給她的幾個人名，卻沒有一個對得上號。她依然恭謹地答道：「師父是睡夢中過世的。」

客人似有些安慰，拿出一張名刺放在桌上，不容置疑地說道，「老夫昔日與杜之仙也有些交情。明天國子監還有一天假，老夫府上正開賞花宴，你且也來吧。」

他數出十五個銅板放在桌上，施施然起了身。

穆瀾眼尖，瞄了眼名刺，真嚇了一跳。她趕緊攔住他，「既是長輩，這碗麵理應晚生款待您。」

客人也不推辭，將銅板收了，微笑道：「明天記得來。」

穆瀾直送到馬車旁，等他上了車，馬車走遠，她才拍了拍胸口，「嚇死個人啊！內閣首輔來我家吃麵？」

她走回麵店，夥計正在收碗。穆胭脂從廚房出來，正好奇地拿著那張名刺左看右看。

「瀾兒，他是什麼人啊？」

穆瀾將名刺拿過來，心想該怎麼對母親說呢？照實說內閣首輔胡牧山？她敢打包票，明天整座坊的人都會知道。母親一定會藉此揚名。

「哦，是師父以前的同僚。知道我進了國子監，邀我明天去他家用飯。」

穆胭脂壓低了聲音道：「官大嗎？妳若查到了證據，他能幫上忙不？」

母親心裡只有翻案這一個心思。穆瀾心想她都認識皇帝了，真找到證據翻案，她肯定直接找無涯。她笑著安慰母親道：「還不知道他在哪個部堂供職。明天赴宴，我會見機行事，多結識點兒官員。您放心，我已經順利進國子監了，一定會找到父親留下的證據。」

「娘不急。妳去歇著，行李娘叫個夥計給妳送國子監去。」穆胭脂嘆了口氣，催促穆瀾回去歇著。

穆瀾去了安靜的後院，靠著楊樹拿起名刺來看。她心裡沒表面那樣輕鬆。老頭兒交代給她的可信之人中，可沒有這位內閣首輔。與之相反的是，當初談及父親那件案子，十年前走運的人中，就有這位內閣首輔胡牧山。

他為何親來小麵館，又邀自己去他家赴宴？穆瀾百思不得其解。

船到橋頭自然直。穆瀾一覺睡醒，換上了杜之仙做給她的最好的錦裳，騎了馬去胡府。

她以為首輔家開賞花宴，定是極熱鬧的場面。沒想到到了胡家，被下人引進府中花廳後，整個花廳裡只有自己一個客人。穆瀾頓時警覺起來。

不多時，胡牧山身著便服來了。

穆瀾這時不能再裝著不知其身分，抬臂彎腰揖首，「晚生拜見首輔大人。」

胡牧山說了聲「免禮」，分賓主坐了，開門見山道：「本官府中的花開得不錯，穆公子且去觀賞一番吧。」

有名老管事早候在一旁，請穆瀾移步。

胡牧山坐著沒動，穆瀾只得跟著老管事去了。這是有人想要見她。會是誰呢？

能勞動胡牧山親自來請她。其實想讓她進胡府，打發個下人來送張帖子，穆瀾也不敢拒絕胡牧山的邀請。胡牧山為何還要去小麵館吃麵呢？

心事重重又警覺無比的穆瀾跟著老管事穿過迴廊小徑，來到一處葫蘆形門前。老管事躬身說道：「穆公子，您請吧。」

處處透著詭異，穆瀾更加警覺。謝過之後，她走進了園子，走得數步，回過頭一看，老管事還站在門口，透出親自守門的意思。

她往裡面一望，花園清靜無人，不遠處有一片粉白深紅的花海，透過初綠的林梢直撲入眼簾。

此花的確值得賞，人卻又嚇了穆瀾一跳。

這是穆瀾第一次見到司禮監掌印大太監、東廠督主譚誠。

高大的辛夷花樹熱熱烈烈地綻開著，景美令人嘆。樹下安置著一方棋枰，譚誠穿著青色便袍安然坐著。

穆瀾離他三步開外站住了。她此時並不知道面前的人是誰，只能抬臂見禮，「在下穆瀾，應胡首輔之邀前來賞花。」

「咱家請他邀你前來。穆公子請坐。」看到穆瀾，譚誠眼中閃過一絲失望。他溫和地請穆瀾坐了。

咱家？穆瀾後頸的汗毛嗖地豎了起來。能勞動胡牧山這位內閣首輔，又自稱咱家，她心裡咯登了下。她該如何表現？惶恐、害怕、震驚、不安，還是平靜？穆瀾被突然出現的譚誠擾亂了心思，只得先見禮再說，「晚生拜見督主！」

「是個聰明的孩子。」略帶尖利的笑聲從譚誠嘴裡冒了出來，「坐吧，陪咱家下一局棋。」

棋？穆瀾頭皮發麻，難道譚誠知道她是珍瓏刺客？冷汗從後頸滲了出來，她局促不安地坐了半邊凳子，「在下棋力不精……」

「你會下這局棋就行。」

這局棋她見過。穆瀾凝神看去，鬆了口氣，只要不是被東廠懷疑身分就好。

老頭兒以前常擺的一局棋。老頭兒沒說和誰對局，不停地復盤。她曾陪著下過，好奇地詢問。

老頭兒說：「當年輸了。這些年重新復盤，其實是有機會贏的。」

譚誠邀她再下這局棋，她該贏還是輸？

復盤下的次數多了，穆瀾對這盤棋瞭若指掌，然而棋是活的，誰也料不準盤中是否還有變化。她想著老頭兒的心思，淡定地落下一子。

時間慢慢推移，陽光從粉白嫣紅的辛夷花樹中透下來。已近午時，穆瀾額頭已然見汗。棋下至尾盤，膠著在一起。她就像是行走在懸崖邊上的人，背水一戰或許能突破重圍，贏得勝利；然而誰又知道脫離了現在的險境，前方是否又有埋伏？

然而，現在棄子認輸她又不甘心。譚誠的棋也並非穩贏的局面。她心裡充滿了迷惑，難道老頭兒說的，有機會贏是指現在這個局面？

譚誠的目光從穆瀾臉上掃過。少年眉目如畫，見之令人心喜。可惜了。

他不知道自己是可惜無法招攬穆瀾，還是可惜沒見著想見的人。

穆瀾落子並未多想。譚誠心裡一嘆，棄了手中的棋子，「和杜之仙下過很多次？」

「是。家師對這局棋念念不忘，是以在下才能支撐到現在。」穆瀾實話實說。

譚誠再落下一子，直把穆瀾逼至絕境。既然這樣，那就拚個魚死網破吧。穆瀾的棋子正要落下，耳邊響起譚誠的聲音。

「你若贏了，便要死在這裡。」

她心神一顫，抬起了臉。

「你若輸了，也會是個死人。」譚誠淡然地看著她。

她有機會殺了他嗎？穆瀾的手指穩穩夾著棋子，「贏不得、輸不得，這盤棋該如何下？」

「這是你的問題。」

辛夷花開得燦若雲霞，花園靜謐無聲。

「嘩啦……」

穆瀾拂亂了棋枰，輕鬆將手裡的棋子扔回棋盒，「不能贏也不能輸，那就不下了。」

她微微笑了起來，像是一個搗蛋的孩子，耍起了無賴。

她一笑之下，譚誠眼前一亮。少年燦爛的笑容讓他的心情無端好了起來，他嘴裡發出尖利的笑聲，竟然十分舒暢的模樣，「好，杜之仙耗費十年心血，果然教出了一個好弟子。」

了。

他起了身，朝穆瀾笑道：「咱家其實也捨不得吃了你這顆子。」說罷施施然去了。

穆瀾一直望著他的身影出了花園的葫蘆門，整個人才癱了下來，「我的小心肝禁不住這樣嚇啊……」

她擦了把額頭涔涔滲出的冷汗，瞧著衣袖上的汗漬，苦笑著想，今天這場見面果然弄得她一頭霧水。

亂花迷了她的眼，心中籠罩的迷霧又多了一重。譚誠究竟是想看看十年之後，老頭兒研究這盤棋能否贏了他？還是另有所圖？

「捨不得吃了我這顆子……我是一枚棋子？誰在下這盤棋？譚誠想和誰對弈？面具師父嗎？留著我不殺，是為了釣出面具師父？他知道面具師父的存在？」穆瀾喃喃自語。

沒有人進園子打擾她，胡牧山彷彿遺忘了她是請來的客人。一上午心力交瘁，穆瀾癱坐在椅子上，幾乎想閉上眼睛睡上一覺。

然而這裡是首輔家的花園，不是穆家的大雜院。穆瀾起身站起，望著高大的辛夷花樹，突然想起春來說過，無涯喜歡這種花。

辛夷花樹大都生於南方，北方甚少，胡牧山家裡卻種著無涯喜歡的這種花樹。是巧合嗎？穆瀾累了，懶得再想。由花思人，她想起了核桃。

時間尚早，她不如去看看核桃？穆瀾起身離開，沒走多遠，花園的葫蘆門進來了一行人。

胡牧山陪伴著無涯出現在她面前。

四目相對，無涯露出了驚訝的神色。身後的秦剛和春來都瞪圓了眼睛。他們怎麼也沒想到，穆瀾會出現在當朝首輔的花園裡。

「多謝首輔大人相邀，貴府的花樹果然美極。」穆瀾搶先抬臂揖首見禮，「大人有客，在下告辭了。」

「賢姪喜歡，空了不妨常來。此花還要開上一、兩月才敗。」胡牧山像待晚輩一樣，溫和親切。

她受了胡牧山招攬？無涯抿緊了嘴唇。

這是什麼情況？春來的小眼神像刀子似的，他掩不住情緒，咬著小牙憤怒不已。穆瀾不想過多解釋，裝著不認識無涯，施禮後毅然離開。

穆瀾走後，胡牧山惶恐道：「下官與杜之仙有些交情，知曉他的關門弟子進了國子監，今天特意請穆公子過府敘敘舊。不知道皇上今天出宮來賞花，下官失禮。」

「朕算著府上的辛夷花該開了，心血來潮所至，怎怪得了首輔大人？」無涯若無其事地朝前走去。

眼神瞥到花樹下被拂亂的棋枰。穆瀾和誰在此下棋？他心裡又多存了個疑問，目光望向樹上的花枝。

胡牧山知曉往年規矩，叫人抬了竹梯、拿了剪子。無涯親自順著梯子上了樹，慢慢尋覓著開得正好的花枝。

許太后喜歡辛夷花，滿京城只有胡家養得這幾株樹開得最壯觀美麗，年年無涯都會親自到胡府親手剪花枝以示孝心。今天來胡家，是誰提醒他呢？無涯腦中閃過了許太后身邊女官梅青的臉。

他今天來，才能在胡府遇到穆瀾。是故意的嗎？胡牧山是譚誠一手提拔起來的，是想讓他知道穆瀾有可能投靠東廠？她會嗎？

無涯站在高高的竹梯上，怔怔出神。

下面一群人目不轉睛地盯著他，秦剛隨時準備一躍而起，接住腳踩滑的無涯。

無涯定了定神，剪下了花枝。

隨著他平安下到地面，所有人都鬆了口氣。

胡牧山看了眼日頭道：「皇上在府中用頓便飯吧。」

「不用了。回宮。」以往無涯或者留下來用飯，或者賞會兒花，今天他沒了心情，腦中全是穆瀾的身影。

出了胡府，無涯的馬車朝宮中駛去。

走到中途，無涯敲了敲廂壁。春來掀起門簾，低聲告訴秦剛，「去天香樓。」天香樓？皇上還沒忘記那位冰月姑娘？秦剛愣了愣，示意馬車轉向。兩騎飛快離隊，先行去天香樓打點。

此時，穆瀾已先無涯一步，到了天香樓。核桃笑嘻嘻地迎了她，將服侍的婢女打發走了，親自置了酒席。

「少班主，不如在我這兒歇一晚，明早再去國子監？」核桃親手捲了個鴨餅遞給她，「那位無涯公子給的銀錢讓媽媽高興，讓我專心服侍他一人。」

無涯……至少無涯今天不會來。穆瀾咬了滿口香，示意核桃再包，「瓏主來過嗎？」

「說也奇怪，瓏主一直沒有找我，我心裡正不安呢。」核桃專心服侍著穆瀾吃飯，見她下筷如飛，不由得抱怨道：「怎麼餓成這樣！」

今天的事太費腦子，穆瀾餓得前胸貼後背。她大口吃著，有些詫異，「居然沒有找妳？算了，水來土掩。天香樓離國子監不遠，有事，妳記得在院子裡放一管沖天火。師父做的，隔了數里都能瞧見。」

核桃翹著嘴開玩笑，「聽說國子監巡查的護衛都是高手，當心妳翻牆被捉住受罰！」

「妳還不信我的功夫？」穆瀾沒來由地就想到了自己練成的小梅初綻，想到了面具師父。她不願再去想這些傷神的事，和核桃耍起了花槍，「就算受罰，我也要趕來救我家核桃啊！」

核桃心裡一甜，轉念就想到穆瀾是姑娘。那又怎樣？只要少班主在她身邊，她就什麼都不怕了，「少班主，妳放心吧，我會保護好自己的。」

這丫頭！穆瀾揉了揉她的腦袋，「烤鴨真香，再給我捲一個。」

一個捲了鴨肉的荷香餅正塞進穆瀾嘴裡，門外響起了腳步聲。

天香樓的老鴇人未至笑先聞，「冰月啊，無涯公子來看妳了！」

穆瀾兩口將鴨餅塞進嘴裡，這才低聲罵了出來，「又這麼巧？還能不能好好吃頓飯了？」

老鴇以專業的眼光欣賞著打前站的兩名錦衣衛。挺拔的身材、冷峻的氣度、眼神中透出的傲慢……嘖嘖，就算是養的護衛也絲毫不弱於來天香樓的公子哥兒。想起無涯的大手筆，老鴇喜孜孜地奔進了門。

一大桌菜吃得七零八落，核桃裝模作樣地擦拭著嘴。

「哎呀，我的好姑娘，這樣貪嘴下去，妳的腰身還要不要了？趕緊沐浴梳妝去。」老鴇推著核桃去浴房，叫了婢女趕緊收拾，重置酒席。

核桃娉婷走到浴房門口，回過身嫣然笑道：「媽媽，無涯公子不喜歡外人侍候。」

她美麗的杏眼朝門外一瞥。老鴇明白了，「媽媽這就走。趕緊著！」

老鴇帶著婢女收拾了出來，衝著兩名錦衣衛笑道：「我家姑娘正在沐浴呢。小築裡只有三間房，絕對沒有外人。」

等她走了，兩名錦衣衛將院門一關，進了房間。

三間正房悉數打通，正中一間布置成宴席處，另兩間以屏風與多寶格架子相隔，一目了然。看過梁上與床底，確定沒有藏人。

臥寢後面連著浴房，裡面水聲嘩嘩。

一名錦衣衛猶豫了下，站在浴房門口輕聲問道：「冰月姑娘，我家主子最多兩刻鐘就到。」

略帶吳音的聲音從浴房中響起，「妳梳頭時快一點兒。」

「是。」

錦衣衛聽出裡面只有冰月與她的婢女，向同伴使了個眼神，兩人退到了正堂。

不多時，浴房中走出穿著寬大錦裳的冰月與她的青衣婢女，隔著屏風能看到她披散著長髮坐到了妝鏡前。

「驚擾姑娘了。」一名錦衣衛低聲說著，繞過屏風進浴房看了眼。出來時，眼角餘光掃到了冰月的背影。帶著溼意的黑髮墜在白色的裙裾上，像肆意暈染的水墨。他心頭一跳，不敢多看，低頭出去了。

穆瀾在鏡中看到他離開，眉梢微揚。

「少班主，會不會太冒險了？」當面頂包，核桃心裡發虛。

「有時候越淺顯的謊言越不容易被揭穿。誰能想到妳才是真正的冰月呢？妝化濃一點兒吧。」

同樣的眉眼，勾長了眉梢，暈染了眼尾，鏡中的穆瀾平添了三分嫵媚。長髮高梳，往後墜成蝶鬢髻，露出優美如天鵝的脖頸，臉型也變了兩分。穆瀾不怕頭重，左右插了金菊花簪，前面用了金絲絞花冠綴紅玉纓絡，指頭大的紅玉正點綴在額心；後髻簪上大如嬰兒手掌的翠玉捲荷，綴著一排明珠。掛上金質燈籠形耳璫，染得紅脣如水，頗似桃花，明麗而嬌豔。

核桃取來一襲翠綠夾金絲織蘭竹花紋的通袖大裳披在她身上，退後一步唏噓不已，「少班主，我都快認不出妳了。」

「妳都認不出，那傻蛋更認不出！」穆瀾瞥了鏡中的自己一眼。穿男裝太久了，她都穿得厭了啊。

取了面紗蒙上，她嘆道：「核桃，去吧。多低頭，少說話。」

「明白！」核桃低下頭出了房門，見那兩名錦衣衛已站在院子門口。門外一行人簇擁著戴著帷帽的無涯到了。

他就是年輕的皇帝？那天晚上她心裡害怕，天黑也不敢多看。核桃有些好奇，想抬頭看清楚無涯的臉，又害怕被識破犯了欺君之罪，她只得低著頭。

湖水一樣的衣襬從她眼前飄過，核桃看清楚上面暈染的麒麟紋，只來得及蹲身行禮，「我家姑娘……」

無涯的腳步邁進了門檻，「吱呀」一聲將門合上了。

核桃的腦袋朝屋子偏了偏，豎起了耳朵。

門外，天香樓的酒菜也掐著時間送來了。經過了錦衣衛檢驗，食盒遞到核桃手中。她輕輕敲了敲門，「姑娘，奴婢送酒菜進來。」

「進來吧。」穆瀾略帶著吳音的聲音慵懶輕柔。

真不像少班主啊！核桃想著，提著食盒進去，將酒菜布在了正堂的八仙桌上。她好奇地往臥寢看了一眼，穆瀾還坐在妝鏡前，無涯遠遠地坐在屏風前，靜靜地望著她……隔著屏風，取下了帷帽。還是沒看到年輕皇帝長什麼樣，核桃帶著遺憾出去了。

院門已經關上了，院子四角都站著護衛。

「姑娘，泡壺茶來。」院子西南角的鴛鴦藤下，坐著的兩人朝核桃吩咐了聲。聽不到屋裡的動靜，核桃無奈地去了茶房。

春天的陽光從窗欞進來，她半邊身子都沐浴在陽光下，頭上的金飾璀璨奪目，刺得無涯瞇了瞇眼睛。

她坐得筆直，交領處露出的脖頸優美纖弱，讓他腦中浮現出洛神賦裡的那句「肩若削成，腰如約素。延頸秀項，皓質呈露」。單看背影，他就知道她一定是個美人。

他有點不太習慣她這身明豔的裝扮，他腦中浮現的是那晚如月色一樣清幽的她，眉若初葉、眼似寒星。今天她穿著華麗的衣裳，戴著精美貴重的頭飾，她的眉眼呢？還是令他心動的那片淺淺月色嗎？無涯望著她的背影，不敢叫她回頭。

他很感激冰月，她讓他知曉自己的心還會為女子怦怦狂跳，哪怕只是與穆瀾擁有相似的眉眼。

今天，穆瀾出現在他眼前，她身後是燦若雲霞的辛夷花。他第一次看她穿除了青黑藍以外的衣裳。大概是被邀來首輔的府邸，她穿著一件象牙白的錦袍，髮飾從青布帶換成了一根白玉簪，像浮在花間的雲。

以前許玉郎被姑娘們蜂擁圍觀的時候，他曾笑評道：「公子優雅，淑女好逑。」今天看到穆瀾的瞬間，他吃驚地想起了曾評說許玉郎的話。他甚至覺得，哪怕去握著穆瀾的手，也能坦然走在陽光下。

然而沐浴在陽光下，滿頭珠翠的冰月令他如此失望。無涯怔怔地坐著，自行想像著背對自己的冰月依然擁有那樣清新的眉、那樣清亮的眼睛，不施粉黛的模樣。

穆瀾很想把肩垮下來。銅鏡中只能看到無涯的半邊肩膀，她非常不喜歡這種看不到對方的情景。或者說，她非常不適應這種把後背露給別人盯著的情形。

無涯進房間第一句話就是，「不要回頭。」

他能來看冰月，難道不是為了那晚露在面紗外的眉眼？為何今天他來，卻不想再看？這樣也好，免得他忘不了冰月。總有一天他不想，他身邊的人也會將核桃弄進宮去，如了面具師父的願。

但是他不再來找冰月，面具師父又該怎麼利用核桃呢？

穆瀾沉默地望著鏡中的自己，越來越覺得有一萬隻蟲子在背上爬……她終於用吳音繾綣地問道：「公子打算這樣一直瞧著奴家的背影坐一整天？」

略帶陌生的口音嚇了無涯一跳，他突然站起身來，走到穆瀾身後。

穆瀾背部一僵，攏在袖中的手握得緊了。

她腦袋輕了輕，綴著明珠的翠玉捲荷被抽了出來，放在妝臺上。穆瀾愣了愣。無涯想做什麼？

緊接著是花簪釵飾……沒有乾透的黑髮自由地披散開來。

嫌她珠翠過多？也是，宮裡頭的貴人們頭飾繁複，他早看得厭了吧。穆瀾沒有動。然而無涯的手突然移到她的腰間，她下意識一把抓住他的手。

穆瀾從來沒有溫柔過的舉動，老鷹叼小雞般捏著無涯的手腕，同時將垂至胸口的面紗也握在手裡。

「大白天的……」她想嬌嗔一點兒，聲音卻乾巴巴的。

無涯盯著自己的手，照理說，不是該輕柔地握著嗎？這動作怎麼看著如此彆扭呢？他用力往外一抽。

尚未意識到自己動作不像姑娘家的穆瀾自然沒有被他甩開，這一扯，卻將她的面紗扯掉了。穆瀾驚愕地抬起臉，看到無涯投來的目光。

陽光將她的臉映得纖毫可見，彷彿眼前有一團白光閃過，無涯吃驚地微張著嘴，忘記了她還擒著自己的手腕。

穆瀾鬆開手，深吸一口氣正視著他的打量。

初葉般清新的眉，眉梢略長；眼尾暈染著紅，讓清亮的眼嫵媚如春……無涯的手撫上她的臉頰。穆瀾閉上了眼睛。

他輕抬著她的臉，拇指溫柔地撫摸而過。如果穆瀾的眉也用螺黛這樣畫長眉梢，如果穆瀾的眼尾染上春天的桃花紅，大概也是如此嫵媚動人吧？無涯做了自己想做又一直不敢做的事，他低下頭，把脣覆在她嫣紅的脣上。

淡淡的龍涎香盈繞在鼻端，這一刻穆瀾幾乎立時閉住了呼吸。她清晰地記得，闖進綠音閣假山上的亭子時，他坐在窗前煮茶，茶香裊裊。像每一次清晨踏進竹林的感覺，薄霧蒸騰，竹葉被染得翠綠，葉尖一顆晶瑩的露水懸而未滴。她之所以練成小梅初綻，就是不想驚擾了這些自然的精靈……這樣美的無涯，在溫柔地親吻著她。

她是冰月，不是穆瀾。他是無涯，不是皇帝。

穆瀾不停地在心裡唸叨著，直到耳邊傳來一聲囈語。

「穆瀾……」

無涯的聲音輕若蚊蟻，在穆瀾耳中無疑卻響若春雷。她幾乎立時轉開了臉，長長的睫毛低垂著，蓋住她的情緒，微顫的吳音像受驚的鳥，「菜涼了，冰月叫人熱去。」

她是冰月！柔若春水的江南軟調，嫵媚明豔的美麗臉龐。他怎麼會叫失了口？無涯怔然。她不會生他的氣吧？他語氣忐忑不安，「哦。」

拒絕了留在胡家用膳，他真有點餓了。

怎麼可能讓無涯吃熱過的飯菜，反正這桌席面也是要算銀子的，天香樓很快又送來一桌酒菜。

依然由錦衣衛們查驗過，核桃送了進去。這一次，她看到了無涯的臉。年輕的皇帝長得是挺好看的，不過，沒有少班主好看。少班主笑的時候是她見過的最美的男人！

核桃睃了穆瀾一眼，見她的髮髻全散了，披散著一頭青絲，面紗也沒有了，不由得一愣。發生什麼事了？又見無涯呆愣地坐著，核桃暗想，皇帝瞧著也挺傻的呢。少班主說得沒錯，宮裡頭紅牆圍的天地像雞籠子似的，左一個規矩、右一個規矩，拘也把人拘成了木頭。少班主對付這樣的木頭，定會無恙的！

穆瀾和無涯心事重重，誰都沒有注意到核桃美麗的臉變幻著各種神情。

「奴婢告退！」

核桃有意提高的聲音和門「吱呀」合上的聲音同時驚醒了兩人。

送來的菜裡有一道片皮烤鴨，穆瀾不想枯坐著，取了張荷葉餅捲了鴨肉放在無涯面前的碟子裡。

無涯拿起筷子去夾。

「手拿著吃才痛快！」穆瀾脫口而出。

無涯愣了愣，他長這麼大，從來沒有直接用手拿過食物。就算是餅，也是切成一小塊一小塊的。御宴上就沒有這道菜。他知道，一直沒吃過。呈上的御宴不會出現需要直接用手拿著吃的食物。宮裡的春餅很像這種吃法，但也是捲好了，用銀刀切成小段。

他無比自然地伸出雙手，既然要用手拿著吃，用薄荷青檸水洗過手才行，普通的水也可以。

穆瀾誤會了，她從無涯的碟子裡拿起鴨餅，放在無涯手中，很是可憐他，「吃吧，味道不錯。」

見他還愣著，穆瀾又包了一個，咬了一口——鴨餅就是這樣吃的！

她閉著嘴嚼著，這是最優雅的吃法了。但是她又在向無涯示意，眉眼靈動起來，熟悉的感覺剎那間如閃電擊中了無涯。

他木然地將整個鴨餅塞進嘴裡，腮幫子鼓著，沾著的醬汁溢出了嘴角。他邊嚼邊笑，然後飛快地嚥下，挽起袖子親自動手包了一個，狠狠地咬了一大口。

見他吃得香，穆瀾忍不住就笑了。

如冰河乍裂，滿室生輝。

無涯的心像那天被穆瀾拉著翻窗而過時，一下子浮到了半空，好半天才悠悠蕩回了胸腔。

他的目光太專注，穆瀾趕緊低下頭，吳音婉轉，「公子吃得合口，冰月再給您包一個吧。」

「好。」無涯移開目光，心底一聲嘆息。

他笑著用完飯，柔聲說道：「我給妳煮茶好不好？」

穆瀾本不想多說話，微笑著點頭。

西次間布置成練功房，置了茶具，這裡的茶具都是上品。核桃只會跳舞與煮茶，琴棋書畫短時間也學不會。

無涯和穆瀾分坐在案几對面，她默默地看他煮茶。

彷彿時光回轉，她和他在京都初見時。

他優美的姿態如蘭綻放。

「瞻彼淇奧，綠竹猗猗。有匪君子，如切如磋，如琢如磨。瑟兮僩兮，赫兮咺兮。有匪君子，終不可諼兮。」詩經裡的句子在穆瀾心中蕩氣迴腸地吟哦。

「冰月姑娘，請。」

「多謝公子。」

他還是那個靜月青竹般的無涯公子。她此時是天香樓嫵媚動人、一舞成名的花魁冰月。

室內安靜，唯有茶香飄浮。

也許每個人心裡都有那麼一刻，希望時間就此凝固停留，鎖定眼前的美好。

無涯很少開口，目光溫柔繾綣。穆瀾更沒有開口，唇角的笑意不散。

如果他把她當成冰月，就當是她女扮男裝十年中為了自己燃放的煙火。哪怕煙花易逝，終究燦爛過。

時間是冷酷無情的，不會因誰的心願而停留片刻。窗外響起了春來小聲的提醒。

「公子，時辰不早了。」

好像就坐著看了她一會兒，用了一餐飯，煮了一壺茶，陽光怎麼就跑得這樣快？午陽已轉換成夕陽。

室內的光如此柔和，她披散著黑髮懶洋洋地靠著椅子，似想著心事。纖細的手指搭在黑金泥的茶盞上，賞心悅目。無論從哪個角度看，都別具魅力。

她是這世上獨一無二的。無涯的心情很好，目不轉睛地看著她，將她的神情眉眼銘刻進心間。他該回宮了，戀戀不捨。但他想，他還能再見到她的。無涯摩挲著紫砂茶盞，決斷地收回手，「冰月姑娘，多謝妳的茶，我該走了。」

明明是他挽袖煮茶，怎麼謝的卻是她？穆瀾沒有客氣，將微涼的茶水飲盡，放下了茶盞，「奴家送公子。」

他站起了身，穆瀾起身相送。

從西次間到中堂再至門口，不過二十來步的距離，無涯走得慢，穆瀾也走得慢。

「我……每月十五晚上會來。來不了，我會囑人告訴妳。」無涯盯著地上的青磚輕聲說道。每個月，我都想見到妳。我怕我不說，就見不到妳。

每月十五？她能保證那一天可以順利離開國子監嗎？

「有時候我會去上香……」穆瀾斟酌著語句，不敢把話說得太死。

無涯平靜地說道：「院子裡有架鴛鴦藤，如果妳不在，折一枝掛在門環上，我就知道了。」

天香樓會有他的眼線，穆瀾反應過來。今天她從後面翻牆進來找核桃，本來是防面具師父，想必無涯的人也沒有看見。

她沒有想到兩人的對話頗有些鬼祟幽會的味道。

走到屏風處，無涯回過頭開口道：「妳平時用面紗吧。妳的臉，我只想我一個人能看見。天香樓裡的人不會為難冰月姑娘的。」

穆瀾愕然抬頭。

情意在無涯眼中，他的雙眸倒映出她如花的美貌，那目光如此堅定，又如此溫柔。她想起在靈光寺從水潭中出來時，他凍得雙唇發白，卻踏前一步擋在她的面前。他的眼睛會說話，他在告訴她，他會保護她……這一刻，穆瀾心裡翻江倒海，有著淡淡的喜悅，又有著淡淡的悲傷。無涯已經看透了她，卻還願意陪著她發瘋。

穆瀾垂下眼簾，聲音清越，「公子有心了。」

「留步吧，冰月姑娘。」

「公子慢行。」

不再是軟糯吳音，他仍然叫她冰月姑娘。穆瀾閉上眼睛，將那股衝入眼底的酸澀壓了回去。

無涯突然回身將穆瀾抱進懷裡，「我從來沒有像今天這樣高興。」只是一抱，他就鬆了手，取了帷帽戴上，拉開房門出去了。

笑容一點點從穆瀾臉上蕩漾開，眼淚終於滑落。她的腿這樣痠軟，無力地倚住了屏風。她的額頭抵在沁涼的邊框上，聲音低不可聞，「我也是。」

房門打開，又被無涯反手合上。

候在門口的核桃及時地縮回腦袋，低下了頭。

春來和秦剛瞪大了眼睛……皇上親自將房門拉過來關上了。他長這麼大，動手關過門嗎？

帷帽遮住無涯的臉，誰也看不出他的情緒。但他的腳步太快，快得秦剛差點沒反應過來。秦剛迅速朝院子裡的護衛使了個眼色，順便拉了把呆愣的春來，一行人趕緊跟上無涯，簇擁著他離開了。

總算走了！核桃三步併作兩步上前拴了院門，提起裙子跑向正房。她用力推開門，大聲喊道：「少班主！」

「咋咋呼呼的做什麼？」穆瀾打了盆水，擰了帕子，洗去臉上的脂粉。

「我就打了個轉身，妳的髮髻散了，面紗都沒了！出什麼事了？」核桃白了穆瀾一眼，氣鼓鼓地說道。

穆瀾背對著核桃，藉著帕子掩飾脣角溢出的笑容，漫不經心地說道：「他不喜歡滿頭珠翠裝扮華麗，就讓我摘掉了而已。」

「就這樣？」核桃總覺得怪怪的。

「他說以後讓妳蒙著面紗。每月十五會來。如果我來不了，妳就掛根鴛鴦藤在門環上。有他的人盯著，瓏主也會忌憚幾分，不會輕易找妳麻煩。」穆瀾洗著臉叮囑著核桃，心裡卻又擔憂著。核桃有了價值，面具師父暫時不會動她。可是無涯來的時間有了規律，會不會讓面具師父有機可乘？

怎麼就這麼難呢？穆瀾回想起和面具師父交手的那晚。下次，她拚盡全力，能否揭掉面具師父的面具呢？譚誠捨不得吃掉她這枚子，面具師父看起來也捨不得廢掉她這枚棋。是否，是她的機會？

「知道了。」核桃重新打了盆水，動手幫穆瀾挽好道髻，插好玉簪固定。瞧著熟悉的穆瀾變了回來，她心情極好，「每月十五，少班主都能來看我了？」

每個月十五，她都要想辦法從國子監蹺課了。穆瀾答非所問，「只要他每個月會來，瓏主就不會逼著妳進宮。先拖上些時日，等我辦完事，我就帶妳離開這裡。」

「少班主，到時候我們去找個瓏主都找不到的地方。」聽穆瀾說要帶自己一起走，核桃美麗的杏眼亮晶晶的。

瓏主都找不到的地方……她連面具師父的真面目都不知道，這盤棋裡，她不過是枚棋子。核桃眼裡的希冀讓穆瀾不忍告訴她，將來會走得多麼辛苦。她笑著捏了把核桃的臉道：「好。」

穆瀾喜歡穿漂亮的衣裙，盼著自己能像所有姑娘一樣。但習慣就是這樣可怕，換上裙子，她像被捆住了手腳，走路都不敢邁大步。換上自己的衣裳，她伸了個懶腰，「還是這樣舒服。」

「是啊，我也看得順眼。今晚妳就別走了，明天一早再去國子監好不好？」核桃很想和她多待一會兒。

穆瀾也可以不走，核桃將服侍的婢女支走就可以了。但是這時院門被大力拍響，老鴇來了。

「冰月！冰月妳鎖著門做甚？」

「核桃，我還是不留宿了，人多眼雜，行事穩妥一點兒好。」穆瀾想了想說道：「天香樓的媽媽準是嘗到了甜頭，教妳如何討好無涯公子，妳小心應付吧。我先走了。」

核桃一直望著穆瀾的身影翻出圍牆，這才去開了院門。

第二十八章　一山不容二虎

穆瀾回到國子監時，暮色已然瀰漫開來。

她走到集賢門門口，聽到街對面有人叫自己。回頭一看，應明從對面一間酒樓裡竄出來，如釋重負般道：「總算等到你回來了！」

「應兄？你等我做什麼？有急事嗎？」穆瀾很吃驚。

「今天你不用考勤，我卻要應卯。再過半個時辰，就封門了。回去再說。」應明趕時間，急步往國子監走去。

兩人進了國子監，應明又拉著穆瀾陪他點了卯，這才去了新進監生所居的玄鶴院，「我幫你搞到間天字號房，拿行李搬房間去！」

「啊？」穆瀾哭笑不得。她覺得住四人間合適，還能避開林一川，沒想到應明卻利用率性堂監生身分，給她弄到一間天擊院的住宿，「應兄，真不用了，我並不想搬宿舍。你拿去賣給那些貴冑公子，還能賺上一筆銀錢。」

*我也想賣掉賺錢！可惜這間天字號房不是我弄到手的。*應明眼中的羨慕一閃而過。皇帝下旨恩蔭的監生就是待遇不一樣啊。想起對方的承諾，他下定決心要把這

件事辦妥當了。

應明鼓動三寸不爛之舌，苦口婆心地勸道：「穆賢弟，你比我小幾歲，聽哥哥一言。侯慶之是你的舍友吧？他是我同鄉，昨天找我訴苦，說同舍的謝勝鼾聲如雷，沒辦法睡覺了。你正是長身體的時候呢，睡不好，白天沒有精神，功課怎麼辦？國子監裡多少雙眼睛盯著你呢，你可是皇上親自下旨的蔭監生！學業不好，削了皇上面子，龍顏大怒……你承受得起？」

她學不好功課，無涯就會沒有面子。龍顏大怒會是什麼模樣？穆瀾想著就笑了。暮色掩飾住她臉頰的暈紅，悄悄地嘟囔著，「誰怕他呀。」

「你說什麼？」應明沒有聽清楚，繼續遊說道：「和你同屋的人是許玉堂！許家最有出息的三公子。他爹可是禮部尚書，祭酒大人的上司。與之搞好關係，畢業之後，你考評得個優，出仕定能挑個肥缺。聽哥哥的話，搬行李去！」

搬到天擎院，同住的人是許玉堂？穆瀾這時才發現應明待自己過於熱切了。侯慶之是他同鄉，兩人曾謀劃著考試作弊，關係應該不差。侯慶之昨天找到應明訴苦，應明搞到一間天字號房，沒有給侯慶之，卻給了自己。這間房，是無涯的心意吧？

穆瀾心頭泛起一絲甜蜜。既然如此，搬去和許玉堂住，應該更安全。她回過神揖首道：「多謝應兄，小弟就卻之不恭了。」

總算能交差了。應明暗鬆了口氣，待穆瀾更加熱情，「趕緊搬行李去。戌時各院都會落鎖宵禁。明天一早新監生還要舉行入學禮。」

談笑間，兩人走進了玄鶴院。

暮色中，掛在院落簷下的燈籠亮了起來。監生們大都回了房間，與室友們聯絡感情。站在丙十六號房門口的林一川顯得格外醒目。

自從穆胭脂叫了夥計送行李過來，他在房中坐不住，時不時就走出來站站。他實在很期待看到穆瀾知道和自己住在一起的表情。

「小穆！」驚喜在看到穆瀾和應明連袂而來的時候少了三分，林一川仍快步迎了過去，「伯母差人送來了妳的行李，我出去拿進來的。妳怎麼這麼晚才回來？應兄，原來小穆一整天都和你在一起啊。」

「我也是才遇到小穆的。」應明覺得這樣稱呼更拉攏關係，順著林一川的話就叫了，壓根沒注意到林一川的臉黑了一半。

國子監幾千監生，他才不相信兩人這麼巧在國子監裡偶遇。林一川偷瞄了眼穆瀾，發現她換了身自己從未見過的新衣裳。象牙白的錦緞上蒙上一層燈籠的暖光，清雅中又不失秀美。

和旁人在一起，就換這麼好看的衣裳；和自己在一起，穿得跟叫化子似的。林一川心裡不痛快，一個箭步上前，生生從穆瀾身邊將應明擠到旁邊，低聲說道：「小鐵公雞！妳是不是捨不得銀錢去換宿舍？和我說，我還不能先借給妳？不把我當朋友？」

穆瀾只能訕訕地笑。

她支使林一川花錢換了房，自己卻躲開了他。林一川沒有計較，還熱心地將自己的行李都拿進了宿舍。她心裡愧疚著，嘴上卻不服軟，「你家的銀子姓林。我事事衝你伸手，成什麼人了？我自己會想辦法的。」

「以後可不許再這樣了！」林一川換房成功，自然不會再計較。他笑咪咪地陪著穆瀾進了屋。

「應兄！穆賢弟！」侯慶之像見著救星似地上前見禮。

這間宿舍搬走了一個蘇沐，卻來了個林一川。蘇沐斯文儒雅，已經是舉子了，功課上還能討教一二。林一川是個富家公子哥，東西流水般搬進來，占了半間屋，只差沒把床換了；神情傲慢得很，幾乎就沒正眼瞅過他。再加上一個鼾聲如雷的謝勝，侯慶之頓時覺得孤立無援。他扯了應明的衣袖到書架旁，低聲問道：「我肯出銀子。應兄幫我想想辦法。」

「今天太晚了。你先忍兩天，我想辦法幫你換間房。」應明今天受人之託，專心辦穆瀾的事，哪有工夫替侯慶之挪宿舍，只得先安撫一番。

穆瀾的行李是兩個大包袱。包袱結是她自己打的，沒有動過的痕跡。拎了包袱，將國子監發下的東西打包就可以走了。

這時，林一川一屁股坐在自己的床上，眉目一片歡喜，「小穆，我決定和妳同甘同苦。我和蘇沐換了房間，我們以後就是舍友了！」

穆瀾眨了眨眼睛，神情有點呆滯。

「哈哈！我就知道妳會是這副表情！」林一川終於如願以償，痛快地大笑出聲。

應明看了眼表情尷尬的穆瀾，又瞅了眼沒說話正在認真擦拭著鐵槍的謝勝，匆匆對侯慶之說道：「過兩天等我消息。」他走到穆瀾床前，拎起了最大的包袱，「走吧。」

穆瀾背起一個包袱，抱起國子監發下來的物品，似笑非笑地對林一川道：「大公子，在下換到宿舍了。」

什麼？林一川從床上跳起來，「妳換了宿舍？」

我千方百計換到這裡，妳居然換走了？有這麼捉弄人的嗎？林一川心情壞到了極點。

「是啊。咱們不是說好花點兒銀錢換房間的嗎？只不過我託了應兄，少出了點兒銀子。」穆瀾睜著眼睛開始編瞎話，滿臉遺憾，「哪知道你動作這麼快，你提前告訴我一聲多好。唉，陰差陽錯！真對不住你一片心意了。」

一席話裡，只有最後這一句，是她的真心話。

整來整去，成了他搬起石頭砸自己的腳了？林一川被噎得半晌說不出話。他端詳著穆瀾的神情，還是什麼都沒看出來。他就知道，這小鐵公雞想騙人時，裝得忒像。苦澀的感覺仍然漫上了林一川心頭。如果她真有心，她就會把籤給自己拿去換了。在她心裡，始終和他隔了距離。

林一川屬於遇強則強的人，他嘿嘿笑道：「小穆，妳能換到更好的宿舍，我自是替妳高興。妳別內疚了。我會想辦法的。」

他有銀子！砸也能把和穆瀾同室的人砸走！想到這裡，林一川不惱了，伸手從穆瀾肩頭摘下包袱道：「我送妳。」

再推辭，估計林一川會知道自己想擺脫他的黏乎。林家大公子真要惱了她，破壞力不容小覷。穆瀾笑了笑，「辛苦你了。」

「什麼話！咱們是朋友嘛。」林一川說著就大步出了房間。

三人出了玄鶴院，應明帶路。遠遠望見天擊院大門口的燈籠，林一川心裡越發不是滋味。早知道穆瀾託應明換了天擊院的房間，哪怕再不想被譚弈盯著，他都不換宿舍。

天擊院丁字七號房正處於院子的最邊上，是單獨的一間屋子。前面臨著小湖，左邊和旁邊的三間屋宇隔了兩丈多寬的花圃。右邊鄰著一片小樹林，再過去能看到高大的圍牆。這房間私密性夠強！穆瀾想到無涯的安排，嘴角悄悄地翹了翹。

「這間屋子比較小，原是小廚房。後來監生統一安排用飯，就棄了。天擊院環境好，房間卻少，重新改建成一間監舍。小是小了點兒，勝在清靜。」應明已經在國子監讀了三年，對這裡極為了解。

林一川觀察了下這間房，點頭道：「樹林有條小徑，順著小徑過去，圍牆那邊應該還有扇角門。倒是方便。」這裡很適合穆瀾，如果能把和她同住的傢伙趕走就更好了。

「大公子目力過人。是有條小徑，通向角門。不過很多年前，這扇角門就鎖住不用了。」應明相當佩服林一川的眼神。

圍牆有點高，借一條索鉤就能翻出去。穆瀾沒把角門的事放在心上。

小屋裡亮著燈，林一川大剌剌地上前敲了門，「有人嗎？」

門很快開了，許玉堂悠悠然地出現在門口。

許玉堂？小穆的室友居然是許玉堂！林一川心裡一沉。許玉堂可不是砸銀子就能搬去玄鶴堂住的人。不過，他還能想別的辦法讓許玉堂搬走。林一川對許玉堂露出了笑容，「許兄！」

「原來是揚州首富家的林大公子。」

林一川堵在門口，許玉堂沒看到他身後的穆瀾與應明。見他手裡拎著一只包袱，禁不住犯起了嘀咕。這房間明明是秦剛費勁才弄到手的，怎麼來的不是穆瀾？想起當初在林家吃的閉門羹，許玉堂搶在林一川開口前道：「在下跟你不熟，有事莫要找我。」

這叫什麼話？他得罪過許玉堂？林一川完全不知道許玉堂曾被林一鳴奚落的事。為了將來讓許玉堂搬走，林一川忍了下來，側身讓開了道，「許兄，穆瀾與你同屋，我是幫忙送行李的。」

許玉堂的臉色變化之快，一步邁出了門，搶先向穆瀾拱手行禮，「小穆，能和你同屋，我很高興。」

兩人先前在街上的馬車裡見過一面，穆瀾也笑著行了禮，向他介紹了應明。

應明跟著自己叫穆瀾小穆，許玉堂居然也叫她小穆！林一川看出穆瀾和許玉堂之間似是相熟，心裡百般不是滋味。她什麼時候和許玉堂又有了交情？

「小穆，我幫你拿東西。」許玉堂熱情地從穆瀾手裡搶過了物品，帶著幾人進了屋子。

這間屋子只有玄鶴堂的一半大，進門設了座屏風，繞過屏風是一張八仙桌，北窗下擺了一張床，已掛上了青色的帳子。東面靠牆的書架上已擺滿了書，牆角放著春夏秋冬四只衣箱，西面有一道小門。

許玉堂頗有些抱歉地說道：「聽說這裡原是廚房改的。西屋原是間小小的柴房，我便占了大的這間。東屋是浴房。」

他走向西屋，將穆瀾的物品放在了案几上。

還能有單獨的房間住！穆瀾眉開眼笑，連聲向應明道謝。

如果她把抽到的籤給自己，難道他不會幫她？見三人聊得高興，林一川心裡很是失落。他氣呼呼地將包袱放在床上，打量起這間屋子來。

這間原是柴房的小屋北窗略高，窗下放著一張床，南牆下擺著一張書案。靠牆是書架與衣箱，比起進門的那間小了一半。

也好，這樣除了自己，就沒人能發現穆瀾的祕密了。林一川心裡雖然不痛快，也覺得這間屋子或許是整個國子監裡最適合穆瀾住的。

他出了房門，去了浴房。窗戶很高很小。他查看了下門，門是新安上的，裡面有插梢。林一川徹底放心了。

如果能住在穆瀾外面守護著她，林一川會覺得更完美。

穆瀾在屋裡收拾著行李。應明和許玉堂退到外間寒暄。林一川就湊了過去。

見他過來，許玉堂立時住了嘴，淡淡說道：「戌時就要鎖院門宵禁，明天還要早起參加入學禮，就不留二位了。」

應明先告辭離開。林一川朝許玉堂燦爛地笑著，「許兄，商量個事行不？」

許玉堂目光微閃，「何事？」

知道砸再多銀子也請不走許玉堂，林一川想到了別的主意，「我在天擎院找到更好的房間，許兄能否搬過去住？我想和小穆住一起。我們是同鄉，她年紀小，我能照顧她，還望許兄成全。」

穆瀾是皇兄看重的人才，杜之仙的關門弟子，自己怎麼可能放過與之結交的機會。許玉堂毫不客氣地回拒，「林大公子，你的意思是在下就會欺負穆瀾不成？我和他也有交情，我不會和你換宿舍的。」

只差沒說「你就死了這條心吧」。

林一川幾時這樣低聲下氣過，壓低的聲音裡帶著幾分不滿，「許兄，我可是誠心誠意想與你結交。」

不過是一介富商之子罷了。許玉堂是何等身分？前面綴著太后、皇帝，正經八百的皇親外戚。他也壓低了聲音，高傲且冷漠地說道：「這裡是京城，是龍得盤著，是虎得臥著。林一川，你以為你是誰？一介商賈之子，有幾個臭錢就想和我結交？你配嗎？」

生意場上，再討厭對方都不會這樣直接把話說絕了，直接打臉打得啪啪作響啊。林一川大怒，他怎麼這麼討厭許玉堂呢？他越生氣時越冷靜。林一川沒有還嘴，微瞇著眼睛打量許玉堂，恍然大悟。這傢伙和無涯是一路貨色！那種浸入骨髓的高傲與生俱來。他想起了東廠梁信鷗，一個大檔頭就能逼著自己宰了林家的鎮宅龍魚。若不是為了權勢，他又何必來國子監？

還要在國子監混幾年呢，想整死許玉堂有的是機會！林一川懶得與之口角，朝西屋喊了一嗓子，「小穆，我先回去了！」

穆瀾匆忙出來。許玉堂高冷地站在書架旁，若無其事地拿了卷書。林一川的笑容很淡。這兩個傢伙之間有過節？

「我送你。今天謝你幫忙啦！」

「客氣什麼，咱們倆是過命的交情！」林一川的聲音比較大，引得許玉堂忍不住瞥來一眼。他要的就是這樣的效果。再討厭許玉堂，也總比穆瀾和譚弈住一屋強百倍。林一川大度地想，是他的就跑不了。他還不信穆瀾會喜歡上許玉堂這種高傲漫進骨子裡的貴胄公子。

穆瀾將林一川送到門口，想起了他的好潔。他放棄了有獨立浴室的天擎院，跟著自己搬到玄鶴堂，他怎麼住得下去？穆瀾越發愧疚，「你想洗澡，隨時過來。」

她的擔心讓林一川心暖，和許玉堂嘔的氣一掃而空。

許玉堂在，他怎麼可能來這裡借浴室洗澡？國子監只准監生休沐日出去，他總能想到辦法的。可是厚著臉皮來，就是見她的藉口與機會。林一川大聲答了句，「好！」

偏來這裡借浴房洗澡，氣死許玉堂去！多好！

林一川倒退著離開，一直笑望著穆瀾。直走到了花圃處，他才停下來，「明天見！」

石柱燈光照出他英俊的臉。他不是無涯，他不知道她是女子，他仍然對她這樣好。穆瀾心裡感動，大聲說道：「明天見！」

一直以來，他黏著她時，總感覺她有意迴避。聽到穆瀾這樣說，林一川幾乎痴了。他從來不知道自己的情緒這麼容易被穆瀾的態度影響。他一直望著穆瀾返身回屋，輕輕掩上房門，這才蹦了起來。

夜色中，林家首富家掌控著南北十六行的大公子難得露出了小孩心性，從花圃中摘了一朵花，簪在帽簷上，吹著口哨溜達著回了宿舍。

●○●

卯初，悠長的鐘聲響徹了整個國子監。

新進的一年級監生們早就被舍監通知過，國子監的監生卯時左右起床，卯時三刻用朝食，辰時早課。因今天有入學禮，辰時的早課取消了。

國子監一共有六個飯堂，分別靠近天、地、玄、黃四座院子。位於東、西、南、北四個方向，方便各年級監生用飯。飯菜都是一樣的，只是廚子手藝不同，口感上略有差別。天擎院的廚子自然是手藝最好的，如果黃字院的監生想去天擎院附近的飯堂用飯也可以，起早一點兒，多走一段路就行。

另外兩個飯堂，一個是國子監官員們專用，另一個則是六堂監生專用。這兩個飯堂面積小一點兒，菜餚自然也更精緻可口。

一年級新監生們對監生生涯充滿了好奇心，卯初鐘聲一響，幾乎沒有人遲疑，起床刷牙洗臉換上新發下來的禮服，三五結群去了離宿舍最近的飯堂。

穆瀾收拾整理好，與許玉堂連袂出了宿舍。能想辦法換進天擎院住的新生仍然以貴胄公子和有錢人居多，林一川花錢換宿舍並非首創。走在院子裡，靳擇海和幾個公子哥兒看到許玉堂就高興地招呼起來。

家境不同，難以融入，穆瀾有意放緩了腳步。許玉堂才和幾個熟悉的公子打過招呼，轉身想叫上穆瀾，已不見她的蹤影。

穆瀾避開這群公子哥兒，卻遇上了剛踏出房門的蘇沐，「蘇沐！」

蘇沐為了遮擋喉間瘀痕，圍了塊帕子。見到穆瀾，他不由自主想起靈光寺的凶殺案。還不知道凶手什麼時候會找上自己，不要再連累恩公了。蘇沐裝著沒有聽到，埋著頭匆忙地走了。

他怎麼了？穆瀾並不知曉蘇沐身上發生的事，停住了腳步。

「呵呵，穆公子！」旁邊一個聲音陰陽怪氣地響了起來。

穆瀾回過頭，看到了林一鳴與一群學生正和譚弈站在一起。譚弈瞄了穆瀾一眼，又轉過頭和身邊的舉子說笑著走了。

每次見著譚弈，穆瀾都有一種說不出來的違和感。說他不正吧，他又站出來說分宿舍不公；說他正直吧，一個正直的人怎麼會和林一鳴交上朋友？他的眼神總讓穆瀾不舒服。

林一鳴心裡記恨著穆瀾和林一川聯手整自己，搖著把紙扇走到她面前，「好巧，穆公子也住天擎院。」

他攔住了路，穆瀾敷衍地抬臂見禮，「林二公子。」

林一鳴斜眉斜眼地睥睨著穆瀾道：「還好穆公子沒打算當槍手，否則當場被錦衣衛抓住，我就進不了國子監了。老天有眼哪！」說罷壓低了聲音，惡狠狠地說道：「別以為我不知道你被林一川收買了。沒有你幫忙，我也一樣進了國子監！」

「林二公子這是抱上粗大腿了？寫滿篇正字都能考中國子監，譚公子能耐不小嘛，祭酒大人也要給他幾分薄面。」穆瀾趁機試探譚弈的背景。

譚弈和許玉堂不對付，肯定不會走禮部的路子。名單是要通過禮部審核的，難道是陳瀚方賣了人情？才讓下面的學正博士沒有將林一鳴的卷子刷下來？

「祭酒算個屁！穆瀾，我實話告訴你，譚公子是東廠督主的義子，是我林一鳴的鐵桿兄弟。你和林一川就等著看本公子怎麼弄你們吧！」林一鳴「刷」的打開了摺扇，像隻驕傲的小公雞昂著頭追譚弈一行人去了。

譚誠的義子！穆瀾倒吸一口涼氣。她猶豫起來。早知譚弈住進了天擊院，她打死也不搬宿舍。然而無涯暗中安排的這間房實在太合她心意，比起譚弈的關注，和許玉堂住在一起更為保險。看來她將來若要悄悄出入天擊院，需要加倍小心了。穆瀾思忖著，去了飯堂。

好奇加新鮮感讓新生們最早來到了飯堂。卯時三刻才開飯，天擊院的新生們幾乎都到了。才開學第一天，監生們已自然形成了小團體。譚弈、林一鳴和一群相熟監生站在一起。許玉堂為首的蔭監生們聚在一處。穆瀾看到蘇沐孤零零地站在一旁，取了餐盤走過去。

這時廚子敲著盆大聲喊道：「開飯了！」

監生們蜂擁而至。

一群監生從穆瀾身邊跑過，她只得停下腳步。

「排隊！」管理飯堂的學正大聲喊了起來。

靳擇海打出生起就沒有排隊領過飯，新鮮之餘，就擠到了前頭，不忘回頭招呼許玉堂等朋友。

極自然的，這群貴胄公子哥兒都因靳擇海跑得快，挨個地插了隊。家世、身分不如他們的，敢怒不敢言。新監生中有錢無權的有心巴結，自動退後，讓這些公子哥兒排在隊伍前面。

一直在觀察的譚弈抿著嘴笑了，朝林一鳴使了個眼神。

林一鳴端著餐盤走出隊伍，走到一旁探頭看早飯的菜式，眼神卻瞟著站在靳擇海前面的幾名監生。

恰巧，蘇沐為躲穆瀾排在了最前面。

等他打了早飯端著餐盤離開時，林一鳴悄悄伸出一隻腳。也活該蘇沐倒楣，壓根沒注意到林一鳴的動作，人突然朝前撲，一餐盤食物悉數飛了出去。

早飯分例是一碗粥、兩個饅頭、一個雞蛋、一碟鹹菜。

靳擇海個子瘦小，立時被蘇沐撲倒在地，算是躲過一劫，他身後探長脖子、對自己集體排隊用早飯充滿好奇的公子哥兒們就慘了。

反射性去扶靳擇海的許玉堂恰巧避過了飛來的熱粥，他聽到幾聲痛呼，回過頭一看，一名公子被燙得直叫喚。有三、四個人的衣裳都被濺上了米湯、鹹菜。

林一鳴已悄悄地閃了，得了譚弈一個讚賞的眼神，心想本公子出馬肯定手到擒來。他不忘扇風點火，「前面怎麼回事？不打飯就走開，沒見後面這麼多人排著隊在等？」嚷完了就縮回腦袋，偷偷地笑。

「沒看到有人被燙傷了？只顧著吃，你是豬呀！」公子哥們紛紛回頭，怒目而視，卻又找不到開口說話的人。

靳擇海一把將蘇沐從身上推開，扶著許玉堂的手站起來，大罵道：「你怎麼走路的？」

「對不住、對不住！」蘇沐連連作揖，嘶啞著嗓子說道。這兩天他精神恍惚，根本記不住是自己絆著還是被人絆了一跤，只得暗叫倒楣，躬身道歉。

被他弄髒衣裳的那幾位公子哥兒卻不肯吃這個虧，「說聲對不起就行了？你讓哥幾個也潑碗粥試試？」說著推搡起蘇沐來。

譚弈笑了笑，從隊伍中站出來。他可不會放過任何一個增加自己威望的機會。

這時響起了一個懶洋洋的聲音，「發下來的禮服只有一身，如果我是你們，就趕緊把衣裳弄乾淨，免得入學禮時失禮。」

髒了衣裳的公子哥兒們愣了。

許玉堂一回頭，看到已經站出來的譚弈，心頭警醒。難道有人故意使壞，想讓自己與蔭監生們失禮？

譚弈也在這瞬間回過頭，迎著黑壓壓一片好奇的目光，他失望地沒有發現是誰在說話。

「下次小心點兒！」訓了蘇沐幾句，公子哥兒們連飯都不吃了。許玉堂自然陪著他們，一群人匆匆回去打點禮服。

這時，穆瀾看到林一鳴噗嗤掩唇偷笑，譚弈眼神意味深長。她雖然捏著嗓子提醒了許玉堂，此時卻覺得譚弈似乎早有準備。

蘇沐無心用飯，失魂落魄地離開飯堂。

經過穆瀾身邊時，她有心想叫住他，但想著蘇沐對自己避之不及的模樣，穆瀾又打消了主意。

剛才發生的事情她都看在眼中，她沒有站出來指認林一鳴使壞，也沒有追上許玉堂提醒他提防譚弈還有後手。穆瀾覺得能捏著嗓子提醒那群蔭監生已仁至義盡了。

她不是救苦救難觀世音菩薩，進國子監也是提著腦袋在玩命。她低低嘆了口氣，目送著受了池魚之殃的蘇沐離開。

飯堂裡的秩序恢復了正常，穆瀾排隊打了飯，在飯堂裡選了個角落的座位坐了。

她喝著粥，腦中思索著譚弈今天挑釁許玉堂的用意。

譚弈是東廠督主譚誠的義子，以直隸解元之才卻放棄了今年春闈會試，進國子監讀書。能讓他放棄眼前的大好前程，只有譚誠。

無涯出宮去天香樓那次，讓許玉堂坐在馬車裡頂包，兩人的關係定十分親密。朝堂上，譚誠獨攬大權，舉朝皆知。所以譚弈不懼許玉堂的身分，想拿他立威。

弄髒禮服，換成是窮監生，都知道如何清洗，但養尊處優的蔭監生只能找洗衣房的僕婦幫忙。穆瀾可以想像，當那些公子哥兒們找不到洗衣房的僕婦，又出不了國子監，急得團團轉的模樣。

許玉堂會怎麼辦？入學禮上衣冠不整會直接被學正糾察逮著，輕則斥責，重則以不敬之罪送交繩愆廳處置。哪怕是最輕的斥責，也是譚弈所樂見的。如果視而不見，就是不公平。不處罰服飾不潔的蔭監生，國子監的官員們將來如何服眾，管理監生？譚弈倒是懂得以小搏大。

正想著，穆瀾眼前多出幾個人影。她嚥下了一口粥，抬起了臉。

林一鳴說到做到，絕不肯輕易放過她。譚弈想著義父的話，也有心欺負穆瀾。得了他的支持，林一鳴和幾個追隨譚弈的監生端著餐盤走到穆瀾面前。

「穆瀾，你起來。這是我的座位。」林一鳴大搖大擺地將自己的餐盤放在桌上。他眼神透著興奮，很久沒有這樣威風地欺負人了，很是期待。

穆瀾二話不說就起身把座位讓出來。

一拳頭打在棉花上，林一鳴沒有享受到折磨穆瀾的過程，惱怒不已，「你把桌子收拾乾淨了！」

飯桌乾乾淨淨，擺明了是找碴。穆瀾暗嘆。不想在國子監惹是生非，不想引人矚目都難啊。

選定這裡坐下時，她已經將四周的環境看在眼裡。這裡是飯堂角落，背後除了窗戶，就是牆。現在六個監生加林一鳴圍住自己，將外面的視線擋得嚴實，這是想收拾她還不讓人瞧見？

穆瀾翹了翹脣，「行，我收拾。」

她端起餐盤，作勢用衣袖在桌面、凳子上拂拭過，然後離開。

林一鳴眼珠轉了轉，故技又施，悄悄伸出一隻腳想絆倒穆瀾。剎那間腳背一疼，他大叫了聲朝前撲。穆瀾貼牆站開，林一鳴就撲向了那幾名還沒放下餐盤的監生。

稀里嘩啦的聲響驚動了飯堂裡的人。

幾人狼狽地站起來時，身上的禮服已經濺滿了粥湯小菜。

「穆瀾！你敢踩本少爺的腳！」林一鳴氣急敗壞地吼道：「他人呢！」

穆瀾早已越窗而出，離開了飯堂。

聽到動靜，譚弈看了過來。他沒有看到穆瀾，眼裡生出一絲陰霾。這小子會功夫，不好對付。

「一鳴，你們幾個趕緊回去清洗禮服，別誤了入學禮。」

林一鳴幾人臉色就變了。設計蔭監生的事怎麼就同樣發生在自己身上？他哭喪著臉道：「老大，洗衣房的……」

「給錢，還找不到幫你們洗衣裳的人？還有一個時辰，來得及！」譚弈打斷了他的話。洗衣房的僕婦收了銀錢，不到巳時入學禮不會出現，這事絕不能讓林一鳴當眾說出來。

穆瀾吃了一半，沒有吃飽。反正四個飯堂都能用飯，時間尚早，她決定去最近的地字號飯堂再領一份飯吃。

她心裡記著老頭兒畫過的國子監地圖，選了一條近道，她走的近道是直接穿過天擊院與地錦院之間的樹林。

此時尚未天明，路上石柱裡的燈還沒有熄。進入樹林中，視線並不是特別好。才踏進樹林，穆瀾聽到一陣悶響，像是拳頭打在肉裡的聲音，她的身影如青煙一般飄起。

大概是進林子時她沒有刻意放輕腳步與呼吸，對方有所察覺，聲音驀然消失了。

穆瀾悄悄靠近了聲音出現的地方，前面五、六丈開外的地上躺著一個人。藉著極淡的夜色，讓她看清楚那個人身上穿著監生的禮服。旁邊有一排低矮的冬青樹，她敢肯定，冬青樹後藏著一個人。

這個人的呼吸幾乎沒有。如果不是練成了小梅初綻，她一定會以為這個人已經離開。這是一個高手。沒有聲音，樹林異常安靜，空氣中卻瀰漫著淡淡的殺氣。

她是否該故意大聲叫喊，驚走冬青樹後的殺手？不，她不能讓自己暴露在凶手面前，給自己惹來更大的麻煩。是否不顧這個監生的性命退走離開呢？穆瀾冷酷地思考著這個問題。

對方沒有動，穆瀾在猶豫。

黎明前最後一刻的黑暗時間，不會超過兩刻鐘，晨曦將會灑向這裡，讓那個人無所遁形。

對方比她著急。

就在這時，地上監生的手動了動，臉偏過了幾分，額頭的鮮血汩汩淌了半邊臉。穆瀾仍然認出了他。

是提前離開飯堂的蘇沐！

既然是認識的人，穆瀾就不忍心走了，她只希望蘇沐能堅持到晨曦初現的時候。

冬青樹下藏著的人顯然也想到了這個問題。

靜默中，他突然從冬青樹後一躍而出，手中的刀狠狠向蘇沐刺去。

風聲響起，一道光出現在黑影的眼瞳中，他只得收刀豎直擋在面門前。叮噹聲中，一柄匕首去勢未竭，扎進了旁邊的樹裡。他並未猶豫半分，一擊不中，騰身躍向了冬青樹後，剎那間就退走了。

穆瀾這才從樹後出來，感覺到林中無人，朝蘇沐跑了過去。

「蘇沐！」穆瀾叫了他一聲，見他沒反應，伸手在他頸間一按，脈息全無。

他腦袋旁邊有塊石頭，上面染滿了鮮血。穆瀾看了看位置。看起來蘇沐像是走在林中，絆了跤，額頭撞在石頭的尖角上，意外身亡。而穆瀾知道，蘇沐是被人打暈帶到這裡，然後用石頭砸破了頭。

她站在黑暗中久久無語。蘇沐一個落第窮舉子，怎麼會引來高手刺殺，還裝扮成意外的模樣？

淡淡的晨光湧來，讓林中的視線更亮。穆瀾看到蘇沐剛才動彈時，手指甲在地上劃出的痕跡。那是幾根極短的弧線，稍不注意，只會讓人以為是手指隨意從地上劃過的痕跡。

穆瀾仔細將這幾根弧線記在心裡，低聲說道：「蘇沐，對不住。你已經死了，我只能讓你暫時留在這裡。一有機會，我會說出今日所見，讓衙門抓住凶手替你報仇。」

她可以告訴秦剛，讓錦衣衛出面。

這幾天沒有下過雨，穆瀾沒有發現任何痕跡。她再也無心去地錦院附近用早飯，取下扎在樹上的匕首，悄悄離開樹林。

第二十九章 入學禮上的凶案

巳時，燦爛的朝陽肆意揮灑著光。國子監彝倫堂前的廣場上，新進監生們身著禮服排列整齊，年輕的臉如同春天的太陽，朝氣蓬勃。

以率性堂為首的六堂監生為給學弟們一個好榜樣，站在最前面。六色不同的禮服格外醒目。

晨風微拂，衣衫飄飄，一派賞心悅目。

一個時辰前，蘇沐被人敲死在樹林中。新監生急於趕來參加入學禮，老監生們按時上課，是這個原因才讓蘇沐的屍身到現在還沒被人發現嗎？陽光燦爛的廣場上，監生們精神振奮。想到蘇沐孤零零躺在樹林中，穆瀾暗暗嘆息。

清晨太早，那個人能準確找到落單的蘇沐殺死，一定是國子監裡的人。林中光線太暗，她的匕首飛過去時，那人豎刀擋飛，刀光亮過的瞬間，穆瀾記住了他握刀的手。骨節粗大，皮膚不白，身材高大，是個男人。

穆瀾只慶幸自己沒有對監生有太多的同窗之情，沒有暴露在那個凶手面前。她在暗，敵在明，這已經是最好的結果了。

蘇沐晝的那幾條弧線又是什麼意思呢？她想著這件事，不動聲色地打量四周。監生們的位置是按舉監生、蔭監生、貢監生和例監生排列的。穆瀾奉旨入學，排在蔭監生之首。

學正們正拿著名冊挨個點名。

聽到謝勝的名字，穆瀾往右首看去，很意外謝勝居然是蔭監生。謝勝站得如標槍般挺直，大聲應到的時候，手裡的鐵槍往地上一頓，驚得身邊的蔭監生哆嗦了下。

「你拿的是什麼？誰說能夠持槍來參加入學禮？」學正被這一聲悶響驚得愣了愣，快步走到謝勝身邊。知曉是蔭監生，語氣中少了怒意，多了些啼笑皆非。

謝勝憨憨地答道：「俺娘說槍不離人，人不離槍。人在槍在！」

他濃濃的口音惹得身邊的蔭監生直笑。

「謝公子，這是入學禮，不是戰場。來人！」學正心裡罵了聲「憨貨」，叫了個小吏來，客氣地說道：「謝公子，入學禮完了就還給你。」

謝勝就是搖頭。

學正為難了。

許玉堂笑著說道：「謝公子，你把鐵槍放在一旁，你人在，槍也沒丟。這也叫人在槍在，你說是吧？否則犯了監規，被逐出國子監，你怎麼向你娘交代？」

謝勝還沒憨到蠢死，想了想，向許玉堂行揖道：「多謝你提醒。」

學正鬆了口氣，心想許尚書家的公子明事理肯幫忙，難怪京城姑娘們傾心於他，對許玉堂的印象又好上兩分。

謝勝沒把鐵槍交給小吏，大聲說道：「他拿不動。」說著自己走到廣場邊緣，將鐵槍往地上使勁插下去，這才走回來。他的目光斜斜望過去，正好能瞧到自己的鐵槍，總算放心了。

穆瀾的目光盯著謝勝。他的手骨節粗大，膚色黝黑，有幾分像是林中凶手的手。那桿鐵槍少說也有幾十斤，謝勝的武藝一定很好。可惜，凶手的身材沒有謝勝那麼壯實高大。如果比照謝勝的手去找凶手呢？她揚了揚眉，覺得這個主意也許能幫上忙。

視線所及，那幾位早晨被弄髒禮服的監生衣著整潔。她右邊站著的許玉堂迎上了她的目光，朝她露出一個笑容。

穆瀾半開玩笑問道：「你們自己洗的衣裳？」

許玉堂低聲答道：「找學正拿了新的。為防禮服破損，國子監多做出一些……都要養家餬口不是？」

但逢大典，監生都要穿禮服，但總會有各種意外，衣裳破了、髒了，監生著急。國子監負責衣袍的後勤官員們就逮住了這個機會，多做一些備著，高價賣給監生應急。

典禮上，監生衣冠不整受懲罰，扣學分，壞了前途，不如讓下面的低階官員賺點兒銀錢。皆大歡喜的事，高層睜隻眼、閉隻眼就過了。

許玉堂的爹是禮部尚書，他對國子監的情況一定早打聽清楚了。最後一句話輕如蚊蚋，倒讓穆瀾對許玉堂高看了幾分。沒想到身分尊貴如許玉堂，也知道養家餬口。看來譚弈雖有東廠撐腰，但強龍壓不過地頭蛇，目前譚弈對國子監的微妙情況還不是特別明白。

穆瀾早晨在飯堂刻意粗著喉嚨出聲提醒，並不想當場引起譚弈等人的怨恨。現在私底下讓許玉堂承自己的人情，也許將來有用得著他的地方；再加上無涯這重關係，又和許玉堂是舍友，穆瀾自然地把林一鳴賣了，「林一鳴絆了蘇沐一跤。」

林一鳴為何要絆倒蘇沐？想害自己衣衫不整受罰，真夠歹毒！許玉堂根本不用想，朝前面的譚弈投了一個冰冷的眼神，「東廠走狗！」

穆瀾更是詫異。她是今天才知道譚弈的身分，看來許玉堂早知曉了。

「晚上回去再說。」眼下不是說話的機會。穆瀾肯告知實情，意味著她肯定是站在自己這邊相幫皇帝的，許玉堂很高興。

「蘇沐！」負責點名的學正拿著冊子站在舉監生處，見沒有人應答，又叫了一聲，「蘇沐！誰和他同住？」

譚弈和蘇沐同屋居住，只得拱手道：「學正大人，學生與蘇沐是舍友。最後見到他是早晨在飯堂，他先行離開，學生就再沒見過他了。」

學正愕然。入學禮何等重要，這名叫蘇沐的落試舉子居然無故缺席。學正氣得叫了小吏過來，叫他去找。

穆瀾認出了兩個舉監生，他們在飯堂中因為自己踩了林一鳴一腳而弄髒禮服，但現在也穿戴整潔。看來譚弈這撥人也迅速在國子監找到了門路，自己不能太過看輕他們。

監生們站在廣場上說話也是低聲，學正點名的聲音分外清楚。後排的林一川伸長脖子朝前看，舉監生的位置裡明顯空了一個出來。他不由自主想起了和謝勝將蘇沐從樹上救回的事，心裡生出不祥的感覺。

點名仍在繼續，沒有人過多糾結一個監生的缺席。

國子監的官員們以陳瀚方為首站在臺階上，撫鬚微笑地望著學生們。每一年新監生入學，看著這些青春四溢的少年郎們，官員們總會想起自己年輕時，感染著撲面而來的蓬勃朝氣，彷彿也跟著年輕了幾歲。

這時一陣禮樂傳來，廣場那頭蜿蜒行來皇帝禮輿，旌旗鮮明，宮婢隨行，錦衣衛護持。皇帝居然親至國子監這屆新生的入學禮！一時間，廣場上的監生們都激動不已。

以祭酒為首，官員、監生們紛紛行禮相迎。

多少人踏進仕途，也無緣看到皇帝一眼。新監生們在聽到一聲「起」後，好奇心驅使著他們不顧禮儀，悄悄地抬眼望向了高臺。

春風吹拂著黃羅蓋傘，寶座上的年輕皇帝身著圓領窄袖黃紗羅長袍，腰繫玉帶，戴著烏紗折角向上巾，露出了靜美如月的容顏。

按制，應該在五月初一那天，今年春闈中榜的新科進士們祭祀孔廟時，皇帝會親臨。而皇帝提前來到了四月中旬新監生的入學禮，給了這屆監生最高的禮遇。

御駕親臨，禮部官員只能隨行。祭祀孔廟，見新科進士倒也罷了，新監生的入學禮算個什麼事？禮部的官員們生出一絲荒謬感，感到一絲委屈。但部堂大人都不覺得委屈，禮部的官員們只好默默地嚥下心中的不甘。

禮部尚書許德昭此時感覺極好。皇帝親政兩年，也就下過這麼一道要考入學試的旨意，還親自覆核了新錄監生的考卷。皇帝想來參加入學禮，他是支持的。就像頑皮的小孩，你想讓他乖乖待在家裡，總也要塞給他兩件新奇玩具才能哄得他安靜下來不是？

譚誠之前再一次與許德昭在皇城裡的窄巷相遇。譚誠警告許德昭，皇帝並不是圖新鮮，國子監的監生今天只是學子，明天也許就是各部各地的官員。

那又怎樣？許德昭心裡冷笑。內閣連同六部的官員中替東廠說話的聲音已高過了替許家說話的聲音。皇帝是他的親外甥，不過才親政兩年，拉攏監生的事又是自己最疼愛的三子許玉堂在做。投靠皇帝，還不是投靠自己？他在朝堂上說了句「先帝在位時，也有過先例」。

就憑這句話，無涯才順利來到國子監觀看新監生的入學禮。

那時在窄巷中，譚誠只是一笑，「承恩公將來莫要後悔便是。」

不支持自己的親外甥，難不成支持你這個閹狗？許德昭拂袖而去。

照儀制，皇帝親至觀禮，坐一坐也就是天恩浩蕩了。許德昭朝國子監祭酒陳瀚方點了點頭，示意可以按正常程序勉勵新監生們，頒布監規等等。

陳瀚方開口前朝寶座施了一禮。就在這時，無涯竟然站了起來。

皇上想做什麼？禮部官員驚愕著，還沒來得及勸阻，無涯已漫步行至臺前。

「皇上！」許德昭上前一步，拱手彎腰。

「朕想勉勵他們一番。」

這是祭酒的活計！有違事先定好的儀程！許德昭愣了，腦子飛快地轉動著，心裡組織語言，該怎樣才能把皇帝勸回去？

陳潮方卻直起了腰，衝臺下說道：「諸生聆聽皇上訓誡！」

皇上親自訓話，這是多大的榮耀！廣場上的監生們激動得再次行禮，三呼萬歲。

許德昭狠狠地瞪了陳瀚方一眼，眼睜睜看著無涯走到高臺邊緣。

風微微吹動他的衣袂，無涯的目光掠過廣場上的監生們。他沒有刻意去看穆瀾，卻仍然準確地從蔭監生的隊伍中找到她。

穆瀾低垂著頭，沒有看他。

來的路上，無涯就一直在想這個問題。當他坐著禮輿、穿著龍袍出現在她面前時，那個對面不相識的謊言還能繼續嗎？

他的目光落向更遠處。排列整齊的監生隊伍是未來、是希望，他們中將產生忠於他的臣子。一股豪情與衝動讓他暫時忘卻了臺下的穆瀾，緩緩開口。

「不少監生以為，進了國子監就能吃朝廷的、穿朝廷的、花朝廷的，將來還能出仕為官搜刮百姓……朕不要這種臣子！」

擲地有聲！無涯堅定地宣告著。

「戶部每年負擔國子監監生的衣食住用已不堪重負，因此朕下旨，今年舉行入學考試，調了錦衣衛監考。只盼著國子監能真正錄進有用之才，為朝廷培養更多的清官、好官！」

第一次見到皇帝的監生們譁然。傳言中，深宮裡的皇帝身體羸弱、毫無主見，親政兩年只曉得和稀泥，政務全由內閣處理。哪怕這次入學考試由皇帝親自下旨，調錦衣衛監考，監生們還是認為，這是戶部不堪國子監費用提交的條陳，皇帝最多不過拿起玉璽蓋印通過。沒曾想到，入學考試的主意是皇帝拿的。

「不要以為考進了國子監，就可以混到畢業，順利謀個官做。從這一屆監生起，國子監必將加強對監生的管理考核。以成績、德行、操守定優劣，決定將來可選任的官職。朕親擬了十八條監規。朕可以許諾你們，有才華之人必將得朕重用！」

這一段話說出來，禮部官員們呆若木雞。皇帝等於是在向監生們許諾：你們聽朕的話好好學，朕就重用你。

皇上，您拉攏人也不要這樣直白啊！

譚弈面無表情。義父早就料到了。他也只能在肚子裡罵皇帝無恥，皇帝的許諾實在太有誘惑力了。學得文武藝，賣與帝王家。有誰比皇帝的籠絡更名正言順呢？他可以預見自己拉攏人才的艱難。

以成績定官職，意味著蓬戶寒門無須擔憂自己朝中無人，就能得到更好的職位。監生們年輕的臉激動興奮，不知是誰高呼了聲——

「皇上聖明！」

浪潮般的呼聲響徹了整個國子監。

第一次，無涯感覺到九五至尊的威嚴，他露出了笑容。

也許是看得久了，林一川眼睛有點酸。他揉了揉眼睛，高臺上那個明黃的身影依然像是最刺眼的陽光。無涯是皇帝！他以為最多是個皇室宗親、某家王府的世子。

說得冠冕堂皇，有那本事嗎？官職又不是御花園的花，想摘多少就摘多少，想給誰就給誰，當內閣與東廠是擺設？林一川心裡泛著酸，暗暗腹誹著。

他突然驚恐地想到一個問題，如果無涯發現穆瀾是姑娘，悄悄銷了她的監生資格，把她弄進宮去，他攔得住嗎？

想到這裡，林一川恨不得馬上跑到穆瀾身邊，看她是何反應。

無涯想說的話、想見到的人都如了願，總算顧忌著禮部官員們的臉色，沒有再別出心裁地給入學禮增添花樣。

然而，就在無涯示意擺駕回官，禮部官員們長舒一口氣時，安靜的廣場上響起了一道驚惶的聲音。

「死人了！蘇沐死了！」

監生們剛才都聽得清楚，點名時蘇沐無故缺席，沒想到他竟然死了。一時間議論聲嗡嗡而起。

「噤聲！」高臺上的太監尖聲喊了一嗓子。

驚惶出聲的正是被學正點名去尋蘇沐的小吏，他跌跌撞撞跑來報信，完全不知道皇帝和禮部官員來了。

國子監的官員們恨不得將那名小吏踹死了事，看向學正的眼神都透著一個意思：你弄了個蠢笨如豬的小吏當下手，你還能幹成什麼事？

那名學正的臉漲成了豬肝色，知曉自己數年內都甭想在國子監往上升一步，氣得上前就捂小吏的嘴，咬牙切齒低聲罵道：「御駕在此！你想找死別拖累了本官！」

御駕？小吏的眼睛驀然瞪圓，臉刷地白了。

國子監出了命案，死的人竟然是蘇沐？無涯臉上的笑容消失了。靈光寺一行，他與蘇沐交淡甚歡，蘇沐的才華說不上極好，卻也談吐不俗。蘇沐春闈落第，是他把蘇沐弄進了國子監。他有心培養蘇沐，沒想到對方連入學禮都沒參加就死了。這是在向他示威？是譚誠做的嗎？想把他招攬的人才一個個都弄死？

無涯沉著臉又坐回去，「叫那小吏上前說個清楚。」

兩名錦衣衛蹭蹭下了高臺，將嚇軟了腳的小吏提溜上去。

小吏擦著額頭的汗，跪伏於地顫聲說道：「新錄監生蘇沐死在天擎院後的小樹林裡，摔破了頭，沒、沒氣了……」

蘇沐為何不來廣場參加入學禮，卻去了天擎院後的小樹林？他怎麼摔破了頭，怎麼斷了氣？無涯淡淡說道：「秦剛，你去查。」

「臣領旨！」錦衣衛對仵作這行並不陌生，秦剛叫了兩名錦衣衛，帶著小吏去了。

國子監裡發生的命案讓錦衣衛去查，皇上這是不相信國子監了？陳瀚方站不住了，躬身請罪，「驚了聖駕，臣等罪該萬死！既是國子監裡發生的命案，臣有責任查個水落石出。」

國子監的官員們紛紛請罪。

「監生們食住皆在國子監，安全都不能保障，如何認真學習？蘇沐一案，陳祭酒必須給朕一個交代。」無涯不動聲色地點了陳瀚方的名。

你不是做了十年的不倒翁嗎？這件案子有朕的人插手，你若企圖替東廠隱瞞，就給了朕拿捏你的把柄。

陳瀚方不敢抬頭，連聲應是，當即令國子監繩愆廳兩名官員去了。

「回宮。」蘇沐的死給國子監的入學禮蒙上一層陰霾，無涯沉著臉走了。

恭送皇帝的儀仗離開後，國子監的入學禮繼續進行。只是陳瀚方沒了心思，只言簡意賅勉勵了新監生們幾句；監丞乾巴巴地讀著太監剛送來的、皇帝親擬的監規；率性堂等六堂監生代表發言……

廣場上的監生們或與蘇沐不熟，或與蘇沐認識，或多或少都有著自己的想法與心思。

不相熟的相互打探起，蘇沐是什麼人。

如譚弈，他與蘇沐是舍友，頭一個就要接受盤問說蘇沐的行蹤。他想到了早晨飯堂安排的事情，怎麼能這麼巧呢？蘇沐恰巧排在靳擇海、許玉堂前面，恰巧被林一鳴絆了一跤，然後就死了？會不會是那群貴冑公子對蘇沐報復，結果意外將他打死造成摔破頭的假象？還是想陷害自己？懷疑自己不喜與蘇沐同舍，所以對他下手呢？

被蘇沐推倒在地的靳擇海「哈」了聲，心想老天開眼，蘇沐居然摔破頭死了！那幾位被弄髒衣裳的公子哥兒也這樣想。

許玉堂卻生了疑。早晨蔭監生圍著想揍蘇沐的情景，看到的監生很多，會不會是譚弈藉此栽贓陷害蔭監生？

謝勝下意識扭過頭去找後面隊伍中的林一川。他想的是蘇沐前天想上吊被救了，怎麼今天就摔破頭死了？

是什麼人想殺蘇沐？林一川此時和穆瀾想的是同樣的問題。

至於侯慶之，和蘇沐相熟的舉子們一樣，更多的是驚愕、嘆息、憐憫著。

入學禮就在監生們複雜的心思中結束了。

接下來是分班，讓監生們自行報名。國子監中分有太學，律學，算學，書學等。報了名，張榜公示，後天就正式上課了。

入學禮畢，監生們分別湧到高臺前向學正們報名。

林一川這回學聰明了，落到後面，直看到穆瀾排進太學的隊伍中，他才擠到她身邊，「小穆，妳報太學？」

穆瀾低聲說道：「人最多，考試最好混。」

「將來可選的職位最多。」林一川笑咪咪地補了句。

她可沒有想過將來謀一官半職。穆瀾只是笑了笑，這次沒有再因為林一川更改。

除了一些對律學、算學、書學特別感興趣的監生，絕大多數人都報了太學。分班出來之前，新監生們沒有課程安排，空閒下來的時間可以讓他們熟背監規，熟悉國子監各處部門所在。

報完名已近午時，林一川邀穆瀾一起用飯。謝勝和侯慶之正想打聽蘇沐的事，四個人先去了天擊院後面的樹林。

林外站著國子監的小吏，這片小樹林已經被圍了起來。四人趕到時，正碰上蘇沐被抬出來，監生們不勝唏噓。

先前秦剛叫了兩名錦衣衛過來，此時林中卻走出三名錦衣衛來。多出來的這名錦衣衛臉很瘦，單眼皮、小眼睛，卻極為有神。他穿著一件斗牛服，挎著繡春刀，腰帶間掛著兩枚細長的鈴鐺，走路時鈴聲清脆。

他掃視一遍圍觀的監生們，小眼睛滴溜溜地轉，笑咪咪地說道：「將他們全部看住，一個都不准放走！」

「為什麼要抓我們？」監生們本來是瞧熱鬧的心情，突然聽到這句話，心裡慌亂不已。東廠名聲臭，錦衣衛的名聲也沒好到哪裡去，都是殺人不眨眼的主，誰願意被錦衣衛抓去審問呢？

穆瀾朝人群裡看了眼，發現譚弈、林一鳴，包括許玉堂等人都在。她也不急，等著看這名走路叮噹響的錦衣衛說理由。

譚弈和許玉堂不約而同開口說道：「大人為何不放我們離開？我們又不是凶

手！」

監生們齊聲說道：「對！我們又不是凶手！」

「沒有證據，憑什麼拘人？」

「一般說來，嫌犯作案之後都會回到現場圍觀，也許是你，也許是他。總之本官相信，你們中會有認識蘇沐或與之相熟的人。好不容易都聚在一起了，省了本官挨個喚人詢問的時間。」

與蘇沐相熟或像穆瀾知曉更多情況的監生被他說中心思，都愣住了。

林一川低聲對穆瀾說道：「這名錦衣衛不像普通的錦衣衛，很年輕很驕傲很跩，看起來很會破案的樣子。」

他當然不是普通的錦衣衛。穆瀾的目光掃過他腰帶上掛著的那雙金鈴，低聲告訴林一川，「東廠有十二飛鷹大檔頭，你應該聽說過錦衣五秀。」

林家從前就想和錦衣衛攀關係，自然知道。林一川恍然大悟，「他就是心秀丁鈴？」

錦衣五秀的名聲比東廠的十二飛鷹大檔頭好，緣故在於東廠的大檔頭經常出現在抄沒官員府邸的現場。錦衣五秀皆獨立聽命於錦衣衛那位指揮使大人，五個人中拋頭露面最多、特徵最明顯的就是丁鈴。另外四秀，穆瀾只從面具師父嘴裡聽說過，連特徵都難以描繪。也許是隱藏在六部衙門中，也許是某位江湖獨行客。

丁鈴以心思細膩著稱，傳說至今為止，他手裡還沒有破不了的案。連刑部六扇門遇到棘手的案子，都會求到錦衣衛，借丁鈴一用。

而丁鈴最討厭的人，是東廠的梁信鷗。

據說丁鈴是梁信鷗的小師弟。

學藝時有場考試，兩人要在一間屋子裡找出不屬於那個房間主人的東西。最後梁信鷗在丁鈴搜過的床上多找出一根女人的青絲，比女主人的粗直黑亮。丁鈴輸給了一根頭髮絲，氣了一場。

等到兩人出了師，梁信鷗又告訴丁鈴，那根從床上拈起來的頭髮其實是他悄悄夾帶進屋的。不過，丁鈴沒發現，也算他輸。又把丁鈴氣了一回。

後來一人投了東廠，一人進了錦衣衛。兩人都以查案心細出名，就成了死對頭。

一個新監生的死本輪不到丁鈴出手，只是他手裡接了一個案子，卷宗裡有蘇沐的名字。

他叫小吏抬了把椅子過來，大搖大擺地坐了，「有熟悉蘇沐、知曉案情的人自己先站出來，莫要讓本官來找你。等你們說清楚，本官就放你們用午飯去。」

「俺叫謝勝，和蘇沐曾經是舍友。在玄鶴院後面的樹林裡將他救了，他當時正上吊自盡哩！」

監生們忐忑不安。

謝勝覺得丁鈴的話極有道理，他也沒有半分懼怕之意，所以他第一個站了出來。

他握著槍，很自然地走到丁鈴面前，坦誠地告訴丁鈴他知曉的情況。

「昭勇將軍的百勝槍！」丁鈴看到這桿鐵槍，聽到謝勝自報姓名，已想起了他的家世。

謝勝的爹駐守北境死在了戰場，死後被先帝追封正三品昭勇大將軍，留下遺孀幼子。

十幾年過去，謝家除了這個昭勇將軍的虛爵，早就一貧如洗。

謝家就謝勝一根獨苗，謝夫人當然不願獨子上戰場，走恩蔭的路子將他送進了國子監。

丁鈴的眼神溫和了許多，「你一個人去樹林裡練槍？」

謝勝搖頭，「是去比武。」

「這個憨貨！」

穆瀾感嘆著謝勝的身世，心想他可能是蔭監生中最窮的一個。

她又吃驚於蘇沐竟然上吊自殺過，突聽到林一川嘟囔了句，從身邊走出去，站在謝勝身邊。

「當時蘇沐吊在樹上，是我和謝勝一起發現的。」

一個說上吊自盡，另一個卻說吊在樹上。

丁鈴想起樹林中的現場，來了興趣，擺手止住兩人繼續細說：「你倆站旁邊去。下一個繼續啊，說完就可以走了。」

見他真的只留下與蘇沐相熟或認識的人，譚弈和許玉堂等人陸續走出來，順溜地被撥到旁邊。

穆瀾和蘇沐曾做過一天舍友，她也站到了林一川、謝勝、侯慶之身邊。其他不認識或不相熟的監生壯了膽，一個個上前說和蘇沐沒關係，被丁鈴盯得心頭發毛，卻被順利地放走了。

應該沒有人看到自己絆了蘇沐一跤吧？沒有吧？林一鳴踟躕半天，壯著膽子走到丁鈴面前說在譚弈房間裡見過蘇沐一面。

「當本官面說謊，本官會用鐵夾夾著他的舌頭，看看是不是比旁人少一截。」丁鈴早就發現林一鳴的慌張，嚇唬了他一句。

林一鳴的手猛地捂住嘴巴，看到丁鈴似笑非笑的表情，哭喪著臉放下了，「在下說的話都是真，真的！」

「你留下！」

林一鳴腿都軟了。是因為認識蘇沐才留下自己吧？是吧？

「一鳴。」譚弈走到林一鳴身邊，摟著他的肩將他帶到旁邊，「膽子真小，見蘇沐的又不只你一個人！怕什麼！」

天塌下來有個高的頂著呢。譚弈是東廠督主譚誠的義子，他怕什麼？林一鳴這才鎮定下來，嘀咕道：「誰不怕錦衣衛啊？」

他擦了把額頭的汗，似乎自己是因為害怕錦衣衛才會這樣慌亂。

真是一群有趣的少年！丁鈴心裡感嘆了聲，淡淡道：「先去飯堂用飯吧。用完飯找間空屋子，本官挨個細問。」

看著一網撈出了十幾個與蘇沐有關係的人，丁鈴大為滿意。

眾人聽著前頭叮叮噹噹的響聲，無奈地跟在丁鈴身後去了最近的飯堂。
錦衣衛和國子監繩愆廳的官員們坐在鄰桌，監生們頓時鬆了口氣。
丁鈴胃口極好，幹掉一餐盤飯菜，又添了一回。他埋頭大口吃著飯，一雙綠豆眼像黑曜石般閃亮，時不時掃過眾人，發現了一些有趣的事。
比如那個曾經慌亂的林一鳴，吃飯時胃口也不錯，只是有點看不上國子監的飯菜，不時低聲抱怨，和旁邊的譚弈唸叨起會熙樓的蜜汁水晶肚，約休沐日去吃。
蔭監生們已經討論起蘇沐來。
被粥湯燙傷臉的監生委屈地說道：「潑我一臉粥湯，我倒是想揍他，可一指頭都沒挨著他。」
許玉堂意味深長地望著譚弈和林一鳴那邊安慰道：「身正不怕影子斜，咱們怕什麼！」
這群新監生進國子監才兩、三天，就起了爭執。蘇沐會是因為監生之間這些雞毛蒜皮的事導致意外死亡？丁鈴思索著，又聽到一場有趣的對話。
「蘇沐哪天上吊尋死被你倆救了？」這是穆瀾的聲音。
「報到那天，我和謝勝進樹林比武，聽到動靜，發現他掛在樹上。」林一川看了眼背對自己坐著的丁鈴，又補了一句道：「樹枝有點高，多虧謝勝一槍切斷了繩子，否則救他還要費點兒勁。」
騙誰呢？以你的武功，上棵樹還會費勁？
穆瀾驀然反應過來，蘇沐不會武，樹枝又高，他怎麼把自己掛上去的？她想起母親形容父親的上吊自盡，譏諷地笑了笑。

她沒有走進樹林時，那個凶手的確想把蘇沐扮成摔破頭而死。被自己發現，生怕蘇沐不死，不惜從冬青樹後出來，明著想刺他一刀。是否意味著，只要能殺死蘇沐，對方根本無所謂是否偽裝成他自盡？

丁鈴聽夠了想聽的話，打了個飽嗝站起身道：「本官就在院子裡，叫著人名的一個個過來。」

飯堂的院子極闊，丁鈴站在院子中間，能保證自己的問話不會被人聽到。

第一個叫到的是譚弈，他是蘇沐的舍友。

看著英俊高大的譚弈走過來，丁鈴的小眼睛動了動。

譚誠的義子，直隸解元，卻沒有參加會試，是衝著皇帝對國子監人才的期待而來？

「是你主使的吧？早晨叫人絆了蘇沐一跤，讓粥湯潑了蔭監生們一身，然後殺了蘇沐，企圖嫁禍蔭監生們，說是他們報仇打死了蘇沐。」東廠的人，丁鈴一點兒都不想客氣。

「早晨的事是一場意外。用過早飯，我與同窗們一起圍著湖散了會兒步，就去了廣場參加入學禮。」譚弈平靜地說道。

哦，不在現場，還有人證。早晨不管是否是意外，都稱不上是證據，最多是前因。丁鈴笑道：「如果凶手或主謀是你，你猜本官會不會因為你是譚公公的義子就不敢抓你？」

他的身分如今正以一種極自然的方式慢慢地坦露在所有人面前，譚弈驕傲地一笑，眼神變得挑釁，「如果我想蘇沐死，殺了也就殺了。」

這句囂張的回答讓丁鈴腰間的鈴鐺脆脆地響了一聲，他低喝道：「滾！」

譚弈連禮都不行了，轉身就走。

接下來，丁鈴沒用多少時間就弄清楚早晨的潑粥事件。林一鳴雙腿直哆嗦，掙扎著半真半假說了，「我真不是故意的。蘇沐神思恍惚，自己沒看到踩了我的腳，可怨不得我！」

「走吧。」監生之間互相看不順眼使損招，這種小事情丁鈴不想浪費時間。

他把侯慶之、謝勝、林一川和穆瀾放在了最後。

前兩個也是三言兩語打發掉，輪到林一川，丁鈴問出了一件事，「你懷疑蘇沐上吊不是自盡？」

林一川並不想隱瞞，「樹枝太高，蘇沐沒有武藝，腳下也沒有發現供他踩蹬的東西。」

「當時送他去醫館，為何不將情況稟告給趕來的紀典簿？」

「蘇沐救回一條命，似有隱情，他不願意和在下多做交談。」

蘇沐既然無事，本來就和他不熟，林一川也沒想到凶手這麼快又下手了。他遲疑了下，還是把自己的看法告訴丁鈴，「在下是在靈光寺認識蘇沐的。當時他還是前來參加會試的舉子，借居在京郊靈光寺。在下提起靈光寺時，蘇沐很驚恐。」

「謝謝。你可以走了。」丁鈴的小眼睛亮了。他本來就是因為靈光寺的老嫗被殺案才接蘇沐這個案子。

蘇沐的檔案已經被他看了個遍。清貧的家境，找不出與人結仇被殺的動機。他一直懷疑蘇沐定是看到了靈光寺裡的凶手，如今在林一川處得到了肯定。

「你再說說當時在靈光寺追凶手，可有看到過什麼？」

「追出去時，他都跑遠了。只看到穿黃色僧衣的背影，戴著僧帽，看不出是否剃度。眨眼工夫，人就追沒了。」再回想那天的事，林一川依然覺得遺憾。如果早兩步到，也許他就能追到凶手了。

「可惜了。」丁鈴一直遺憾蘇沐沒有看清楚做僧人打扮的凶手。現在看來，蘇沐定是看到了什麼，自己卻沒有覺察。會是什麼呢？

穆瀾最後一個走到丁鈴面前。

「杜之仙的關門弟子穆瀾？」

不知多少人一開口就是這句話了。穆瀾揖首，「正是在下。」

翠竹般鮮嫩的少年。秦剛說此人武藝不錯，極得皇帝青睞，可她卻拒絕進錦衣衛。

錦衣衛哪點不好？當個暗衛又不影響將來做官。

丁鈴忍不住問道：「秦統領特意向我提到了你。你想好了嗎？」

穆瀾愕然，馬上堅定地回道：「大人，學生志不在此。」

丁鈴吊兒郎當地拍了拍她的肩道：「本官覺得你很有潛質！關於蘇沐一案，你可有話對本官說？」

憑什麼他會認為自己比林一川他們知曉更多？穆瀾心裡微驚，謙遜地說道：「未看到現場，學生不敢妄言。」

丁鈴盯了她半晌道：「走吧，再陪本官去現場看看。」

「學生遵命。」

跟在丁鈴身後走向飯堂大門，丁鈴突然低語一句，「如果有人看到凶手就好了。」

是希望有人看到，還是丁鈴懷疑現場有一個目擊證人？穆瀾突然想起被凶手磕飛插在樹上的匕首。

街上救無涯時，她用匕首磕飛了面具師父射出的火箭，只是一擊便收。她可以肯定，秦剛最多懷疑她的武器是匕首。

難道丁鈴連兩丈開外樹上那條匕首插過的小縫隙都找到了？因此就懷疑自己是蘇沐被殺的目擊證人？

如果真是如此，丁鈴就太可怕了。那對匕首她再也不能用了，否則，心細如髮的丁鈴極可能把她和刺殺東廠的珍瓏聯繫在一起。

穆瀾不想說出實情，下定決心離錦衣衛遠點兒再遠點兒！

兩人走出飯堂時，穆瀾看到等在門口的林一川。從他的眼神中，穆瀾看到了關心，「我和丁大人去現場看看，回頭再找你。」

「林大公子一起來吧。」丁鈴叫上了林一川一起。林一川在靈光寺追過凶手，或許自己能問出更多的東西。

丁鈴只是一時興起，沒想到隨意拎來的林一川比起穆瀾給他的印象更深。

到了現場，丁鈴有心考核兩人，「你們看看，能找到些什麼線索？」

蘇沐的屍體被抬走，地上用石灰粉畫出他躺著的痕跡。林一川走到那塊沾滿血跡的石頭處，單手用力抓了起來。

「這塊石頭原本不在這裡。」

丁鈴笑了，「為何這樣說？」

林一川翻了個白眼道：「大人難道沒有發現？這塊石頭下面的草根本不像長時間被石頭壓住的。」

「你說得對極了。」丁鈴呵呵笑著，身上的鈴鐺脆脆地響了幾聲。

既然覺得自己找不出更多的線索，還叫自己來做什麼？林一川傲嬌地說道：「大人看出些什麼線索直接說，沒看出來的，在下再幫著找。」

喲，還很驕傲！自己沒看出來的線索他幫著找？是棵好苗子啊！

反觀穆瀾，她只是點頭認同，根本沒有幫著尋找線索的意思。丁鈴好奇地想，此人是沒這本事，還是本來就看到了一切？

丁鈴來了興致，指著前面那排冬青樹道：「凶手曾經在樹後藏過身。雖然沒留下明顯的腳印，但有兩根草莖被踩折了。」

穆瀾腦中閃過凶手從冬青樹後躍出揮刀的畫面。

她默默地想，如果不是凶手從樹後躍出時腳掌用力，估計連踩過的痕跡都不會留下。

「樹林邊的泥地上有半枚腳印，極為清楚，應該是凶手在石徑上打暈蘇沐將他扛過來時留下的。從那半枚腳印看，凶手身材高大，穿的是千層底布靴。這種布靴，國子監幾乎人手一雙，沒法查。這塊石頭也是在樹林邊上撿來的，已經找到了原來的位置。本官基本能斷定，蘇沐是被人扛到這裡，再用石頭砸破了頭死亡。中途蘇沐應該醒過來一回，無力地抓撓了幾下，他的指甲裡發現了泥土。就這些了。」丁鈴簡單說完，望向兩人，「如果這個凶手也是靈光寺殺人案的凶手，你二人當時皆在現場，可有什麼沒寫進卷宗的發現？」

穆瀾想起老嫗房中那個像是被人踩了一腳、變得模糊的血十字，然而她和林一川同時搖了搖頭。

丁鈴有點失望，「林大公子，你方才說還能發現一些本官沒有找到的線索？請吧！」

錦衣衛受無涯之令查案之前，國子監的小吏發現了蘇沐，將蘇沐周圍的地踩亂了。

林一川蹲在蘇沐抓撓的位置看了一會兒道：「或許蘇沐有意識時，手抓過這裡的土地。雖然被踩了兩腳，痕跡仍在，像是幾條弧線。」

蘇沐用指甲劃出的那根弧線看起來毫無規律。林一川蹲在那處，手指平空畫了又畫，「大人，在下覺得蘇沐應該不是胡亂抓撓，他想寫點兒什麼似的。」

丁鈴從懷中拿出一張紙，紙上已經用隨手撿的土疙瘩將那幾根弧線畫出來，「瞧著不像有意識留下的線索。」

林一川堅持，「他肯定想寫畫點兒什麼。只是一時想不到而已。」

一直都是這位林大公子在說話，丁鈴想起了穆瀾，「穆公子覺得呢？」

穆瀾苦想了一上午也沒想出來，只能搖頭。

看來這位穆公子很謹慎啊。丁鈴只是一笑。

這時，林一川已擴大搜索範圍，他從一棵樹下撿起一塊指甲大小的東西，「大人，這是新鮮的樹皮。」

丁鈴又瞥了穆瀾一眼。

穆瀾依然平靜沉默著。

丁鈴遺憾地想，這條線索本來是想留來試探穆瀾的，沒想到還是被林一川找了出來。他呵呵笑道：「大公子觀察力很強啊。」

穆瀾一直很佩服林一川的觀察力。這棵樹離蘇沐死的地方至少有兩丈遠，且和旁邊的幾棵樹挨在一起。匕首很薄，目力很難注意到扎進樹裡的縫隙，林一川偏偏能在這棵樹下找到自己拔出匕首時落下的這麼一點兒樹皮。

林一川一躍而起，順著樹幹察看，沒用多久時間就找到了，「大人，這裡有條縫，像是匕首插進去造成的。」

丁鈴不得不又上了次樹。說也奇怪，他躍上樹的時候，腰畔的金鈴沒有響。

這是極高明的輕功。讓穆瀾對丁鈴的戒心更重。

他裝模作樣看了半天，一本正經地說道：「的確如大公子所言，而且是把薄而長的匕首。」

他說這句話的時候，又看了穆瀾一眼。

穆瀾還是沒有承認自己就是他猜測中的目擊證人。

林一川疑惑地說道：「為何這棵樹上面會插進一把匕首？現場又沒有打鬥痕跡。」

丁鈴接口道：「也許凶手殺蘇沐時，有人正好撞見，距離太遠，所以擲出一把匕首想阻止，被凶手磕飛了。」

「有道理！有目擊證人了！」林一川剛說完，眼神就變了。

穆瀾的話好像特別少。他悄悄看了她一眼。他記得在杜家竹林中遇襲時，穆瀾用一把薄而長的匕首殺了東廠假扮的黑衣人。在長街上和面具人打鬥時，她用的也是匕首。

穆瀾很想幫蘇沐，也想把知道的情況告訴丁鈴，但她不想讓丁鈴看到自己用的匕首，只好一直保持沉默。

她也看了林一川一眼。

還真是穆瀾！她不說話意味著另有隱情。

他在這兒逞什麼強？林一川懊惱地拍了下自己的腦袋。

「林大公子想到什麼了？」丁鈴關心地問道。

「沒什麼，就是不太明白。如果是靈光寺殺老嫗的同一凶手，當時蘇沐說他蒙著臉，沒看清楚，不知道為何凶手卻一定要殺他滅口。」林一川不動聲色地轉開話題。

穆瀾終於開口說道：「大人。蘇沐離開飯堂時，天還沒亮，這麼早就被凶手盯上……」

「本官已經在查國子監所有官員、吏員和雜役，監生更是一個也沒有離開過國子監。」

這個穆瀾有點意思，一直保持著沉默。然而她太冷靜了，此地無銀三百兩。林一川發現有目擊證人的反應是興奮，穆瀾如此平靜豈非不打自招？丁鈴敢肯定，穆瀾是那個扔出匕首驚走凶手的目擊證人。

她為什麼不肯說呢？

丁鈴不著急，因為他還要在國子監盤桓些時日。他笑道：「大公子今天發現的線索很重要，如果有新的線索，可以隨時來找我。本官還要繼續排查國子監相關人等，告辭。」

聽著清脆的鈴鐺聲行遠消失，林一川四顧無人，低聲說道：「小穆，妳真看到了凶手？用匕首驚飛了他？」

「嗯。」穆瀾嚴肅地說道：「但是我不想讓丁鈴看到我的匕首，以後我也不會再用了。」

最好別再用了。珍瓏刺客殺東廠數人用的都是匕首，太容易被認出來了。林一川熱心地說道：「放心吧，我不會說出去的。我認得好匠人，替妳打一雙峨嵋刺如何？」

與匕首異曲同工，她應該使得順手。

「不用了。我的武器本來就不是匕首。」穆瀾淡淡答道。

林一川好奇了，「那是什麼？」

穆瀾笑而不語。

「不說就算了。」她不肯說，林一川就打消了主意，「說說，當時什麼情況？」

穆瀾也不瞞他，細細說完道：「我總覺得蘇沐手指摳出的線條似曾相識，一時半會兒又想不起來。」

「說不定哪天突然就會想起來。不過，小穆，妳說我也追過凶手，他會不會殺我呢？」林一川眼珠轉了轉，抱住穆瀾的胳膊，「我害怕，妳要保護我！」

我去！穆瀾被他肉麻得起了一身雞皮疙瘩，偏又甩不掉他的手，只得嫌棄地說道：「你只見過他的背影，他才懶得殺你。」

「是啊，蘇沐只見過他蒙著臉一閃而過的樣子，為什麼非殺蘇沐不可？」林一川突然有了主意，拉起穆瀾朝天擎院奔去，「回妳宿舍畫出那個凶手的樣子，看看正反有什麼不同，說不定能讓我們猜到蘇沐看到的線索。」

珍瓏無雙局

珍瓏無雙局 貳

作　　者／桩桩
執 行 長／陳君平
榮譽發行人／黃鎮隆
協　　理／洪琇菁
總 編 輯／呂尚燁
執行編輯／許晶翎
美術監製／沙雲佩
美術編輯／李政儀
國際版權／黃令歡、梁名儀
企劃宣傳／楊玉如、施語宸、洪國瑋
文字校對／朱瑩倫、施亞蒨
內文排版／謝青秀

國家圖書館出版品預行編目資料

珍瓏無雙局 / 桩桩作 . -- 1 版 . -- [臺北市] : 城邦文化事業股份有限公司尖端出版 : 英屬蓋曼群島商家庭傳媒股份有限公司城邦分公司發行 , 2022.08-
冊 ;　公分
ISBN 978-626-338-196-4 (第 2 冊 : 平裝)

857.7　　111009872

出版／城邦文化事業股份有限公司　尖端出版
台北市 104 中山區民生東路二段 141 號 10 樓
電話：(02) 2500-7600　傳真：(02) 2500-2683
讀者服務信箱：7novels@mail2.spp.com.tw
發行／英屬蓋曼群島商家庭傳媒股份有限公司城邦分公司　尖端出版
台北市 104 中山區民生東路二段 141 號 10 樓
電話：(02) 2500-7600　傳真：(02) 2500-1979
劃撥專線：(03) 312-4212
戶名：英屬蓋曼群島商家庭傳媒 (股) 公司城邦分公司
劃撥帳號：50003021
※ 劃撥金額未滿 500 元，請加付掛號郵資 50 元
法律顧問／王子文律師　元禾法律事務所　台北市羅斯福路三段三十七號十五樓

台灣地區總經銷／中彰投以北（含宜花東）　楨彥有限公司
電話：(02) 8919-3369　　傳真：(02) 8914-5524
雲嘉以南　威信圖書有限公司
(嘉義公司) 電話：(05) 233-3852　　傳真：(05) 233-3863
(高雄公司) 電話：(07) 373-0079　　傳真：(07) 373-0087
馬新地區總經銷／城邦（馬新）出版集團 Cite (M) Sdn Bhd
電話：603-9057-8822　　傳真：603-9057-6622
E-mail：cite@cite.com.my
香港地區總經銷／城邦（香港）出版集團 Cite（H.K.）Publishing Group Limited
電話：852-2508-6231　　傳真：852-2578-9337
E-mail：hkcite@biznetvigator.com

版　次／ 2022 年 8 月 1 版 1 刷　Printed in Taiwan

版權聲明
本著作中文繁體版通過成都天鳶文化傳播有限公司代理，經著作權人桩桩授予城邦文化股份事業有限公司尖端出版獨家發行，非經書面同意，不得以任何形式，任意重製轉載。

版權所有 · 侵權必究
本書若有破損或缺頁，請寄回本公司更換